ハヤカワ文庫 SF
〈SF1622〉

トランスフォーマー

アラン・ディーン・フォスター
中原尚哉訳

早川書房
6105

TRANSFORMERS

A Novel by
Alan Dean Foster
Based on the Screenplay by
Roberto Orci & Alex Kurtzman
from a story by
Roberto Orci & Alex Kurtzman and John Rogers

Translated by
Naoya Nakahara
First published 2007 in Japan by
HAYAKAWA PUBLISHING, INC.
This book is published in Japan by
arrangement with
BALLANTINE BOOKS
an imprint of RANDOM HOUSE PUBLISHING GROUP
a division of RANDOM HOUSE, INC.
through TUTTLE-MORI AGENCY, INC., TOKYO.

ユーリ・ゾフニロフスキーとパム・コストカへ
二人の結婚と
ゴリラと友情に包まれた風変わりなハネムーンを祝して

トランスフォーマー

百万年。

それは銀河の回転にくらべればわずかな時間である。

星や星雲ははるかに古い。宇宙を漂う正体不明の物質の塵や、素粒子の断片や、まだ名前もついていない特殊な波動でもまだ古い。

しかし人類にとっては、百万年はやはりかなり長い時間である。時の流れをほんわずかにさかのぼるだけだが、それでも人類にとっては文明の萌芽（ほうが）もあらわれていない時代になる。当時の人類はまだろくな知性も発達していなかった。

一方で宇宙には、百万年を時間経過としてあたりまえに理解し、単位としてあたりまえに使う存在がいる。精神的にも、物質的にも強固にできた存在である。

その知性はひたすら巨大で、それと人間の日常生活をくらべるのは、歩きまわる人間とアリをくらべるようなものである。

これらの存在は、ときとして宇宙について思考する。

ときとして人間の想像をはるかに超える記念碑や作品をつくりあげる。

ときとして努力し、よい成果をあげる。

そして、ときとして……邪悪なことをする。

1

そのシンボルは人の手でつくられたものではない。

複雑でありながら、驚くほど美しく、明瞭なデザインである。もし人間の作品であれば、その彫刻家はさぞ誇りに思うだろう。

そのシンボルは、巨大な金属製の立方体(キューブ)の側面に刻まれている。思い切りのいい直線、鋭い斜線、優美な曲線や渦巻きや感じのいい装飾が、遠い星々の光に照らされている。

宇宙空間を漂っているのだ。

シンボルはひとつだけではない。おなじものが右側の金属面にもひとつ、左側にもひとつ。上面には異なるシンボルが輝き、下面にもべつのシンボルがある。ゆっくりと回転する立方体の金属面はこのような刻みこまれたシンボルでおおわれている。何千個も刻まれている。

この立方体がつくられた理由をしめすものはない。表面の装飾だけで、その目的は理解できない。視覚を楽しませるだけの作品なのか。

高度に進化した知性がつくったものであるのは、どんな知的存在が見てもあきらかだ。これが強大な権力と圧倒的に高度な世界の中心をしめしていること。人類とはかけ離れた生命体が、そこで光と闇、真実と欺瞞の終わりなき戦いをくりひろげてきたことは、当事者でなければわからない。

その死に満ちた世界から、空虚な星間宇宙へかつてない強烈な力で打ち出された立方体は、いま、銀河の巨大な渦のなかをあてどなく漂っている。

これを手中におさめようと戦ってきた勢力は、争いの中心にあったものが行方知れずになってもなお戦いつづけている。巨大な都市が消え去っては地道に再建され、文明がまるごと消滅してはよみがえるそのあいだも、戦争はえんえんと続いている。

目的もなく。意味もなく。終わりもなく。

はかりしれぬほど長い時間、立方体は無の空間を漂っていた。しかし事件が起きた。広大な恒星間空間のただなかで、ささやかだが重大な出来事が発生した。きらめく金属面を持つこの巨大な立方体が、なにかの固体と遭遇したのである。漂流していたそのデブリとの接触によって、立方体の軌道が変わった。銀河規模で見ればわずかな変化だが、局所的に見るとかなりの変化である。

立方体のコースは、これまでのような果てしない無の空間へむかうのではなく、多少なりと星影の多い銀河面へと曲げられた。

その新しいコース上に、たまたま一個の恒星があらわれた。

その恒星のまわりには、惑星がめぐり、小惑星がめぐり、彗星がめぐっていた。

立方体は、星系の巨大ガス惑星や恒星そのものの重力井戸に落ちても不思議はなかった。しかし実際には、もっと小さく、もっと見映えのしない惑星の重力の影響を受け、そちらへコースを曲げられていった。

ひっそり、静かに、立方体はその惑星の周囲をまわった。軌道はしだいに小さくなり、ついに惑星の地上に落ちた。かなりの勢いの衝突だったが、それまでに惑星に降りそそいだ彗星や小惑星の衝撃にくらべれば小さかった。クレーターはできず、地表に痕跡は残さなかった。落下点にその出来事をしめす衝撃石英はできなかった。

銀河を渡る旅は予想外の終着点にたどり着いたのである。

立方体の到着にはだれも気づかなかった。しかし立方体はその目的を忘れなかった。投げ捨てられたとはいえ、変わらず忠実な立方体は、地元時間で一千年ごとに仲間への信号を発した。千年ごとに自動的に出される電波の叫びに、返事はずっとなかった。

しかし、長年その支配権を争って敗れていた勢力が、ついに探しにやってきたのである。

氷山と浮氷のむこうからやってくる北極の暴風が、氷にとらわれた船の艤装のあいだを刃物のように吹き抜けていく。

船は中国の細長い快速帆船ではないし、重厚で威圧的な軍艦でもない。びっしりと着氷したその船体形状は、ずんぐりとした実用一点張り。港から港へ、人と貨物をゆっくり効率よく運ぶことを旨としている。速くはなく、見た目もスマートではない。しかし荒れた海もなんのその。大波でひっくり返されそうな強烈な嵐でも平気で突っ切っていく。

しかし、氷には勝てない。

不屈の船員たちは、だれも知らない、だれも見ていない場所で、恐ろしく体力を消耗する戦いを続けていた。斧やつるはしをふるい、たまにダイナマイトも使って、押しよせる氷の尾根を削り、砕き、割ろうとしている。しかし氷はがっちりと船をとらえているばかりか、圧力で水面上へ押し上げはじめている。

冷えきった暴風が吹き抜ける板張りのデッキの上に、小さな竜巻が生まれ、船首から船尾へ踊りながら動いていく。分厚い毛皮でつつまれた船員たちの脚のあいだを抜け、むきだしの頬を刺して温度を奪っていく。

しかしそのデッキにおき忘れられ、強風にさらされている新聞だけは、不思議に吹き飛ばされずに残っていた。白一色の世界に消えていく寸前で手すりに引っかかっているしわくちゃの新聞紙には、ヨーロッパと南アフリカの世情がいろいろと書かれている。正確には一カ月ほどまえのニュースだ。

日付は、一八九七年一〇月二七日。

船の男たちは、氷に閉じこめられてからの時間の流れをはっきり意識していた。船を氷から救い出そうと必死に戦っているのは、そうしなければ妻や子どもや恋人といっしょに次の世紀を拝めないからだ。

そこに、濃い顎鬚から小さなつららをたらしたたくましい人影。船をつかんで放さない氷に戦いを挑む男たちのあいだを歩いていく。分厚く暖かいロングコートに身をつつんでいるのは、アーチボルド・ウィトウィッキー船長だ。

指揮を執るためにややうしろに退がり、気力と体力がなえそうになっている者たちにはその士気を鼓舞してやる。

奮闘する船員たちに賞賛の声をかけ、気力と体力がなえそうになっている者たちにはその士気を鼓舞してやる。

「馬鹿力を出せ！　アメリカまで届くくらいの亀裂を氷にいれてみせろ！」

ふと顔をあげ、ガンメタルのごとき灰色の空と低く飛んでいく雲をにらむ。努力をあざ笑うように寒風が耳もとで鳴る。

くそったれの寒気めと、いまいましく考える。こんなに早く南下してきやがって！　好天が続きそうに思えた時期もあったが、甘かった。もう一週間早く南へ転針しておくべきだった。こうなったら泣いてもわめいてもはじまらない。後悔しても天気はあともどりしない。

一段高くなった船尾の風下側。氷が張ったデッキの上に、遠征用のハスキー犬が固まっている。

その彼らが、ふいに遠吠えをはじめた。

一匹、また一匹と、鼻面を空にむけ、長く声をあげはじめる。もの悲しく不満げなその声は、冷酷な風に立ちむかう血肉の響きのようだ。

そばで斧をふるっていた船員が、氷の上に斧をおいて、白い靄(もや)の奥をにらむ。しかしあまり長い時間は見つめない。北極探検家のなかに雪目(ゆきめ)という症状になってそのまま失明してしまう者がいるのは有名な話である。

ハスキー犬の遠吠えはしだいに大きく、はげしくなっていく。

船員はつぶやく。

「なにも見えねえな。でもきっとなんかいるんだぜ」

まつげや髭に雪のように氷の結晶をこびりつかせた相棒も、きっとそうだとうなずく。

「昼日中に無駄吠えして体力減らすほど犬はバカじゃねえからな。北極熊か？」

ふりむいておなじ方向を見る。

最初の男は、氷の白さを手でさえぎりながら、吹雪のむこうに目をこらす。

「こんな天気のときに北極熊がそばにいたら、跳びかかられるまで気づかねえな。そうでないとしたら……おい、こら！」

男は一、二歩前に踏み出した。

犬たちが突然算を乱し、白い靄の奥へ駆けていってしまったのだ。そばで見ていた他の船員たちも、驚いて顔を上げ、苛立ちの声を漏らす。

ウィトウィキー船長は、なにが起きたか知ると低く悪態をつき、ライフルとそばのランタンをとってあとを追いはじめた。近くの船員たちも連れていく。

犬を失うわけにはいかないのだ。緊急時に陸路で助けを求めるときには橇(そり)を牽かせなくてはならない。もっとひどい苦境ではだいじな食料になる。

雪と氷の上を走るのは、悪魔の障害路を行くようなものだ。滑りやすく、障害が見えない。亀裂も、深さ数十メートルのクレバスもすべて雪に隠れている。

追っている船員の一人が倒れ、膝をしたたかに打った。すぐに立ち上がり、仲間といっしょに走りはじめたが、たぶん脚を怪我しているだろう。寒さで痛みが鈍っているだけだ。

犬たちは、それなりに安全で風雪から逃れられる船の脇からあえて飛び出してきた。そうまでして惹きつけられたものの正体は、まだ見えなかった。犬たちは立ちどまり、氷の一点を中心に輪になって、ワンワンキャンキャンと吠えている。

そのはげしい吠え声を聞いても、ウィトウィキーは犬たちが怒っているのか、期待しているのか、怖がっているのか見当がつかなかった。彼は船乗りであって、犬橇使いではないのだからしかたない。ウィトウィキーが知っている唯一の犬は、故郷の家で家族といっしょにのんびり安全に暮らしている。船の犬は、彼にとってエスキモーの生活習慣とおなじくらいに未知だった。

ウィトウィキーは、吠えたてる犬たちの輪のなかにはいった。ついてきた船員の一人が、しゃがんで氷の上の雪をかきわけはじめる。

「犬が吠えてるもんは、氷の下にあるみてえだな」

ウィトウィキーはそのあたりを見ながらつぶやいた。

「氷の下にはなにもない。このあたりは深いところまでがっちり凍ってる」

べつの船員がさまざまな可能性を考える。

「最近死んだ動物かもしれませんぜ。穴にはまって、そのまま凍っちまったとか。熊とか、カリブーとか、セイウチとかが」

隣の船員がチラリと目をむけ、

「凍ってるんなら、そもそも犬が匂いに気づくわけねえだろ」

他の解釈を言いあっていると、ふいに、低いうなりが響いた。こんな音はいままで聞いたことがない。悪魔の北東風ともちがう。

そして突然にそれは起きた。みんなが四つんばいになって雪をかきわけていた氷の大地に、巨大な肉切り包丁で割かれたように、いきなり亀裂が口をあけたのだ。

船員の一人はあやうくその亀裂に落ちそうになり、すんでのところで仲間につかまれて引きもどされた。

しかし先頭の犬はそこまで幸運ではなかった。恐怖の鳴き声をたて、穴に落ちた。

船にとって価値があるのは、おしゃべりばかりの船員より献身的な犬のほうだ。ウィトウィキーはライフルを捨て、恐怖に目を見開くハスキーのほうへ手を伸ばした。一瞬手が届いた。手袋ごしにその密な毛をつかんだと思った。しかし次の瞬間には、手のなかにはなにもなかった。

手のなかのものがすり抜けると同時に、自分の足がかかりも失った。

人と犬にとってはさいわいなことに、亀裂の深さはせいぜい十メートルで、壁はそれなりに傾斜していた。それでもあっというまに滑り落ち、底に叩きつけられた。ウィトウィキーの手は、ハスキーの毛皮こそつかみそこねたが、反対の手は灯油のランタンをしっかり握って最後まで放さなかった。亀裂の底に落ちきったとき、ランタンの金属の底が下の表面にぶつかって、カツンと音を立てた。なんとか火は消えずにともっている。

カツン？

それはへんではないか？　金属が氷にぶつかったらもっと鈍い音がするはずだ。

少々目をまわしたが、怪我はない。立ち上がってみると、身体もランタンも犬も無事のようだ。ハスキーは、どこかへ走っていくのかと思いきや、クンクンとおびえた声をたてて尻尾を丸め、船長の脚に隠れている。

ウィトウィキーはとりあえず顔を上にむけ、安否を気づかう船員たちの声に対して返事をした。

「おれはだいじょうぶだ！　誇りが傷ついただけで怪我はない。ニューハンプシャーの山でもっと高い崖から落っこちたこともあるぞ！」

元気でユーモアをまじえた返事に、船員たちは安堵の吐息を漏らしさえすれ、笑ったりはしなかった。

船員たちを安心させたところで、ウィトウィキーは自分も安心しようとした……のだが、そうはいかなかった。足下を見下ろして目を剝いた。さきほどランタンの底がおかしな音をたてた理由がわかったのだ。

彼が立っているところは氷ではなく、岩でもなかった。足下でランタンの光に照らされているのは、まぎれもない金属の輝きだ。

しかしこんな金属は見たことがない。経験豊富な船長であるウィトウィキーは、金属製品をよく知っている。ブロンズや銅やブリキはすぐ見分けられる。しかしこんな金属は初めてだ。

足下の霜を払い、顔を近づけ、全体がどんな形をしているのか把握しようとした。いったいなんだろう。遺棄された鋼製の救命ボートか。貨物の漂流物か。嵐のなかで海に落ちたボイラーが流れ着いたのか。

しかしそれは意外なものだった。

手だ。ウィトウィキーは上向きの巨大な手のひらのまんなかに立っていたのだ。

ランタンをぎゅっと握りしめ、頭より高く掲げてみた。足下ではなく、むかいの氷壁にも光るものがあるようだ。ウィトウィキーは一歩近づき——ぎょっとして跳び退がった。

顔だ。足下の巨大な手とおなじくらい巨大な顔が、氷のなかからこちらを見ているのだ。口は開いている。驚いているのかもしれないし、叫ぼうとしているのかもしれない。目と口以外はあまり人間には似ていなかった。目が目であり、口が口であることはわかる。それでも人間らしさはなく、不気味だ。正体不明の突起や意味のわからない付属物がある。

全体としてはきわめて異質、そして恐ろしい。

　これの正体がなんであるにせよ、死んでいるか、すくなくとも動きはしないと思って、ウィトウィキーは勇気を奮い起こした。アーチボルド・ウィトウィキーには数々の欠点があるが、勇気だけは売るほど持っている。

　ゆっくりと足を踏み出し、手袋ごしに氷壁をこすってみた。表面の霜は手の温度で溶けるか、頭上に開いた亀裂の口から吹きこむ風でサラサラと飛ばされていった。

　顔を近づけ、じっと見る。彫りこまれたシンボルのようなものがある……。

　ウィトウィキーはベルトから小ぶりのピッケルを抜いて、コツコツと氷を削りはじめた。このシンボルをよく見れば、正体がわかるかもしれない。正体がわかれば、出所もわかるかもしれない。ウィトウィキーが率いているのは科学調査隊だが、自分や船員たちが発見したものには海難救助に関する国際法が適用される。不思議な金属の価値だけでも、この調査航海の費用を負担した科学好きの個人や研究団体を満足させるだろう。もし金属の出所が判明すれば、政府もかなりの興味を寄せるのではないか。

　氷は大小の破片になってどんどん削れていく。まるできちんと凍っていなかったかのようで好都合だ。

　掘っていくほどにシンボルの形状ははっきりしてきた。それでもやはり見覚えはない。ロシア語の一種だろうか。ロシア皇帝はアラスカ州をアメリカに売り渡したが、ロシア人の毛皮商人はいまも北極圏のあちこちで見かける。彼らがここになにかを残したのだろうか。

ピッケルは正確できれいな弧を描いて何度も振りおろされる。リズムが出てきた。満足に食べていない身体で筋肉を動かしているのは気持ちの興奮だ。船のなかのビスケットと熱いコーヒーを考えると、さらに力が湧いてくる。

その力強く振りおろされるピッケルの下から、突然光が湧き出した。もう何日もおがんでいない太陽のような、強烈でまばゆい光だ。

その光はサインやシンボルで満ちていたのだが、驚愕した船長は気づく暇もなかった。ピッケルを取り落とし、悲鳴をあげてよろめき退がった。角膜を焼く強烈な痛みに目をかきむしる。はじき飛ばされた眼鏡は亀裂の床に落ちた。悲鳴を聞いた上の船員たちが、ふたたび亀裂のふちに殺到し、心配げに下に声をかけはじめる。

ウィトウィキーはそれに答えなかった。ふらつき、震えながら身体を起こし、両手を目もとから下ろす。

そばの床には、眼鏡がつるの開いた状態で落ちている。奇跡的に割れていない。しかし、もしウィトウィキーがそれを拾っても、もはや役に立たないだろう。それまで透明だったレンズに、いまは無数の細かいシンボルがびっしりと刻みこまれているのだ。そのシンボルはこの星のものではない。地球のだれにも読むことはできない。

しかし、眼鏡が役に立たないのはそのためではない。レンズに刻みこまれたシンボルは、肉眼では見えないほど小さいのだ。

眼鏡が役に立たない理由。それは、ウィトウィキーの角膜と瞳孔がなくなっていたからだ。強烈で鋭い閃光によって跡形もなく消え去り、眼球は全面真っ白になっている。

それはあたかも、氷にあいた危険な亀裂から舞い落ちる雪のように……。

世界にはいろいろな砂漠がある。

北極と南極の寒冷砂漠。モンゴルや北米西部の岩石砂漠。チベットの高地。ボリビアやチリのアルチプラノ。

しかし、砂漠と聞いてだれもが思い浮かべ、だれもが知っているのは、やはり砂と石と酷熱の大地である。

砂丘の海を轟音とともに飛んでいくCV‐22オスプレイの編隊は、少々間隔が狭すぎた。しかしここにとがめる者はいない。となれば、毎秒何ガロンものジェット燃料を燃やしながら軽いゲームに興じたくなるのも、パイロットの人情というものだ。

すくなくとも、先頭の機体に乗っている四人は、ペンタゴンの事務職員が書いた細かい規則など頓着しない性格だった。軍隊生活はただでさえハードなのだ。目覚めている時間のすべてを規則に従っていたら身がもたない。

ゆえに、機内にエンジン音とともに響いているのは、米軍公式ラジオなどではなく、ノリのいいレゲトン系ヒップホップだった。

ウィリアム・レノックス、通称ワイルド・ビルが大尉に昇進したのは、軍隊史の事件といっていい。偶然と優秀さによって、三十代にして下士官からこの予想だにせぬ高い地位に昇った。比較的若いことから、いまリズムを打ち出しているステレオのいちおうの所有者ということで（渋々ながら）認められていた。

カリフォルニア州イーストオークランド出身のエプス空軍二等軍曹は、故郷の隣人以上に強い相手にはまだここカタールに来て出会っていない若造だ。まるで媚薬の塊のように大事にそのステレオを抱え、音楽にあわせて身体を揺らしながら、声を出して歌っている。

レノックスはその部下のほうを見た。

「それはだれが歌ってるんだ？」

エプスは身体を揺らしたまま、顔もむけずに答えた。

「ダディ・ヤンキーっす」

レノックスは唇を吊り上げた。

「そうか。なら、そいつに歌わせたらどうだ。おまえの任務までそいつに押しつけるわけじゃなし」

二等軍曹はむっとした顔になった。

「おれの才能を甘く見ないほうがいいっすよ。いつかテレビのオーディション番組で優勝してスターになったら、おれとなかよくしなかったのを後悔しますよ」

機内の反対側で、ホルヘ・フィゲロア上級准尉が疲れた顔をした。エプスとさほど年はちがわないが、育ちや性格は正反対だ。音楽の趣味もしかり。大尉と二等軍曹がレゲトンとノースジャージーものの優劣をああだこうだ議論しているのを聞きながら、暗い声でまずは言う。

「もう十六カ月ですからね。そろそろ故郷の料理が恋しいですよ。ママのつくったアリゲーターのエトゥフェとか」

最後は追憶にまかせて声が大きくなるのだった。

するとエプスが顔をゆがめ、

「メモしとこう。フィグのママの家で夕飯をよばれるのは全力で避けるべし」

フィグと呼ばれるフィゲロアは、二等軍曹をじろりとにらむ。

「いいか、エプス。肉のなかでいちばんうまいのはアリゲーターのテールなんだ」

そしてすぐに口もとをほころばせる。追憶の舌の上でルーが渦巻いているらしい。

「ぴりっとしたピカントソースをかけて……カイエンヌもちょっと多めに……炒めたオクラを添えて……」

音楽談義を中断させられたレノックスは、そちらをむいて、

「ようするに、早く故郷に帰ってママの手づくりトカゲの尻尾を食いたいと、そう言いたいわけか」

フィゲロアはげっそりした顔で答えた。

「どうしておれのせっかくの気分をだいなしにするんですか。アリゲーターがラクダより

うまいのはこの世の真実です！」

「なるほど。でもラクダは乳を搾れるけどな」

茶々をいれたのはエプスだ。

二等軍曹のそれが少々意地悪すぎると判断したレノックスは、話題を変えることにした。

「おい、そんなことより、週末だぞ。わかってるか？」

エプスは拳を突き出し、上官とぶつけあった。

「わかってますよ」

フィゲロアはやれやれとため息をつき、大尉のほうをむいた。

「じゃあ聞いてあげますよ、レノックス。あなたが故郷に帰ってまっさきにやることは？」

レノックスはたちまち切ない表情に転じ、ためらいなく答えた。

「幼いわが娘をはじめてこの腕にかき抱くのさ。そしてその記憶に父親を刷りこむんだ。青く澄んだ瞳を見つめながら、〝パパ〟と呼ぶ練習をさせる」

機内には、おおおおおというからかい半分の声が満ちた。

エプスはステレオを脇において、ポケットから一枚の写真を取り出した。すりきれ、折りじわと砂の傷がつき、角のひとつはちぎれている。しかし映っているものははっきりしていた。四角い印画紙からこちらを見つめる三人の幼い少女たち。

「そりゃかわいいでしょうよ」

エプスはレノックスのほうに言ったが、それはむしろ警告の調子で、

「でも言葉を覚えだしたら親は奴隷扱いですよ。〝パパあ、パパあ、あたしのマイリトルポニーにブラシを買ってあげて、マイリトルポニーにハンドバッグも買ってあげて、それからあ、マイリトルポニーのバタフライ島冒険セットが出たからそれもー……〟」

レノックスはむっとしてそれをさえぎる。

「そうだったのか？」

エプスはニヤニヤしながら写真をしまい、他の兵士たちのほうを見ながら経験者づらで言うのだった。

「知らぬが仏」

機体がガクンと揺れ、四人はおしゃべりをやめて着陸にそなえた。

CV-22の翼が水平から垂直へ滑らかに回転していく。ヘリコプターモードにはいると、下の離着陸場にそっと接地した。他の兵士たちといっしょにレノックスたちも機外へ降りた。

離着陸場から出ていく彼らに、若いドネリー一等軍曹が駆け寄った。赤毛の頭についた砂を払いながら、

「だれか、おれのセルティクスが勝ったかどうか知りませんか？」

レノックスより先にエプスが答える。

「一刀両断、海の藻屑」

元気いっぱいだったドネリーの顔が暗く沈む。眼鏡をなおしながら、

「ひどいなー、ただ負けたっていえばいいのに。悪趣味だ。あいつらに五百ドル賭けてたのに」

消沈した声で言う。その脇を大股で歩くレノックスは、あきれて首を振った。

「この世の果てみたいなとこにいて、どうやってノミ屋に電話するんだ？」

それには物知り准尉のフィゲロアが答えた。

「空軍の特権ですよ。空軍そのものがノミ屋をやってる。そうだろう、エプス？」

「そうっす。おれたちは陸軍さんとちがって、十(とお)よりデカい数もかぞえられるし、微妙な予想点差(ポイントスプレッド)も読めるんすよ」

宙で手を振りながら、

「ミサイルのスプレッド撃ちも、賭けのポイントスプレッドも似たようなもん」

あたりに広がる笑い声を、マーフーズ少年が聞きつけた。マーフーズは生粋(きっすい)のカタール人ではなく、貧しい移民一家の出身だ。その流浪の一族は、この国をうるおす原油と天然ガスによる富の恩恵を受けていない。

マーフーズはレノックスの隣に駆け寄ってきた。

「大尉！　今日もかっこいいね。チョコレートちょうだい」

レノックスは首を振った。

「悪いな、小僧。もう食っちまった」

少年は、歩く軍人たちのまえで飛び跳ねた。

「嘘だ、嘘だ！　ちょうだいよ！　でないとラカンとジャリラに怒りの鉄槌を下してもらうよっ！」

レノックスはつい笑った。

「ガキはやっぱりコミックブックのヒーローか。いつの時代もいっしょだな」

ポケットからスニッカーズを一本取り出し、顔を輝かせた少年に放ってやる。

「荷物運びを手伝え。しゃきしゃきやるんだぞ、いいな」

マーフーズは笑顔でスニッカーズの包装を破いた。

「大尉、今夜もケーブルテレビ楽しみにしてるよ」

統合司令センターのなかは涼しかった。涼しすぎるくらいだ。普段はもうすこしリラックスできる雰囲気なのだが、いまはそうではない。

すくなくとも、コンソールをじっと見つめる空軍三等軍曹はリラックスできなかった。なにしろ、正体を確認できないデータが映っているのだ。

三等軍曹は正体不明の情報が嫌いだ。面倒な事態に発展するか、すくなくとも軽い叱責をくらう前兆なのだ。それでも知らせるしかない。

「こちらへむかって侵入する正体不明の機体があります。距離十六キロで接近中」

すぐに当直指揮官がやってきて、脇からのぞきこんでおなじデータ表示を見た。モニターの前にすわっている軍曹とおなじく正体を確認できない。それでも対応はできた。指揮官としての正式な警告の言葉を、コンソールの無指向性マイクが拾う。

「未確認機に告げる。貴機はカタールと合衆国の軍事空域にいる。識別信号を送信し、ただちに東へむかって空域を離脱せよ」

すると、応答らしきものが返ってきた。しかし雑音に埋もれて聞きとれない。通信ユニットの故障か、それとも意図的な時間稼ぎかと、指揮官は考えた。このような場合にゆっくり分析したり迷ったりすることは許されない。

「ラプター1および2、方位二五〇へ迎撃にむかえ。距離約十六キロに未確認機。識別信号を出していない」

哨戒中だったF-22ラプターは、侵入する未確認機をすぐに発見した。特殊作戦軍の大型ヘリMH-53で、逃げ隠れしないし、コースも変えない。はるかに速度の速い戦術戦闘機は、その上空を轟音とともに追い抜いていく。上官のパイロットは、できるだけ適切と思われる周波数で通告した。

「未確認機に告げる。貴機を中央軍特殊作戦司令部の航空基地へ誘導する。従わない場合は撃墜する。致死的手段を使用する。くりかえす、致死的手段を使用する。二度目の警告はおこなわない」

眼下の未確認機に対してラプターの兵装系をロックオン。するとまもなく、大型ヘリはゆっくりと高度を下げはじめた。パイロットはほっとしてシートに背中を預け、マイクへ話した。

「管制塔へ。未確認機は着陸態勢にはいった。機体はMH－53。尾翼の識別コードはAF4。補足する。これはわが軍のペイブ・ロウだ。呼びかけをくりかえしているのに対して応答はない。トランスポンダーと通信機が故障しているのかもしれない。以上」

統合司令センターでは、伝えられた識別コードをリサーチ担当が手早くコンピュータに入力した。求める情報はすぐに得られた。情報量は豊富だったが、しかし意味がわからなかった。とくにファイルへの最新の書きこみが。

リサーチ担当は眉をひそめ、当直指揮官のほうを見た。

「司令、これによると、AF4は三カ月前に撃墜されたことになっています。しかもアフガニスタンで」

当直指揮官は眉間の皺を深くした。

撃墜されたかどうかはともかくとしても、そのAF4はアフガン戦域からイラク領空をどのように避けてカタールへ飛んできたのか。もしかすると避けていないのかもしれない。どちらにせよ、ラプターが伝えてくる識別コードはわけがわからない。

「なにかのまちがいだろう。辻褄のあわないことが多すぎる。迎撃機に再確認させろ」

指揮官は背をむけ、上階へむかった。優秀な二人のパイロットの報告の正確さを疑っているわけではない。謎の機体の到着をこの目でたしかめたくなったのだ。

夕闇が迫っている。砂漠の日没はつるべ落としだ。遠くの油井が燃やす天然ガスの炎が、大気の下層を不自然なピンク色に染めている。

仲間たちの荷解きを手伝っていたレノックスは、作業を中断して、鳴りつづける携帯電話に出た。

「レノックスだ」

ぶっきらぼうに答えた。疲れているわ、暑いわで、愛想のいい受け答えをできる気分ではなかった。暗くなって、ぐっすり眠れる時間が近づいているのだからなおのこと。どうせ朝までにすませればいいような、隊内の用事だろう。とはいえ、電話を無視できるような高い階級ではない。

しかし用件を聞くと、出てよかったと思った。電話の声は言った。

「大尉、ご家庭とのあいだで通信回線がつながりました。このまま接続しますので、お待ちください」

たちまち気分が高揚し、一日の疲れは吹き飛んだ。急いで自分の荷物の山からラップトップPCを抜き出し、携帯電話のコネクターをソケットに差しこむ。ログインが承認されると、すぐに妻の顔があらわれた。携帯電話の画面も解像度が高いが、さすがに小さい。ラップトップに映し出すほうが大きく、鮮明で、胸が締めつけられるほど細部まで美しい。

「やあ、かわいい奥さん」

そっと呼びかけながら、こみあげてくるものをこらえる。

「お姫さまの機嫌はどうだい？」

キッチンに据えつけられた広角カメラは、サラが赤ん坊に食事をあたえているようすをとらえていた。サラはカメラのほうをむいた。

「騎士さまがいないのを嘆いてるわ」

接続状態はとてもいい。画像と音声の遅れもほとんどない。

「じゃあ発表。はじめて笑ったのよ」

誇らしさで胸がいっぱいになる一方で、泣きたくなった。突然泣きだしたりしたら、そのへんで作業している兵士たちからからかわれるだろう。それはかまわないのだが、それよりも妻を動揺させたくなかった。

娘がはじめて笑った。人生のかけがえのない一瞬をまた見逃してしまった。そして今日も自分は地球の裏側で砂まみれになっている。

とはいえ、サラの気分を落ちこませたくない。ただでさえ心配をかけているのに、これ以上心労の種をあたえたくない。妻のために、できるだけ明るい声をよそおって答えた。

「笑ったって？　吐きそうになっただけじゃないか？」

妻のクスクス笑いは、耳をとろけさせるのと同時に、胸を矢のようにつらぬいた。

「ちがうわ、本当に笑ったのよ。本当にはじめて笑ったの」

「そうかな。げっぷじゃなくて？」

サラは首を振り、いたずらっぽく笑った。

「あのね、あの夜のことを話してあげてたの。夜に帰ってきたら鍵がかかっててお家にはいれなくて、お隣に鍵を借りにいけばいいのに、パパったら裏庭でキャンプファイヤをはじめちゃって、それから九カ月後に――」

「――おいおい」

レノックスは、困った表情をよそおって話しつづける妻をあわててさえぎった。

「そういうR指定の話は本人がせめて二歳になってからに」

いろいろ思い出したらしいサラの目が笑っている。

「じつは、鍵はそのあいだずっとパパのジャケットにはいってたのよって話してたら、おかしくって笑いだしちゃって、そうしたらこの子も笑ったのよ。でも愉快だから笑ったんじゃなくて、あなたのマヌケぶりを笑ったんだと思うわ」

レノックスは口の端を吊り上げ、

「おれがわざと鍵がないふりをしたとでも？」

サラは張りあうようにあごを上げて、

「わたしがわざと鍵をポケットにいれたとでも？」

こらえきれなくなって笑いだした地球の裏側のサラの声が、中東の麻薬よりも強烈に気持ちを浮き立たせた。

「ねえ、もうそろそろ帰れないの？」

長い長い前線配置が続いてきたが、今回はもう裏付けのない返事はしなくてすむ。

「次は交代の順番がまわってくる予定だ。今度は本当だと大佐もおっしゃってる。最優先にしてやるって」

ふたつの大陸とひとつの海を超えて、娘と見つめあおうとした。

「聞こえたかい、アナベル。もうすぐパパが会いにいくからな……」

ふいに画像が乱れ、ラップトップの画面はブロックノイズだらけになった。

「サラ……？」

妻の声の断片がとぎれとぎれの音楽のようにスピーカーから出てくる。驚いたりあわてたりしたようすはない。こちらは街角のファーストフード店から接続しているわけではないのだ。ときどき接続状態がおかしくなるのには彼女も慣れている。それでもがっかりするのはおなじだ。おたがいに。

すこしいじってみて接続状態が回復しないとわかると、あきらめて、耐衝撃仕様のゴム素材でおおわれたラップトップを閉じた。

ちょうどそのとき、ヒュンヒュンヒュンという重いローター音が夜の空気を震わせはじめた。エプスが音のほうへ二、三歩足を踏み出す。他の兵士たちも作業の手を止め、それほど遠くない離着陸場に大型ヘリが着陸するのを見守った。

なかなか上手な夜間着陸だと、レノックスは思った。パイロットはいい腕をしている。

ところが着陸したとたん、そのまわりを武装したハンヴィーの車列がとりかこんだ。それを見て、到着したヘリに対してレノックスの興味が増した。ハンヴィーには重機関銃やグレネードランチャーが据えつけられ、それぞれ銃手がヘリを狙っている。

いったいなんの騒ぎだ？

ローターの回転を弱めていくヘリに、あちこちからスポットライトがあたった。コクピットはひときわ高輝度の照明で照らされ、強烈な光のなかにパイロットの姿が浮かびあがった。黄褐色のフライトスーツ。口髭。そして無表情。

どうもへんだと、レノックスは思った。どういう状況からこんなふうにかこまれているのか知らないが、これだけ重火器をまわりに並べられたら、手を振って合図するなり、顔をしかめるなり、ハンヴィーの銃手にむかって中指を立てるなり、なんらかの反応をするだろう。しかしパイロットは操縦席にすわったまま微動だにしない。麻痺したようにまっすぐ前を見ているだけだ。

しかし麻痺したパイロットが、MH‐53のような複雑な航空機をさきほどのように上手に着陸させられるわけがない。

管制塔のなかでは、きびしい表情の当直指揮官が双眼鏡をあてていた。大型ヘリの尾翼に焦点をあわせ、つぶやく。

「AF4……。やはりアフガニスタンからか。こちらに飛行計画も提出せず。そもそもなぜここへ？　もっと近いパキスタンの基地もあるのに。やはりなにかおかしい……」

声を大きくし、ヘッドセットのマイクへむける。

「MH‐53のパイロットへ告げる。全システムを停止し、ただちに乗員全員を機外へ出せ。

他意はないが、基地の安全上の理由から、出てくるときに武器を見せないように」固唾を飲んで見つめているのは、レノックスや当直指揮官ばかりではない。しかしヘリのパイロットは命令に従うそぶりをまったく見せなかった。ハンヴィーで包囲する兵士たちも緊張している。動きの軽いトリガーに、神経質な指が伸びる。海外勤務の憲兵隊は、本国では考えられないようなこともふくめてありとあらゆる事態を想定した訓練を積んでいる。しかし、こんな無反応のケースは想定外だ。

「あっ……」

いちばん近い位置にいるハンヴィーの銃手がふいに声をあげて指さした。ヘリのコクピットに見えていた黄褐色のフライトスーツの男が消えたのだ。正確には消えたのではない。銃手の目には、男がテレビの砂嵐に変わったように見えた。三次元のノイズ画面のようになって、次の瞬間には跡形もなく消えていた。

いきなり、耳と身体をつらぬき、神経を逆なでするかん高い音とエネルギーが、砂漠の夜の空気を満たした。急速に強度を増していく。どこかで無機的ななにかが叫んでいる。出所はヘリの内部だ。

統合司令センターでは、ありとあらゆるスクリーンとコンピュータ画面が電子的な混乱をきたしていた。表示がめちゃくちゃになっている。時計さえおかしくなって、ばらばらの時刻をしめしている。

「システムエラー、レーダー使用不能！」

技術兵はしだいに声を高くしながら叫んだ。思わず肩ごしに振り返る。計測機器がすべて故障してしまったいま、信頼できるセンサーは自分の目と耳しかない。

「原因はヘリです！」

レノックスも、目は全員の注目が集まるヘリを凝視したまま、足はゆっくりと大型テントのほうにあとずさっていた。部下やマーフーズ少年といっしょに荷物を運んだ場所だ。うしろではドネリーが両手で耳をふさぎ、鼓膜をつんざく電子音を頭から締め出そうとしている。比較的平然としているのは音楽マニアのエプスくらいだ。聴覚がすでに壊れているらしい。

離着陸場を照明しているナトリウム灯がだんだん明るさを増し、明滅したと思うと——いっせいに破裂した。閃光で全員の網膜に残像を焼きつけ、離着陸場は闇に包まれた。

レノックスは突然の強い光でおかしくなった目をしばたたき、なんとか視力をとりもどした。

ヘリはまだいる。ただ……それはもうヘリではなかった。

なにかがいる。それはたしかだが、もうヘリには見えない。

レノックスの目の前で、それは構造を組み換え、変形していく。そしてこちらを見ている。脚があり、腕があり、頭がある。じつは名前もあった。ブラックアウトだ。しかしレノックスにはわからないことだ。ヘリから変形した機械もあえて名乗りはしない。

レノックスは自分が見ているものが理解できなかった。とても現実とは思えなかった。

まったく意味がわからない。

そして、轟音とともに空気の壁が彼を後方へはじき飛ばした。大尉の視界は真っ暗になった。

2

管制塔の窓は爆発ですべて割れ、内側に吹き飛んだ。内部のスタッフはよろめき退がるか床に叩きつけられた。ガラスの破片に切り裂かれた肉や血飛沫（ちしぶき）が、きれいに掃除されていた床に飛び散る。機器はショートして火花を散らし、窓のそばのモニターは割れて消える。

建物全体の照明が落ちて、非常灯だけになった。まだ生きているスピーカーは、応答を求める声をむなしく発する。しかし答える者はいない。

一般警報が鳴り響き、それを聞いた兵士が、兵舎やまわりの建物からわらわらと出てきた。しかし彼らが目にしたのは、近くに駐機していたC‐17輸送機の列が、エネルギービームを浴びていっぺんに吹き飛び、胴体や翼が不気味な正確さで切り裂かれるようすだった。男も女も逃げまどい、すこしでもしっかりして直立しているものをみつけるとその陰に隠れた。悲鳴と叫び声の混乱のあいまにときどき爆発音が上がる。照明が消えている上に、炎と煙がさらに視界を閉ざしていく。

統合司令センターのなかにいて、さきほどのかん高い音や爆発のあともまだ聴力を失っていない者たちは、ふいに頭上へ注意をむけた。屋根が見えない力によって柱から引き剝がされていく。見上げるスタッフの反応は、パニックから茫然自失までさまざまだ。

そこへ、巨大な手が差しこまれた。技術兵と支援要員は逃げまどう。しかし金属の指は、なにかを求めてコンソールや壁を探りはじめた。

やがてそれは求めるものをみつけたようだ。金属製の巨大な指が、まだ機能しているコンソールのひとつに突っこまれ、数本のケーブルを引き抜く。それらのケーブルは生きているように動きだした。上から差しこまれる巨大な腕に、蛇のように伸びあがって巻きついていく。すると短波長の光線が照射され、ケーブルは次々と溶けてその腕に融合していく。そのあいだも、破壊された司令センターのなかには電子音めいた強烈な騒音が響きつづけている。

当直指揮官は、破壊された屋根の瓦礫から半分だけ這い出したところで、目の前に生きている画面があるのに気づいた。機能しないはずのものが機能している。なにかがセキュリティコードを破ったかバイパスして、コンソール内のドライブにアクセスしている。管制塔の他のシステムからは意図的に切り離されているはずなのに。

ファイルが次々と開かれていく。開かれてはいけない、普通は見られてはいけないファイルだ。当直指揮官さえも閲覧許可を持っていない。

画面の文字の流れが一瞬止まったときに、タイトルが読めた。

〈セクター7〉？　なんだそれは？　機密レベルがきわめて高いために聞いたことがないのだとしたら、当然いま、そんなファイルが開かれたり見られたりしていいはずはない。

当直指揮官は必死に瓦礫から残りの半身を引き出そうとした。しかし両脚がなにかにはさまっていて抜けない。下半身の感覚がまだあることをよろこぶべきかもしれないが。

室内のすこし先で動く人影をみつけ、その伍長を必死で呼んだ。伍長は、まだ室内を徘徊している巨大な金属の手につかまらないように用心しながら、こちらへやってきた。

当直指揮官はその伍長に強い口調で命じた。

「あいつは機密のファイルを探している。基地外の情報にもアクセスしているぞ！　ケーブルを切断しろ！　物理的に叩き切るんだ！」

伍長は、命令の内容が頭にしみこむのにすこし時間がかかったようだ。しかし理解するとすぐにうなずき、瓦礫のあいだをかきまわしはじめた。しばらくして、壁に固定されたままの消防用の斧に気づいた。コンクリートの塊をぶつけてケースを割り、斧を取り出して、右肩にかついで駆けもどってきた。

伍長は大柄で筋骨たくましかった。頭上に振り上げた斧を、渾身の力で太い通信ケーブルのとぐろに叩きつける。火花と閃光。外部との接続は遮断された。

当直指揮官はほっとした。通信途絶に続いて、まるで怒りの吠え声のようにかん高い騒音が響いた。

基地全体に急速に混乱が広がるなかで、レノックスとその部下たちはモータープールを走っていた。駐めてあるハンヴィーにどこかの兵士がうっかりキーを挿しっぱなしにしていないかと、はかない希望を持ってみたが、さすがにそんな幸運はころがっていなかった。動いている車両に乗せてもらえることを期待して走りつづけた。

M1エイブラムス戦車が二列に駐車されているところを走り抜けようとすると――そこは暴れる石柱のような巨大な脚のあいだだった。

レノックスは見上げて呆然とした。姿をあらわしたのは、ロボットかそれを思わせる機械だ。全体のシルエットは人間とほぼおなじで、おおむね左右対称。しかしそれ以外のほとんどは驚くほど、そして不気味なほど異なっている。ちがいすぎる。最近の映画に出てくるどんな怪物とも似ていない。

足が近くの地面を踏みしめると、地震のように揺れ、連結されていないトレーラーがおもちゃのようにつぶれた。映画のCGではない。いたずらで驚かせるリアリティ番組でもない。ペンタゴンと契約した広告代理店製作の広報映像でもない。

レノックスも部下たちも武器らしい武器はピストルくらいしか持っていなかった。ただしエプスは、荷下ろしエリアから逃げるときにとっさに赤外線暗視カメラを引っつかんできていた。ライフルではなく最新の電子デバイスに手を伸ばすあたりがエプスらしいと、レノックスは障害物をよけて走りながら思った。味方の動きもなるべく注意していたいが、巨大なロボットの足をよけるのに忙しく、ままならない。

その背後で、エプスが踏みつぶされそうになって転がり、赤外線カメラをまっすぐ上にむけた。ちゃんと映っているかどうか確認している余裕はない。しかし頭上の視界のほとんどはこの凶暴な機械で占められているので、なにが映っていてもなんらかの役に立つだろう。

それから起き上がり、仲間たちを追って走りはじめた。

エプスの持つ赤外線カメラに気づいたのは、レノックスだけではなかった。エプスが撮影したときに、その存在に注意を惹かれたブラックアウトが、照準システムをその電子デバイスにむけてロックオン。兵器を発射した。

レノックスはその発射音を聞いて、マーフーズにタックルして地面に引き倒した。音は頭上を通過し、離れたところで爆発した。

エプスは、パレットに積まれた資材と役に立たない駐車車両のあいだを、必死に走っていた。

フィゲロアも近くにいた。背負ったロケットランチャーをかまえようとして苦労している。レノックスは代わりにやってやった。准尉の背中からランチャーを取ると、発射口を上にむけてそのままトリガーを引いた。照準もなにもない。視界のほとんどは迫りくる巨大な機械におおわれているので、とにかくすばやさが肝心と判断したのだ。

ランチャーから飛び出した燐とマグネシウムの炎は、まるで独立記念日のワシントンDCでおこなわれる花火大会のフィナーレのようだった。たりないのはチャイコフスキー《序曲》の最終楽章くらいだ。

バラバラに飛んでいく弾頭のいくつかがロボットに命中した。意外にも、ロボットはそれで足を止めた。それどころか、巨大な歩幅で数歩退がった。

炎と煙と混乱のさなか、ロボットの背中から離れて砂の上に落ちたものがあったことには、だれも気づかなかった。それはクルリと旋回し、混乱した周囲の状況を確認した。離れてきた仲間とおなじく金属と特殊合金でできている。しかし巨大な二足歩行するロボットとちがって、そのシルエットは人間とは似ていない。この地域に棲むもっと小型の生き物を手本にした形になっている。強力な機械の前脚で砂を掘り、すでに半分潜っている。到着したところをだれにも見られず、去っていくところもだれにも見られなかった。

レノックスは、基地の中心部で荒れ狂う混乱から、部下ともどもなんとか脱出できたようだと判断した。

しかし彼も部下たちも、背後の砂のなかからあらわれたサソリ形ロボットの機械の頭部には、気づかなかった。光るレンズが闇を見まわし、砂の地面と空を簡単に区別した。そして、東の地平線にむかって急速に移動していく多くの熱シグネチャーを発見した。

不気味な頭はふたたび砂に潜って消えた。そこから砂の盛り上がった畝が急速に東へと伸びはじめた。

メガザラックは指示された標的を発見し、追跡を開始した。

　高校の名前は多種多様である。有名な科学者、歴史上の偉人の名前を冠したり、地元出身のスポーツヒーローや多額の寄付をした篤志家にちなんで改名されることもある。人名ではなく、歴史上の大事件や、一部には動物の名前からとった校名もある。

　トランキリティ高校は、その無個性な校名に賛否両論あった。じつをいえば、通っている生徒は、校名どおりに平凡な中産階級の子が主体である。金曜夜のフットボールの試合（ライバル校からは〝戦う女装集団（トランスベスタイト）〟としばしばバカにされる）でのチアリーディングの時間をのぞけば、平穏（トランキリティ）などという地味な名前を誇らしく口にする者はいなかった。

　いうまでもなく、校名の由来は所在地の町の名である。生徒のなかには、初の月面着陸地点である静かの海基地（トランキリティ・ベース）を由来とするやや強引な主張もあった。それを学校新聞のうっかり者の記者が〝フリー・ベース〟と書きまちがえ、コカインの名前といっしょにするとはなにごとかと編集部を永久追放になったのは、またべつの話である。

　その高校のある教室に、アーチボルド・ウィトウィキー船長の顔があった。古い新聞から切り抜かれた写真で、ラップトップPCの画面に表示されている。謹厳実直な海の男の顔の下には、かなりあやしい説明文が踊っている。すなわち、「氷男を発見したとされる北極の冒険者！」……。

　この切り抜き写真は、競売サイトのイーベイに出された広告である。この広告文の下では、船長が実際に使用したとされる古い眼鏡が売られている。眼鏡が回収された経緯について、売りこみ口上では詳述されていない。なにかしら具体的なことが書いてあれば品物はすぐに売れていただろう。しかしそのような細かい事実関係は、誹謗中傷の的となった船長本人とともに、歴史の闇のかなたである。この眼鏡をネット上の競売サイトに出品した現在の所有者の知るところではない。

その所有者、サミュエル・ウィトウィキーにとって、この眼鏡は大切なものだった。なにしろ曾々祖父の持ち物である。一字一句に気を配って書いた広告文によれば、この眼鏡は他のさまざまな形見の品とともに、船長の子孫の一人が出品している。子孫、つまりサムにとって、それだけはたしかな事実だった。

曾々祖父の眼鏡を手放したくはない。しかしいまのサムには金が必要だった。記録で読むだけで会ったことはない遠い血縁者の形見よりも、いまはもっと重要なことがあるのだ。

教壇にチラリと目をやり、ホズニー先生がこちらを見ていないことを確認すると、入札状況を確認した。しかし専用ソフトが伝える数字は冷酷だ。入札ゼロ。

サムはため息をついて顔を上げ、教室内を見た。その目が自然にとまるのは、ミカエラ・ベインズのうしろ姿だ。

彼女は、一口でいうと、スクリーンセーバーから飛び出してきたような美少女だ。すべてが美しく整っていて、声やしぐさもかわいらしい。

サムにとってはとうてい高嶺の花だ。

それどころか、彼女の隣には、現在の彼氏であるトレント・デマーコがすわっている。デマーコは筋肉質で、話し上手で、身だしなみもいい。今も昔も女子に人気のあるタイプだ。デマーコやその手のやつらの繁殖を禁止する州法か連邦法があればいいのにとサムは思ったが、残念ながらそんなものはないと認めざるをえなかった。

退化論に一票だと、胸のうちでつぶやいた。インテリジェントデザイン説に対する明々白々な反証は、この教室でミカエラ・ベインズの隣にすわっている。

教壇から、最後の審判を告げるトランペット（すくなくとも耐えがたくうんざりさせられる声）が響いた。

「ウィトウィッキー君、きみの番だ」

まるでフットボールの第四クォーターでの大逆転を宣言するアナウンサーのように、社会科の先生の声が高らかに響いた。

サムの隣の机にすわる親友のマイルズが、やや身を乗り出し、ラップトップの画面の前で軽く指を鳴らした。

「おい、サム……落ち着いてやれよ、いいな」

サムはラップトップを閉じ、バックパックと、ボール紙でつくったボードを持って立ち上がった。ボードには、ていねいだがあまり上手ではない字で〝ぼくの家系〟とタイトルが書かれている。

バターンの捕虜が死の行進で味わった気分をかみしめながら、自分の席から教室のまえへと陰気に旅立つ。道々浴びるのは、女子のあざけるようなクスクス笑いだ。そういうクスクス笑い遺伝子は、授業中に投げる丸めた紙やストローで飛ばす紙つぶてのような恥ずかしいアイテムとともに、大人になる過程で抑制されて消えていくものだが、十代真っ盛りの彼女たちはまだまだらしい。

教壇にたどりついたサムは、緊張のあまり顔面蒼白になりつつ、ボードをゆっくりと黒板に立てかける。そして敵と味方がいりまじるクラスにむきなおった。割合は前者が圧倒的に多い。

「ええと……」

ひとことめから口ごもる。ホズニー先生は辛抱強い王のように自分の机から泰然として見つめている。

「その……家系のレポートでとりあげることにしたのは、ぼくの曾々祖父のアーチボルド・ウィトウィキー船長です。北極圏を航海した最初の人物の一人です」

クラスの中心あたりで、トレント・デマーコがミカエラ・ベインズに顔を寄せ、いつものキザな態度で嘲笑的なコメントをささやいた。大人びた機知をよそおいたがる、ある意味で青臭いその態度に、うるわしのミカエラはかすかな笑みを返した。コメントをおもしろく聞いたのか、たんに受け流したのかはわからない。

二人を気にしないようにしながら、サムはバックパックを開いた。デマーコがスポーツ選手らしい正確さで飛ばした輪ゴムが頭にあたったが、無視してみせた。舟を漕ぎはじめていたホズニー先生が目を開いたものの、ゴム製品の発射にはわずかに気づかなかった。

「やめなさいよ」

デマーコにささやいたのは、眉をひそめたミカエラだった。

「なんのことだい？」

トランキリティ高校フットボールチームのスタープレーヤーはとぼけてみせたが、名演技とはいえなかった。

サムは黙って、髪に引っかかった輪ゴムをとった。今日は自分に残された古いガラクタを、イーベイ経由ではなく対面販売で処分して、いくばくかの金にかえるつもりなのだ。

気持ちを落ち着けてテーブルに並べはじめたのは、さまざまな古い航海用計器だった。ひどく汚れてすりきれ、あちこち壊れたり部品が紛失したりしている。これではとてもコレクターの興味は惹けない。コレクターが欲しがるのは美麗品だ。長年屋外に（しかも北極圏の屋外に）放置されて傷んだガラクタではない。

授業でこれを使って、もし（かなり希望的だが）いい評点をもらえたら、あと二週間ほどイーベイで粘るつもりだった。それでだめなら二束三文の古物商に持っていく。先祖の形見は名残惜しいが、自動車のほうが優先だ。

「それで、今日持ってきたのは、十九世紀の船乗りが使っていた道具の一部です」

予想どおりの忍び笑いが聞こえても無視。間をおかずに続けた。

「これは四分儀です。今日の値段は七十五ドルです。こっちのは六分儀といって、海の上で天体観測で船の位置を測るためのものです。部品がなくなっていますが、五十ドルは格安、お買い得品です。おたくの机に飾ると引き立ちます」

手でしめしながら次々と説明していく。

「これは見てのとおり、携帯用羅針儀です。八十ドルでお譲りします。そしてこれは、船長の本物の眼鏡。本当の北極圏で、本当の探険旅行に使われたものです。お値段はご相談ください」

ホズニー先生が自分の眼鏡ごしに、冷ややかな声で言った。

「ウィトウィキー君、これは〝お家のめずらしいもの発表会〟ではないし、もちろんテレビのショッピングチャンネルでもない。十一学年の授業だ。それから、今日の発表はこの授業の最終評価にかなり大きな割合を占めることを、もし忘れているならもう一度教えておこう」

いつもならホズニー先生の失望口調にビビってしまうところだが、今日のサムはちがった。らしくない強気で抗弁した。

「べつに小銭稼ぎをしているわけではありません、ホズニー先生。これには真剣な目的があるんです。ぼくはこれらの品物を売って、マイカー購入資金に充(あ)てるつもりです。自動車を持てば行動範囲が広がり、広い世界を経験できます。教育的にすばらしいことではありませんか」

クラスメートたちにむきなおり、手を振ってみすぼらしい商品群をしめす。

「これらはイーベイに出品していますので、お友だちにも教えてあげてください。ペイパル決済も可です。贈り物にも最適です。たとえば羅針儀はコロンブス記念日に……」

ホズニー先生の声が危険な響きを帯びる。

「サム……」

「わかりました」

すぐに返事をして、発表のほうを続けた。

「とにかく、何年も何年も低体温症をくりかえしていたせいで、アーチボルド船長は脳が半分凍ってしまい、後年は視力と正気を失ってしまいました。収容された精神科病棟では、奇妙なシンボルをくりかえし描きながら、氷の巨人がどうのこうのとうわごとを言いつづけていたそうです」

退屈して、サムの話でも聞くしかなくなっていたクラスメートたちは、そこで数人が「へえ」とか「ふーん」とか声を漏らした。

サムは気をよくして、黒板のほうをむくと、新聞の切り抜きを拡大コピーしたボードをしめした。イーベイの出品広告に使っている船長の顔写真の下に、べつの写真がある。老探検家が精神科病棟でとりつかれたように描きつづけた、シンボルらしい絵のひとつだ。

古い写真ながら驚くほど鮮明に映っている。にもかかわらず、サムも、ホズニー先生も、クラスメートたちにも、それがなんなのかまったくわからなかった。アーチボルド・ウィトウィッキーの治療にあたった医者にもわからなかった。

じつのところ、それはだれが見てもわからなかったはずだ。

地球上のだれにも。

サムが発表を続けようとしたとき、奇跡的なことが起きた。ベルが鳴ったのだ。終わりのベル。誰がために終業の鐘は鳴るのか。それはぼくのためだと、安堵したサムは思った。たちまちクラスメートたちは、東京のラッシュアワーの地下鉄さながらにドアに殺到した。いつもの狂乱状態の生徒たちの背中にむかって、ホズニー先生は決然と声を上げた。

「今日はこれまで！　明日は抜き打ちテストがあるかもしれないし、ないかもしれない。今夜は不安におびえて眠るように。以上」

教卓の椅子にもどりながら、教室に残ったもう一人のほうをジロリと横目で見る。

「ベルに救われたな、ウィトウィキー君。この幸運をせいぜい楽しみたまえ。しかし人生こんな幸運ばかりではないことを肝に銘じておいたほうがいいぞ」

そして疲れたようなため息。

サムはといえば、こらえきれない好奇心と恐れで教室を去るに去れずにいた。

「あの……もしよければ、教えてくれませんか。その……ぼくの評点は？」

ホズニー先生は背中を起こし、左をむいた。ていねいにつくられたボール紙のボードを眺め、壊れた古い計器の展示物を一瞥。

「ほぼ確実にBマイナスだな」

「Bマイナス⁉」

サムはまるで銃で撃たれたような顔をして、思わず訊き返した。銃弾のようなショックはある意味で本当だ。四分儀や六分儀や羅針儀や眼鏡のほうを、必死でさししめす。汚れを拭いて金属部分を磨きあげるのに、いったい何時間かけたと思っているのか。汚れた雑巾と磨き粉の空き缶も並べればよかったのか。

「視覚教材だってがんばったんですよ」

ホズニー先生は認めた。

「興味深い展示だった。しかし使い方がまずかった。その歴史的文脈を強調すべきだった。金銭価値への期待などではなくてね」

顔を机にもどし、提出物の山にむかいながら、

「とにかく、感じるところがなかった。そう――情熱が不足していた」

サムは礼儀もなにも忘れて食ってかかった。発表の展示品にあれほどがんばったのに。

「情熱不足ですって？　ぼくは情熱にあふれてますよ！」

ホズニー先生は眠りかけの軟体動物ほどにも興味をしめさない。サムは必死で続けた。

「先生、先生、お願いです。窓の外を見てくれませんか。ちょっとだけでいいです」

気が乗らない教師は、オイルの切れた古い建設用クレーンのようにゆっくりと回転椅子をめぐらせた。サムは外を指さす。

「あそこに、クルマのなかにすわっている人がいますよね。道をまっすぐ行った先の、内側の路肩です」

ホズニー先生は眼鏡ごしに目を細めた。たしかに路肩にそって駐車したクルマのなかに男が一人いる。だからなんだというのか。室内に顔をもどし、急に熱っぽくしゃべりはじめた生徒を見た。

サムは説明した。

「あれは父です。去年、ぼくの十六歳の誕生日に約束してくれたんです。ぼくが二千ドル貯金して、評点Aを三つとったら、クルマを買うのを半額補助してくれるって。他の条件は全部クリアしました。あとはこの授業で、最低でもAマイナスをもらえればいいんです」

ホズニー先生の頭にふいに思い出がよぎった。宙にむけた目は、そこから精霊があらわれて、自分をとりかこむ無気力の壁を取り去ってくれることを願っているようだ。

「ああ、わたしがはじめてクルマを買ったときのことを思い出すよ。一九七〇年式のグレムリンだった」

「それ、まだ乗ってます?」

教師からジロリとにらまれ、サムはあわてて話をもどした。

「とにかく……ようするにですね、ホズニー先生。ぼくの未来が、ぼくの自由が、ぼくのさらなる教育機会が、いま先生の両手に握られているんです。考えなおしてください、先生。もう一度考えてください……昔を思い出して」

ホズニーは相手の目を見た。交わされる視線は、いまは教師と生徒ではない。男と……

男とまではいかないが、それに近い。

サムは長い沈黙に耐えきれなくなって、小声で言った。

「ぼくも泣き落としなんかしたくないんです」

息子はなにをぐずぐずしているのだろうと思いながら、ロン・ウィトウィキーはクルマのなかで腕時計に目をやった。サムはいろいろ欠点があるが、約束の時間だけは守る子のはずだ。

その息子が、不機嫌そうな顔で学校の外の草の斜面を駆け降りて、クルマに乗ってきた。

ロンは表情を消して訊いた。

「で？」

息子はいつになく黙りこんでいた。二秒近くも。

そしてゆっくりと、こらえきれなくなったようにニヤニヤ笑いをはじめ、この日最後の授業の最終レポートの表紙を広げてみせた。太い字で大きく〝A⁻〟と書かれている。

「最後の最後の授業だよ、パパ。第四クォーター終了間際。でも、これで、半額補助だからね」

父親は表情を変えなかった。しかし表情に出せるものなら、満面の笑みの息子よりさらにその評点をよろこびたかった。

ロンはいまのサムよりずっと幼かったころ、家のクルマの窓ガラスに顔を押しつけ、通りすぎる店先を眺めるのが大好きだった。ドラッグストア、ブティック、カフェ、園芸用品店、ファーストフードの系列店、不動産会社の事務所……。とりどりの色と当時はよく読めなかった文字がクルマの横を流れていった。なかでも楽しみだったのが町のギフトショップだ。刺繍の服、安ぴか雑貨、Tシャツ、そしてなにより特製のキャンディを売っていた。いまでもロンはキャンディが好きだが、それはまたべつの意味のものだ。

地元のフォルクスワーゲン‐ポルシェ販売店の看板が近づいてきた。ロンはそちらへステアリングを切り、

「さあビッグニュースだ、サム。おまえのクルマはポルシェ……じゃないぞ」

すぐに北行きの車線にもどった。

ロンは軽い笑いの発作に見舞われた。こんな思わせぶりな行為や言葉は、一種の児童虐待かもしれない。しかし笑いは止まらなかった。

サムはがっくりとシートに身体を沈め、不機嫌な顔で不機嫌な声を発した。

「あ、あんまりだ……あんまりだよ。血肉を分けた息子を、生物学的な子孫を、おなじ姓を受け継ぐ者を、こんなふうにからかうなんて。人としてどうかと思うよ。父親として恥ずかしくないの？」

運転席をにらむ。

ロンはまじめに返事をしようと思って息子のほうを見た。しかしその情けない顔を見て、また吹き出した。

おかしくて腹の皮がよじれるロンも、一時的に奈落に落とされたサムも、このとき気づいてはいなかった。うしろにすこし離れて、見るからにポンコツ傷だらけの、真っ黄色の一九七五年式カマロがつけてきていることを。

展示場のまえに立つケバケバしい看板には、ボリビア中古自動車販売と書かれていた。目をおおうばかりのポンコツ車の品揃えに陰気なまなざしをむけながら、いったいこの屋号は経営者の名前なのか、それとも並べてあるクルマの生産国をさしているのかと、サムは考えていた。古色蒼然とした鉄の塊がドアも開けられないほどすし詰めに並んでいるようすは、さきほど通過したきらびやかなポルシェ販売店とはくらべる気にもなれない。売り物のほとんどは、いまは天に召されたらしいホズニー先生の古いグレムリンより、さらに長い歴史を刻んでいるようだ。あろうことか父親はこの店の前でブレーキを踏んでいる。

道路に面した店先には、ピエロの恰好をした男が一人立っていた。ピエロ服はくたびれきり、なかの男はさらにくたびれている。素人臭いメイキャップは暑い日差しの下で溶けて流れている。なかの男も溶けて流れそうな気分にちがいない。手袋をした両手で掲げもつ看板には――〈格安中古車4U(フォーユー)〉

サムと父親が展示場に乗りいれると、ピエロは手看板をクルリと裏返した。

そこには――〈ピエロのいたずらじゃないピエロ!〉

どーん。サムの気分は地の底に落ちた。

「こ……こんなとこ、やだやだやだ絶対やだ。クルマの半額補助って言ったじゃない。ガラクタの半額補助なんて言ってない」

うしろに遠ざかるピエロの手看板を必死でしめす。

「ほら、あそこに書いてあるだろう。格安ガラクタ4U。ガラクタ車輪付き（オン・ホイール）って意味だよ。つまり……」

不平不満を聞きあきたロンは、息子のほうをむいて、きびしい口調になった。

「おれがおまえの年には、タイヤが四つついてエンジンが一個載ってるだけで満足だった。おまえはいい時代に生まれたんだぞ。なにしろ屋根もある。窓もある。もしかしたらラジオまで」

サムは激怒した。

「ラジオ⁉ ラジオでなに？ ローン・レンジャーやザ・シャドウを聴けって？」

父親のほうに身を乗り出したサムは、思わず知らず、ホズニー先生のお説教ポーズをとっていた。

「あのね、説明してあげるからよく聞いて。パパは古代人で、それはパパが悪いわけじゃないし、知らないことがあるのもしかたないよ。まともなクルマというのは女の子が、きゃー、さわってみたーい、乗ってみたーい、っていうようなものなんだよ。ここにあるのは、ぎゃーっ、変なのが来たー、逃げて逃げて全力疾走ーっ、て感じ。クルマに女の子を乗せたら、なにか飲むかいベイビー、て尋ねるものなの。胃薬ならカップホルダーにはいってるからご自由に、じゃだめ」

もちろんそんな抗弁にひるむロンではない。

「いや、女の子たちは、汗水たらして得た金の価値を知っている立派な男だとおまえを思うだろう。父親を手伝ってまじめに働いてコツコツ貯金したんだなと。いつも言ってるだろう、犠牲なしに――」

「――勝利なし」

サムはあとを続けた。昔は祖父の口癖で、いまは父親の口癖だ。

「わかってる、わかってるよ。ウィトウィッキー家の家訓ね」

伝統に言い負かされ、現実に打ち負かされて、サムはシートにへたりこんだ。ダッシュボードを陰気に眺める。展示場のクルマを見てまわろうにも気力が湧いてこない。見るだにうんざりだ。父親がクルマを駐車しながらいった言葉もひどかった。

「そんなに新車がいいなら……自転車にするか？」

そんなからかいには断固、沈黙で答えた。

いいなりになるわけではなく、ただ不機嫌にドアを開けてクルマを降りた。ロンも続く。

親子はすぐに経営者に迎えられた（というより行く手に立ちはだかられた）。中古車屋のおやじは満面の営業スマイルで二人を歓迎する。ロンはまだ警戒しつつ、さしだされた手を握った。

おやじはそれまでにピエロの状態に気づき、工場の整備士のほうをむいて怒鳴った。

「おい、マニー！　おまえの従弟、ピエロ服を脱がせてやれ。また熱中症になるぞ。白人のお客さんがびっくりしちまう」

金になる営業スマイルは瞬時に復活。整備士のパワーレンチ操作よりすばやい。

「やあ、いらっしゃいいらっしゃい、ボビー・ボリビアです。南の国の名前とおんなじ。違いは下痢しないこと。なんなりとご用命ください」

握ったロンの手をブンブンと振る。元気がありあまって、話しながら首も振る。まるであやつり人形だが、糸は見えない。

ロンは歓迎の握手からようやく自分の手を取り返した。

「よろしく。今日はうちの息子が買うはじめてのクルマを探しにね」

メイキャップもしていないのに、ボリビアの目玉がピエロよりもギョロリと剝かれる。

「それでうちに。じゃあもうあっしらは家族同然だ。これからはボビー・Bおじさんと呼んでくださいよ」

サムの両肩にがっきと腕をまわす。サムはたじろいだが、この腕力から脱出は不可能なようだ。ポルシェ販売店の前で焼身自殺することを考えていたのだが、ドラマチックなのはともかく、短期的利益はないのでやめた。

「あっしは長年この商売をやっとってね、坊ちゃん」

ボリビアの口から漂う摩訶不思議な臭気のもとも気になったが、究明はあきらめた。古い日本の恐怖映画でいうように、この世には人知のおよばぬものがあるのだ。

ボリビアはいやがる囚人に自説を垂れた。

「自由への第一歩はエンジンフードの下に詰まっとるんだよ。ドライバーがクルマを選ぶもんだと思うかね？　ちがうちがう。クルマがドライバーを選ぶんだ」

空いている手を振って全宇宙をさししめす。

「人と機械は神秘の絆で結ばれてる、本当に。これにはどんな女もかなわない。嘘だと思うかい？　ママのまえで絶対嘘はつかん」

サムの両肩をプロレスのWWEチャンピオンのようにがっちりと極めたまま、客の困惑もかまわず強引に振りまわして、店の隣に立つ住居のほうをむける。そのフロントポーチに老婦人が一人。ロッキングチェアをゆっくり揺らしている。

「あすこのポーチにすわってるだろう。ママ、手を振って！」

老婦人が反応しないと見ると、ボリビアはさらに声を張りあげた。

「ママ！　手を振って！」

やはり見むきもされない。ボリビアの営業スマイルに変化はなかったが、声はやや陰険になった。

「ママ、聞こえてるのはわかってんだ。しまいには石投げるぜ！」

老婦人はようやく反応した。声ではなく、皺だらけの右手のひとさし指を立て、ゆっくりと天をさす。

含蓄のあるお返事である。

ボリビアは、もはや瀕死の若い客のむきをふたたびグルリと変え、展示場へと案内しはじめた。サムはそこに並ぶ鉄くずの群れを見ながら、太古に自動車と呼ばれたものもなくはないようだと、あきらめの境地で思った。

ロンもあとをついてくる。ロールスの新車を品定めにきた英国貴族さながらの気どった態度で、ミニバンを見たり、なかば化石化したクーペをのぞいたりしている。

サムは全部まとめて無視した。目はどこも見ない。頭はなにも考えない。うるわしのミカエラ・ベインズをエスコートして町を流す夢は、うろ覚えの俳句のごとく遠くなりにけり。

ふいに、その足が止まった。

ボリビアの腕からスルリと抜け出してあと戻り。スクラップとママさんドライバーの事故車の列のあいだに駆けこんでいく。

中古車選びの心得は父親から聞かされていた。具体的な交渉にはいるまでは、特定の一台に注意を惹かれたそぶりを決して見せてはいけないといわれていた。

なのに、思わず、見つめてしまった。

カマロ。クラシックだ。ブライトイエロー。本当に真っ黄色。まわりのものまで黄色く見えてしまうくらい。まあいい。中古車選びで色はあきらめるのが鉄則だ。ペンキに出すという手もある。カマロだ。どんなエンジンがフードの下に載っているのだろう。きっと汚れきって、ろくにメンテしてなくて、大幅に手をいれないと使えない代物だろう。そもそもエンジンが載っているかどうかもわからない。黒のレーシングストライプがはいっている。いかにも安っぽい。すこしでも恰好よくしたくて自動車用品店で十ドルでやってみましたという感じ。それでも……黒のレーシングストライプ。

だれかの声が聞こえた。

「いちおうレーシングストライプ入りだな」

自分の声だった。

このクルマに視線を奪われているのはサムだけでなかった。ボリビアも目を丸くし、首をひねり、最後に疑問を口にした。

「こいつはどこから出てきたんだ？　こんなもんを展示場にいれた憶えはねえがなあ」

クルリとむきを変えて、展示場の責任者を大声で呼んだ。責任者は、ブランド消滅まで生き延びてしまった古いオールズモビルのフードを拭いている。

「マニー！」ボリビアはカマロを指さし、「こいつぁなんだ？」

こちらへやってきた責任者は、真っ黄色のクルマをじいっと眺め、頭のうしろをポリポリと掻き、鼻をすすり……しかし、ボロいとだけは言わなかった。やがて考えを話した。

「先週の入庫車といっしょにはいってきたんじゃないすかね。ほら、でっかいトレーラートラックに積まれてきたやつで、出所は例の――」

「そうかそうかわかったもういいぞマニー」

ボリビアは早口に言って、責任者を反対方向にむけ、いっしょに歩きながらその耳もとでなにやらきつい言葉をならべはじめた。

店のおやじがいなくなったのをさいわいと、サムはドアハンドルに手をかけてみた。ロックされていない。この店の防犯体制がいいかげんな証拠か、それとも……盗む価値のないものに手間暇かけないだけか。

運転席に滑りこむ。

座面クッションはへたっておらず、快適だ。シートバックも背骨の曲線をうまく保持してくれる。ステアリングの高さはぴったり、距離も理想的で、どこも調整する必要がない。ドアの開閉で異音が出たり、すわったとたんにシートスプリングが飛び出して尻に刺さったりしなくてよかった……と思ったのはぬか喜びだった。ダッシュボードを見てサムはげんなりした。

「げえ、8トラックのデッキーぃ？　こんなの女の子が見たら気絶するよ」

情けない顔で窓の外の父親を見て、

「これのカセットってぼくのｉＰｏｄよりデカいんだよ。旧式にもほどがある」

ロンは鷹揚な笑みで答えた。

「イーベイで探す楽しみができたと思えばいいじゃないか」

ボリビアの不在は短時間だった。帰ってくると、謎のクルマの運転席には今日の客がしっかりおさまっている。若者が悪態もついていないし、気持ち悪がってもいないのを見ると、すべての疑問をいったん棚上げした。このクルマの出所は要確認だが、それは事務的な話。いまは商売に徹することにした。

「どうだい、ぴったりだろう。かっこよく見えるぜ、坊ちゃん。この時代のカマロにゃ最高のエンジンが載ってんだ。いま見せてやっからな……」

クルマの前にまわって、エンジンフードを開けようとかがむ。しかしうまく開かない。腕の筋肉を盛り上げるものの、フードは一ミリたりと上がらなかった。

店のおやじが強情な鉄板相手に苦労している一方で、サムはステアリングホイール上の光るものに注意を惹かれていた。エンブレムだ。埃まみれだったが、ちょっと唾をつけてグリグリこすると汚れはとれ、輪郭がはっきりした。

観察して眉をひそめた。なんだろう、これは。すくなくとも見慣れたシボレーのボウタイ形マークではない。たぶんカスタムショップのロゴだろう。

ロンは、クルマと息子を充分観察してから、結論を出した。ボリビアにむきなおり、魔法の言葉を口にする。

「いくら?」

ボリビアはポケットから馬の前脚くらいもある太い油まみれの鉛筆をとりだし、考えこむポーズをとった（ポーズだけ）。そして汚れたフロントガラスを指先でこねながら、次のように返事した。

「ふうむ、そうですなあ……。クラシックカーに近いこのクルマの性格と……時代を超えた車名の伝統……そしてレーシングストライプのはいったカスタム仕様であることを考えて……五千ですな」

ロンは一度だけそっけなくうなずいた。

「うちが出せるのは四千が限度だ」

「四千？　カマロを？　それじゃドンガラしか買えねえや」

運転席のサムを鋭く見下ろし、

「坊ちゃん、降りな」

サムは開いた窓から身を乗り出し、懇願する顔で店のおやじを見た。

「だってさっきは、クルマがドライバーを選ぶんだって……」

ボリビアは容赦しなかった。客は餌に食いついた。罠にかかったのだ。あとは獲物があがくようすをとくと見させてもらう。ここから先の攻防は慣れている。場数なら何千回も踏んでいるのだ。なにげない口ぶりで話を継ぐ。

「そりゃあね、しみったれの父親を選ぶクルマは他にあるってこと」

べつの方向をむいて、解体途中のようなペーサーを手でしめす。

「たとえば、あっちにあるコンディション良好の――」

売りこみ口上は途中でとぎれた。もっと古いクルマのセクションへ移動しようとしてむきを変えたとき、カマロの助手席ドアが突然開いて隣のクルマにぶつかったのだ。ボリビアは、両脚とそれがつながる丸々太った尻をあやうく潰されるところだった。バランスを失って転倒しそうになる。姿勢の回復と同時に、精神状態の回復も必要だった。

「ああっと……こいつはドアが悪いんじゃない。ヒンジが緩んでるだけでね。叩きゃ直る。それだけドアの動きが滑らかかってこった。こういう古い年式だと、ヒンジが錆びちまって交換しなくちゃならねえこともしばしばなんだが……こいつは絹みてえに動きが滑らかだ」

笑顔でカマロを見てから、すぐに展示場責任者に怒鳴る。

「マニー！　大ハンマーもってこい！」

それと同時に、展示場の反対側へ行きたい身ぶりをした。危ないカマロからできるだけ離れたいのと、これから必要になるはずの書類手続きに早く近づきたい心理からだ。この親子が帰るまえに、父親の名前を売約済みの札に黒々と書きつけてやる。このミステリアスなカマロから親子の気持ちがだんだん離れていくようなら……。

「じゃあ、あっちの掘り出し物を見てもらいましょうかね……」

展示場の奥をしめしながら、勝手に開いたらしいカマロのドアを強く押した。それがバタンと閉まったとたん、クラクションが鳴りはじめた。

いや、ただのクラクションではない。これは音の爆発だと、ボリビアは思った。

音量のせいか、音色のせいか、耳では感じないなにかのせいかもしれない。高すぎる音は人間の耳には聞こえないらしい。

とにかく、その結果発生した強烈な振動によって、展示場に並んだ他のすべてのクルマの窓ガラスが割れた。ガラスの惨劇をまのあたりにして、ボリビアの下顎はブラジルの南まで落ちた。

これまで大切にし、コツコツ築き上げ、金を生んでくれた展示場が、まるで十秒間の雹嵐に遭ったようにめちゃくちゃになった。無数のガラスの破片が日差しを浴びてキラキラ光っている。むしろ美しいくらいだ。

ボリビアは左右の頬に両手の指をめりこませ、悶絶しそうになった。

「うわああああ、なんてこったあああ！　マニー、ちょっと来おおおい！」

ロンは度肝を抜かれ、息子を連れてそそくさと客用駐車場へ退散しはじめた。やはりどうもこの店はおかしい。並べているクルマの整備状態とはべつの問題だ。

父と息子は早足だったが、ボリビアは追いかけてつかまえた。突然かつ予想外の惨事にみまわれ、深く動揺しながらも、せっかく買う気になった客を逃すのは商魂が許さない。

息を整えながら言う。

「待った待った待った！　わかった、わかったから！　今日は旦那のラッキーデーだ。あっしじゃねえ。うちはこれから、なにがどうなってるのか調べたり掃除したりしなくちゃならねえ。七五年式の値切りにつきあってる暇はねえ」

深く息をして、心臓が痛むように顔をゆがめた。実際痛いだろう。

「四千でお売りしますよ」

サムは父親を見上げた。

小さいころ、近所のガレージセールで、猫を描いた安っぽい複製画を見たことがあった。その黒い瞳はありえないほど大きかった。上をむいて、なにかを訴えている目。涙はないもののほとんど泣きそうな目だった。いま、サムはその猫の目を真似ていた。効きめはあった。あるいは父親がもう疲れていたのか。

ロンはうなずいて承諾した。

サムはオイルじみだらけの舗装から跳び上がりたい気分だった。

「やった！」

8トラックのカセットのコレクションは家においたままだったので（大失敗！）、おそるおそるラジオを試すことにした（電源オンはノブを押すのではなく、まわす方式なので注意）。運転席にすわって、キーをまわしてみる。車内のあちこちに隠されたマルチスピーカーからは、驚くほどクリアで大きな音が流れてきた。ロンも驚いたが、ボリビアは無関心だった。市の条例違反すれすれまでボリュームを上げると、あとはシフトレバーを倒しさえすればいつでも発進できる。

ロンは窓からのぞきこみ、まじめな顔で言った。

「ひとつだけ約束しろ。べつにいまから小言をいうわけじゃないが、もしも、なにかの理由で、運転するのはやめたほうがいいと自分で思ったら、そのときは電話しろ。迎えにいってやる。おまえがどこにいても、おれがなにをしているときでもいい。なにも訊かずに行く」

「約束するよ」

サムは笑顔で答えた。恩着せがましいとるのではない。息子と父親の深い絆による本当の笑顔だった。そして姿勢を正した。

「ありがとう、パパ。家に帰ったら小切手を書くよ」

ロンは息子の古くて新しいクルマから一歩退がり、

「小切手を使える口座なんか持ってないと思うが、まあいい。あとで請求するぞ」

さらにニヤリとして、ニュージャージーのギャング口調を真似る。

「バッくれようったって無駄だぜェ。てめえの住所は押さえてあっからなァ——さあ、行ってこい」

買ったばかりのくせに路面にタイヤマークをつけるのは早すぎるぞと思ったが、息子は結構な勢いで駐車場から飛び出していった。そのさいどこにもこすらなかったので、ロンはいちおう安堵した。あわてていたせいで、タンクのガソリンの量をボリビアに確認するのを忘れていた。ガス欠寸前でなければいいのだが。

高らかにエンジン音を響かせ去っていくカマロの背後で、はずれたマフラーががらんごろんと路肩に転がった。

ロンはジロリと中古車屋のおやじをにらむ。

しかし鉄面皮のボリビアは平気の平左。売ってしまえばあとは知ったことじゃない。整備状態について悪びれるつもりはこれっぽっちもない。

「四千の買い物にガタガタいわれてもねえ。点検こみなら五千ですぜ」

ふんと鼻を鳴らして、事務所のほうへもどりはじめた。そして小声でつぶやく。

「次に訊くことだってわかってら。ブレーキは点検したか、それだろ?」

3

ワシントンDCはアメリカ合衆国の首都である。

広い大通りや碁盤目状の市街配置は、馬車の時代に設計され、完成した。馬なしの乗り物が登場すると、その交通を前提にしていない魅力的な通りには、渋滞が発生した。内燃機関を動力とする乗り物がしだいに大型化し、数も増えてくると、美しい市街はたちまち身動きがとれなくなった。

かくしてラッシュアワーになると、うなる自動車と先を急ぐ歩行者が、狭すぎる車道と歩道の両方で、響きと怒りの場所取り合戦をくりひろげるようになった。世界最速のコンピュータでも解きほぐせない大混乱である。

その歩行者の一人がクルマを探していた。正確にはタクシーを。

彼女の名はマギー・マドセン。

頭脳明晰、自信満々。アメリカの首都に住まうもったいぶった政治家たちから見ても、たんに気が強いだけでなく、魅力的な容姿の女性と評されただろう。

緑に染めた髪と鼻ピアスがなければ。

もちろんタクシーの運転手がそんなことを気にするわけがない。タクシーは渋滞のなかに鼻先を突っこみ……たちまち動きを止めた。

マギーは運転手に指示した。

「サウスヘイズ通り一二〇〇番地、大急ぎで」

遠くの国の武力衝突から逃れてきた難民一世の運転手は、苛立つ通勤客くらいではあわても騒ぎもしない。泰然としてフロントガラスをしめす。

「見てのとおりの渋滞ね、お客さん。時間も時間。こういうのをいう言葉、習いましたよ。べつのお客さんに教えてもらって、正しく発音できるまで練習しました。〝突撃不可能の大渋滞〟、これね」

ルームミラー越しににっこり。

「神さまがお許しになるぶんだけ急ぎますよ」

DCエリアのタクシー運転手としては無理もない返事だった。説得力さえある。

しかしそんな説得力は、彼女が目的地に時間までに到着するのに役に立たない。マギーはハンドバッグから携帯電話を引っぱり出し、驚速の指で番号を押した。相手は神ではなく、いまの彼女の助けになる人物である。

ランド研究所の地元事務所の下層階。

グレン・ホイットマンの机の電話が鳴った。電話に出るためには、ただいま操作中のワイヤレスマウスをどけなくてはならない。そこでそのまえに、たくさんのビデオクリップを再生している画面をブランク画面に変えた。ビデオクリップに映っているのは、美人コンテストのミス・ブラック・アメリカに現在残っている候補者たちだった。たった一人の審査員になったつもりで、候補者たちを吟味し、長いチェックリストを埋めていたところだ。

口のなかで咀嚼中のシリアルのフルーティペブルズを、半分溶けた塊のまま舌先で左の頬へ寄せる。

できあがったのは、眼鏡をかけたミーアキャットそのままの顔である。

幸か不幸か、まわりに気づく者はおらず、また携帯電話で写真を撮る者もいなかった。

「ふぁい」

グレンは受話器にむかって答えた。

動かぬタクシーの後部座席に閉じこめられたマギーは、苛立たしく息を吐いた。

「さっさと出なさいよ、グレン！　あたし！」

前方の渋滞を見やる。セダン、バン、配送車、公用車などが壁のように視界を埋めている。グリーンランドの氷河より流れが遅い。

「いまタクシーのなか。渋滞につかまってるの。このままだと遅刻なのよ、大遅刻。あたしのPCを例の交通管制につなげてくれる？」

携帯電話を肩ではさんでラップトップのキーボードを操作し、相手の承諾を待つ。

グレンは、パーティションで仕切られた一人だけのオフィスで背中を起こし、その出入り口のほうをチラリと見る。だれも立ちどまって立ち聞きしたりしていない。

「また？」

受話器にむかって小声で言う。

「きみはいつも〝大遅刻〟だね。目覚まし時計もセットできずに、よく世界有数のシンクタンクに就職できたものだよ」

そんな問答をしてる場合じゃないと、マギーは歯がみをしながら思った。いまは友人の非難くらい痛くもかゆくもない。

「寝坊したんじゃないの。居留守使ってたの。家賃ためまくってるから、大家に顔をあわせられなくって。いいから、やってよ、グレン！」

グレンの口のなかのフルーティペブルズは、消化にむけて下降の旅を再開した。障害物がなくなったことで、こちらの態度をはっきり伝えられそうだ。もう一度通路側を見る。だれもいない。

「マギー、ぼくをまきこまないでよ。前回はあやうくつきとめられるところだったんだから」

マギーは携帯電話にむかって大声を出しそうになったが、運転手の存在を意識して、なんとかこらえた。運転手は顔かたちや英語のたどたどしさからして、マギーが話していることの意味を理解できるとは思えないし、万一理解できても面倒なことになる心配はなさそうだ。そもそも心配していられないほど切羽詰まっている。すくなくともその点では友人に対して率直だった。

「グレン。フルーティペブルズの袋からちょっと離れて、あたしを助けて。いまやってる信号暗号化の報告書を四時までに提出できないと、それで終わりなの。馘よ。おしまい。家賃もたまってるから破産。泊めてもらいにあんたん家行くわよ」

いつも弱気で、とりわけマギーには弱いグレンだったが、このときばかりはちがった。椅子にふんぞり返って、フルーティペブルズを口に放りこみながら、悠然と返事をする。

「残念でした。それは無理。うちのおばあちゃんはぼくのゲーム友だちが遊びにくるのをいやがるんだ。友だちがいっしょに住むなんて許さない。おばあちゃん自身が耐えられない。それにゲームとはちがう本物の銃を持ってるしね」

「ばか」

攻撃をいなされ、八方ふさがりのマギーは、深呼吸した。そして今度は喧嘩腰をあらためた口調で再開した。

「いいわ。じゃあこうしましょう。来週ずっとランチに付き合ってあげる」

グレンはすぐに顔を輝かせ、椅子にすわりなおした。

「人前で？　ぼくの名前を呼びながら？」

受話器からはため息。

「ええ、いいわ」

要求はまだある。

「いかした男って感じでぼくを見るんだよ」

受話器から漏れるため息はしだいに低く、あきらめの響きになっていく。

「わかったわよ」

「ぼくらには共通の魅力的な友人がいるよね。彼女に紹介してくれる？」

グレンは息をつめて返事を待った。

「してあげるわよ！　他になに？　あたしの血でも啜る？」

グレンはすでにキーボードを叩きはじめている。

「いや、ぼくは猫舌でホットドリンクは飲めないから。さあ、いくよ」

リモートサーバーに接続したコンピュータ画面上には、都市伝説として語られる交通路優先システムがあらわれた。

タクシーの後部座席にすわるマギーのラップトップからスクリーンセーバーが消え、ワシントンDC地域全体の道路網が色分け表示された。いくつかキーを叩いて、コンスティテューション・アベニューを出す。広域図から現在位置へズームイン。マギーはやれやれというように低い声を漏らして、最後のキーを叩いた。

とたんに、タクシーの前方の信号がすべて青に変わった。

マギーは運転手のほうに身を乗り出す。

「ほら、いい色が並んだでしょ。全速力って意味よ！」

遠くの国の戦争と飢餓を生き延びてきた運転手は、奇跡は黙って受けいれるのが賢明な態度であることをとうに学んでいた。姑が理解できないのとおなじくらいになにが起きたのか理解できなかったが、それでも従順にアクセルを踏みこんだ。

マギーはタクシーが停まりきるまえにドアを開けた。おかげで路肩の野良猫が首をもぎとられそうになった。

両手いっぱいに荷物をかかえ、特徴のないビルのエントランスに突進。しかし警備員に止められ、どうにかこうにか身分証明書を引っぱり出して提示した。建物内にはいると、目的地にむかって一目散に走りだす。

受付の案内係から声をかけられた。

「ペンタゴンからお客さまが何人かお見えで、マドセンさんのチームにご用だと」

マギーは返事をする余裕もなく、必死に右足を振り上げ、エレベータのボタンを靴のかかとで押す。

しかしエレベータのドアが閉まるより早く、ダークスーツの男が二人やってきた。

「マギー・マドセン？」

二人は身分証明書をさっと見せる。返事が浮かばないうちに、近いほうの男が右のほうをさししめした。

「国防情報局の者です。ご同行願います」

もう一人の男がさりげなく、しかししっかりとマギーの肘をつかんで、エレベータのドアから引き離しはじめる。

マギーは両手いっぱいの荷物に困りながら話した。

「あの、信号のことだったら、あたし一人でやったの。ほんとに、あたしだけ。あたしが悪いの。プレゼンの時間に遅れたくなくって、それだけ」

反対の肘も最初の男につかまれ、歩みを加速される。

「とにかく同行願います」

職場にたどり着こうとあれほど努力したのに。地元行政機関に不正アクセスまでしたのに。両腕をつかまれ、ずるずると外へ引きずり出されてしまう。

もっと驚いたことに、外に出されたのはマギーだけではなかった。同じようにサングラスの男たちに連れられてきたのは、彼女の研究チームのメンバーたちだ。不安な視線をかわすだけで、事情はだれも知らない。

おもての芝生の上にヘリコプターがローターをまわして駐機している。伊達や飾りではないらしい。

アリスは統計担当のアリスをつかまえて訊いた。

「なにごとなの?」

しかしアリスもおなじくらい困惑している。

「さあ。いきなりあの人たちが来て、全員連れてこられたんです。こっちはなにもしてないし、質問してもなにも答えてくれません。言うのはただ――」

マギーはあとを続けた。

「ええ。〝ご同行願います〟って、それだけね。とりあえず礼儀正しくはあるわ」

「銃殺隊は礼儀正しいそうですけど」

統計担当者は青い顔のままだ。

研究チームの全員とスーツの男たちの一部がヘリコプターに乗りこみ、すぐに離陸した。

マギーはまだしも幸運で、全員がすし詰めされるなかで、たまたま窓ぎわになった。バタバタというローター音の下でワシントンの景色が流れていく。はじめは見慣れて変わりばえしない眺めだと思ったが、高度をとりはじめるとそうでもなかった。

行き先の疑問だけは解決した。見まちがえようのない形の建物が降下先に見えてきたのだ。

中庭にいくつもある離着陸場のひとつにヘリが降りると、そこには案内役が待っていた。案内役というより、武装した警護兵だ。

兵士は、リラックスしているときは仲間内で、地元のスポーツチームが昨夜どうだったとか、だれがガールフレンドやボーイフレンドとどこまでいったとか、最近給与の引き上げがないのはなぜかとか、しじゅう無駄話をしているものだ。しかし今日はそんな雰囲気がない。つまり普段とはちがう。悪い兆候だ。

マギーがペンタゴンに来たのははじめてではないが、このセクションははじめてだ。この国防総省の本部庁舎はアメリカでもっとも迷いやすい建物だが、マギーはいつもまっすぐ目的の部屋にたどり着き、帰りはまっすぐ出口にたどり着けることを自慢にしていた。しかし、外の通りからはいるのではなく、いきなりまんなかに放りこまれた今回は、たちまち迷子になっていた。

一人の海兵隊軍曹が一行を廊下から廊下へと案内していった。

いったいこれはどういうことなのか？　なんのために連れていかれるのか？　案内役や警護兵は、なぜ自分や同僚たちの質問に一言も答えないのか？

とりあえず、なにが進行中にせよ、首都のダウンタウンの交通管制を不正操作したこととは関係ないようだ。それはさすがにわかっていた。

陸軍中佐が長い脚を利してマギーと同僚たちの脇を歩きながら、一人ひとりに書類を手渡しはじめた。書類のページは真新しく、それをいれるフォルダは新品だ。マギーは書類に目を通そうとはしなかった。時間の無駄だ。そこに書いてあることはすぐに説明されるはず。

「これからみなさんが受けとる情報は、機密扱いです」

中佐がにこりともせず話しはじめた。ほうらはじまったと、マギーは思った。

「今日ここで耳にする内容や詳細は、この建物の外では他言無用です。肉親にも話してはいけません。これからサインしていただく秘密保持契約は機密扱いです。ここに来た事実も機密扱いです。外部の人間にとっては、みなさんは現在ここにいないし、これから出席していただく会議も、なかったことです」

マギーはゆっくりうなずいた。仕事柄、この種の制約を受けることはこれまでにもあった。しかし注意事項の説明をこれほど真剣な顔でされたのははじめてだ。

「じゃあ、これ以上質問するのも論外かしら？」

中佐は彼女のほうを見て即答した。

「機密扱いです」

冗談のつもりではないらしい。

こういうやりとりを続けていると、自分のユーモアのセンスもさすがに底をつきそうだと思いながら、角を曲がった。おなじ懸念は、途方にくれた仲間たちの顔にもあらわれていた。マギーのように、なにが起きているのかわからないのはまだいいほうで、自分がどこにいるのかすらわかっていない者もいた。彼らは国家安全保障の中枢にはじめて足を踏みいれているのだ。

会議室は明るく、広く、そして人でいっぱいだった。目算で七十人強。制服の軍人とスーツの文民がほぼ半々。服装は折衷主義をつねに自認するマギーだが、ここでの自分は後者に属するとさすがにわかった。同僚たちとともにそちら側の空いている席につく。

まもなく、隙のないスーツ姿の文民が奥の横手のドアからはいってきて、だれもいない演壇にまっすぐむかった。手にしているのは、大量の書類でも高価なブリーフケースでもなく、コーヒーのはいった紙コップだ。

着席していた人々は、彼の入室を見て起立した。

スーツの男は気にしたようすもなく、コーヒーを飲みほす。そして近くのゴミ箱へ放った。しかしはずれ。

マギーの隣にいる統計担当のアリスが、驚いたようすでささやいた。

「ジョン・ケラーですよ。国防長官の」

マギーは、いわれなくてもわかると言い返したかったが、驚きが先に立っていた。重要な会議らしいことはすでに気づいていたが、その見こみが倍になった。

演壇についた国防長官は、聴衆を見まわした。それだけで注目が集まり、話し声は自然におさまっていく。

長官は軽く脇に顔を寄せて、側近にささやいた。

「見たところ――若い者が多いな」

側近は、気持ちを察するようにうなずいた。

「この分野では最高のエキスパートたちです。最近の国家安全保障局（NSA）は、めぼしい人材を高卒段階で確保しているのです」すこしおいて、「重要なのは能力です。年齢ではなく」

ケラーは不本意そうに答えた。

「わかっている。しかし、現在の状況と、これから説明する問題を考えると、多少なりと成熟している者が――望ましいのだが」

「年齢と成熟はべつのものです、長官」

側近は、お気にいりの児童書から引用して、うしろに退がった。

ケラーは姿勢を正し、静粛に話を待つ聴衆を見た。これ以上待たせてもしかたない。

「どこでも空いている席にすわってくれたまえ。わたしはジョン・ケラーだ」

それ以上具体的な自己紹介は必要ないとわかっていた。とりわけ今回の聴衆はそうだ。

「諸君はここに連れてこられた理由に首をひねっていると思う。単刀直入に話そう。どちらにせよ時間がない。まず事実として次のことがある。昨日現地時間一八〇〇時、カタール西部にある中央軍特殊作戦司令部の前線基地が攻撃を受けた。前触れはなかった。また確認できるかぎりでは、生存者もいない」

不安げなざわめきが会議室に満ちた。テレビや新聞のニュースには興味がないと公言している者でさえ、長官のこのそっけない説明に驚いていた。

ケラーは自分の言葉が生み出した効果を眺め、それが浸透する時間をおいた。そしてまだ続きがあった。

「一般には三十分後に公表するが、諸君には先に伝える。攻撃後の分析によると、攻撃の目的は、わが軍の軍事ネットワークの最深部にハッキングをかけることにあったようだ。攻撃者が探していたのが具体的にどのような情報かはわからない。現場要員のすばやい判断と勇敢な対応のおかげで、ハッキングは攻撃途中で阻止することができた。しかし、今後を読んだ悲観的な見通しでは、同様の攻撃がふたたびおこなわれる恐れがある。攻撃の実行犯はいまのところ不明だ。どの勢力も、どのインターネットサイトも、どの国も名乗り出ていない。現時点での具体的な手がかりは、次のものだけだ」

長官は、袖のほうに控えたべつの側近に合図した。その側近がリモコンでなにか操作する。

すると、オリジナルの音量からは抑えてあるものの、耳をつんざくようなかん高い騒音が会議室内に響きわたった。

マギーはそれを聞きながら、呆然とした状態から驚きへ、そして強烈な興味へと十秒間で移行した。頭が急速に回転しはじめ、ハンドバッグから携帯電話を引っぱり出す。驚速の指が、考える速度でテキストを打ちこんでいった。

ケラーは続ける。

「これが、わが軍のネットワークにハッキングをかけた信号だ。現在、NSAが全力で解析に取り組んでいる。またネットやその他のメディアを通したいかなるハッキング攻撃も阻止する対策をとっている。これが国家の安全保障にかかわることはいうまでもない」

身を乗り出し、できるだけ多くの聴衆と目をあわせようとする。

「諸君には、この実行犯の解明に協力してもらいたい。諸君は信号解析とその関連分野で高い能力を持つ人々であり、それ以外の者はここにいない。また、これについての協力は任意であることをつけ加えておく。関わりたくない者はいまがそのチャンスだ」

ケラーは自分から見て左手を顔でしめした。

「出口はそこだ。去りたい者、協力したくない者は、外にいる部下がそれぞれの職場まで送りとどける。諸君の経歴には賞罰いずれの記録も残らない」

会議室はしんと静まりかえった。だれも動かない。うしろのほうの席でだれかが小さく咳払いしただけ。

長官は満足の笑みをこらえた。

「ありがとう。事態は緊迫している。大統領はペルシャ湾と黄海にそれぞれ空母戦闘群を派遣した。そこまで差し迫っているということだ」

演壇を去ろうと身体のむきを変えたところで、最後に心からの助言をした。

「時計の針はいまも動いている。幸運を祈る」

聴衆からは興奮した話し声がいっせいに湧き上がった。会議室のなかは、抑えてはいるが活気に満ちた雰囲気になった。

マギーは、そんな人々のあいだをすり抜け、背後から呼び止めようとする声も無視して、国防長官のあとを追った。長官はすでに廊下に出ており、多数の側近や警護兵にとりまかれて、早足に南へ去りつつある。平均的な職員なら、その厳重な警備体制を見てためらっただろう。しかしマギーは平均的な神経の持ち主ではなかった。それとも権力を屁とも思わないニヒルな精神の持ち主なのか。

緑の髪のミサイルが長官めがけて一直線に飛んでくるのを見て、側近や警護兵は迎撃態勢をとった。しかしマギーは右へ左へフェイントをかけてかわし、とうとうケラーの隣に並んで歩きはじめた。長官は仕事で頭がいっぱいで見むきもしない。

「あの、国防長官殿、あたしマギー・マドセンです。ランド研究所で代数暗号解析、つまり暗号解読をやってます。長官の部下の一人のベン・サープの弟子です。MITではモデリングを学びました。モデリングといっても変な意味じゃありませんよ。たいていは。それで、ええと……なんでこんな話してるのかしら」

「知らん」

ケラーはようやくマギーのほうを見た。モデルうんぬんというところに興味を惹かれたのか。それともたんに会話の作法か。

「ベンは鼻にダイヤを飾るのを推奨しているのかね、マーガレット？」

マギーは急いでそれを取り外した。

「訂正しておきますが、あたしはマーガレットではありません。そう呼ばれるのは嫌いです。出生証明書でもマギーです。マーガレットと呼ばれるとなんだか……。いえいえ、すみません。ちょっとあたし、衝動の抑制に問題があるんです。たとえば長官の極太眉毛を見るとなんだかむしょうに……」

国防長官とその取り巻き連とマギーは、廊下の角を曲がった。

「用件はなんだね？」

ケラーは冷静に訊いた。若い美人は目の保養になる。最近そんな機会がなかった。

マギーは口ごもって、続けた。

「ええと、あの信号を聞いてすぐに、位相変調じゃないかと思ったんです。モデムを挿しこむとピーピーガーガーと音がしますよね。あれをもっと高速で高度にしたものじゃないかと」

「モデムがなにかは知っているよ」ケラーは冷ややかに答える。

マギーはその皮肉にも気づかず、続けた。

「それでその、あたしが聞いたかぎりでまだ初期的な推測ですけど、あれは、ただ速いんじゃないですね。考えられないほど速い。はっきりいって、理論的にありえないほどです」

ケラーはうなずいた。

「そうかもしれない。しかしあれは起きたままなのだ。きみたちに聞かせたプレイバックは、音量こそ抑えてあるが、時間軸はいじっていない。圧縮も伸長もしていない。きみのチームなら内容を解明できるかもしれないな。ああ、それから、きみはよけいな話が好きなようだからついでに言っておくと、わたしたちがここで興味があるのは、きみの脳だけだ」

マギーの足が遅くなるのと反対に、ケラーは足を早めた。国防長官とその取り巻き連は、たちまち角を曲がって見えなくなった。

あとに取り残されたマギー。彼らの姿が見えなくなると、すぐに目をグルリとまわし、自分の額をペシリと叩いてたしなめた。

「やっちゃったわ、マギー。ばかねー。眉毛の話が国防長官にウケちゃったじゃないの……」

砂漠の遠くで巻き上げられた灼熱の砂塵が、乾いた熱い風に乗って砂丘の頂上をなで、きれいなサインカーブを描きながらその斜面に撒かれていく。

そんな砂丘のひとつで、大きく砂が噴出した。原因は熱い風ではない。髑髏に似た機械の頭がそこにあらわれたからだ。全体はサソリ形。表情があるとすれば、それは酷薄に見える。

目が広い砂漠をスキャンしはじめる。単純な有機材料でできた目より視野が広く、高感度だ。赤外線から紫外線まであらゆる波長で調べていく。

その目が一カ所で止まり、ズームインする。とらえられたのは、破壊された戦車の黒い残骸である。息絶えた黒い鉄の塊の陰に、二足動物の熱シグネチャーがいくつかある。ひとつのシグネチャーが、べつの小さく細身のシグネチャーの負傷した上肢を手当てしている。

しかしそんなことはメガザラックの興味の対象ではなかった。興味を惹かれるのはひとつだけ。二足動物の手にしっかりと握られた紫色の輪郭の物体。赤外線カメラである。設計も構造も原始的だが、機能は完全だ。二足動物の位置を確認し、金属の怪物はふたたび砂に潜った。

ドネリーとエプスは、カメラの画面に映し出される再生画像を見ていた。

二足歩行する巨大ななにかを下から見上げている。まわりには電子回路のような影(オーラ)が映っている。それはロボット自身の命令制御システムと干渉していてもおかしくなさそうだが、見たところそんなようすはなかった。

　エプスはそれが映っているところを再生し、あちこちの角度から見ながら、首を振った。

「こんな兵器は見たことねえな。パワーローダーに似てるけど、話に聞いてる試作機よりずっとデカい。このカメラで見ると、外皮らしいところのまわりにへんなオーラがある。これ、通常では見えないフォースフィールドみたいなので包まれてるんじゃないかな」

　ドネリーがうさんくさそうな顔でふんといった。

「フォースフィールド？　なにをバカな。〝見えないフォースフィールド〟なんて、そんなものは存在しないよ。コミックやSF小説じゃあるまいし」

　相手が黙っていると、ドネリーは不安になったらしく、

「だろう？」

　いつのまにか二人の背後にレノックスが近づき、肩ごしに画面を見ていた。

「すごいなこりゃ。スカンクワークスだってこんなの持ってないぞ。すくなくとも見たことも聞いたこともない。噂だってなかっただろう」

　エプスは肩をすくめた。

「やれやれ。おれはフロリダでちょろっとコンピュータの修理を請け負うだけのつもりで契約にサインしたのにな。こんな本務外の活動があるなんて、徴募官から聞いてなかっ

画面をしめし、

「ひとつだけはっきりしてますよ。既製のアンチウイルスソフトじゃこいつを駆除できなかった」

いってこと」

近くにしゃがんで銃のクリーニングをしていたフィゲロアが、同僚たちのほうを見た。

「おれのママは、いわゆる〝才能〟の持ち主でさ。先のことがわかる。おれもその遺伝子を受け継いでるんだ。おれたちを襲ったそいつは、たぶんまたあらわれるぜ」

ドネリーが噛みついた。

「そんなだれでもわかることにも〝才能〟が必要とはね。ほんとに才能があるなら、ブードゥーの魔術でおれたちをここから救い出してくださいよ」

准尉は銃をおいて、腰を浮かせた。

「おい、眼鏡小僧。おれよりはるかにチビのくせに生意気いうな」

ドネリーも眼鏡をはずして立ち上がる。

「チビでも負けませんよ」

距離を詰めはじめた二人のあいだに、レノックスが割ってはいった。苛々のせいでその声も高くなる。

「落ち着け！　まあ、聞けよ。あれは偽装してやってきた。最初にアンテナ施設を破壊して、内外の通信を遮断した。自分の痕跡を残さないようにしてたんだ」

その意味が浸透するのを待って、

「たぶん、あれは正体を知られたくなかったんだと思う」

ドネリーとエプスが目を合わせた。そしてエプスが思い出したことを言う。

「おれが撮影したときに、なんだか、相手に見られてた気がするんすよ。つまりこっちをむいたんです。あの機械の画像センサー群が、よくできたハリボテでなければの話っすけどね」

レノックスは深刻な口調になった。

「もしあれが自分の姿を隠そうとしていて、赤外線カメラを使っているおまえを見たとしたら、いまもおれたちを探してる可能性があるな。また戦闘にならないうちに、このカメラとその内容を急いでペンタゴンに届ける必要がある」

エプスを見て、

「あれから送信は試みたのか？」

二等軍曹はうなずき、しばらくまえからの苛立ちを説明した。

「まだ圏外なんすよ。なんの電波もはいってこないし、届かない。衛星もだめ。無線基地局もだめ。全部だめっす」

肩ごしに北の方角を見やり、

「この砂漠から抜け出してカタールシティに近づければ、Ｗｉ‐Ｆｉのアクセスポイントくらいいくらでもあるから、すぐ接続できるんだけど」

レノックスのほうに目をもどす。

「それまでは伝書鳩の時代とおなじっす」

大尉は顔をしかめた。

「となると直接配送か。基地から逃げてくるときに持ち出せなかった装備がいろいろあるしな。残ってるのはどれくらいだ？」

それにはドネリーが答えた。悲観的な調子にならないように気を遣っている。

「あまり多くありませんね。銃器は半分程度。信号弾が何発か。無線は回路を焼かれて使い物になりません。エプスがいうように携帯電話は通じない。衛星ともつながらない」

エプスのほうを見て、

「彼のいうとおり、だれにも報告できないし、だれからも文句をいわれない。ハンヴィーでもあればな」

「あるいは競走用のラクダ二頭とかな」

レノックスは、マーフーズ少年のほうを見た。基地から撤退するときにいっしょについてきた少年は、兵士たちのやりとりを黙って聞いていた。

「小僧、これまでいろいろかまってやったんだから、そろそろお返しをしてくれる番だろう。おまえの村までどれくらいあるんだ？」

少年は髪を目もとからかきあげ、ふりむいて指さした。

「すぐそこだよ。その山のむこう」

「おあつらえむきだな。そう思わないか、フィグ？」

レノックスは、疲れているもののまだ元気を残している部下たちのほうをむいた。

「たしかにおあつらえむきですね」

フィゲロアは右のブーツをひっくり返して砂を落としながら答えた。

「よし、決まりだ」

レノックスは少年のしめした方角へ歩きはじめた。途中で自分の装備を拾い上げ、背負っていく。士官は自分の装備の一部を下士官や兵に運ばせることもできるのだが、レノックスはやらない。昇進して肩章に二本線がはいるようになったとはいえ、心は普通の兵士とおなじなのだ。持ち出せた自分の分の装備の重さが苦痛でないどころか、むしろ歓迎していた。銃撃戦になったときに探さないですむという利点もある。

「ぐずぐずするな。行くぞ。五メートル間隔で横に広がれ。遅れるな。金属の物体をみつけたら大声を出せ。斜面を転がる古い乾電池でもかまわん。すぐに知らせろ」

兵士たちが装備をまとめ、集まってくる。そのなかでフィゲロアが、首のチェーンにつないだなにかを引っぱり出し、軽くキスして、シャツのなかにもどした。その仕草がレノックスの目に止まった。

「それはなんだ？」

准尉は自分の銃をかつぎながら、チェーンの先端がある胸のあたりをシャツの上から軽く叩いた。

「聖クリストフォルスのメダルですよ。道中の安全を守ってくれる聖人です」

レノックスは感心してうなずいた。そして自分たちが来たほうをふりかえる。

砂漠の青空に、鋭く描かれた遠い黒い線。基地のあたりから上がる煙だ。

「鉄対鉄の戦いか」


ペルシャ湾上の空母から哨戒のために飛んできた二機のH‐60ブラックホークが、砂漠の上を点々と並んで歩く人影に気づかなかったのは、無理もなかった。CNNの担当者にとっては、突き出されたマイクの束にむかって答える国防長官のちょうどいい背景画像にすぎなかった。

長官は謹厳な表情で話した。

「生存者の存在は、現時点では確認できていません。しかし、中央軍特殊作戦司令部前線基地に勤務する勇敢なる男女のご家族とともに、わたしたちもその生存を祈っています。事件については全力で調査中です。いかなる情報も確認されしだい一般メディアにお伝えします。この残忍かつ一方的な攻撃の重大さ、攻撃の規模、推定される死者数の多さにかんがみて、大統領と議会は統合参謀本部の諮問に同意し、国内外の全アメリカ軍基地にDEFCONデルタを発令。軍事的に最高レベルの防衛準備態勢とするものです」

メモを取ったり録音機器をチェックしていた記者たちは、単刀直入で無駄を省いたそのスピーチに驚いた。いつもの政治的な含みがいっさいない。最近では聞いたことがないほど超党派的だ。政党名の言及がまったくないことが、なによりも状況の深刻さと国家への脅威を物語っていた。

しかしそんな超党派的態度も、サラ・レノックスを安心させる役には立たなかった。

安全な家のなかでテレビを見ていたサラは、国防長官が記者たちの質問を受けはじめると、すぐにテレビの前を離れた。音声を無視して、泣きだした赤ん坊をかかえあげる。娘をしっかりと抱いて、哺乳瓶を温めるためにキッチンへむかった。

「ほらほら……パパはだいじょうぶよ……パパはだいじょうぶ……」

くりかえし言葉にすれば、やがて自分も信じられると期待するように。

4

空想に逃げこめないときは、サムは音楽をかけることにしていた。度量の大きい両親のおかげで、まあまあ満足できるレベルまで音量を上げることができる。ちなみにその音量とは、サンショウウオの水槽の水面が、映画版《ジュラシック・パーク》の道路の水たまりさながらに振動するくらいである。サンショウウオが飼い主の音楽の趣味をどう思っているかは定かではない。

音楽は、iPodを挿しこんだ装置の左右のスピーカーから鳴っている。しかしいま現在のサム・ウィトウィキーはほとんど聞いていない。その注意は、壁に画鋲留めされた手書きの目標リストにむいている。

その第一項「クルマを手にいれる」を、サムはペンをとってバッテンで消した。退がって、残りの目標を眺める。

「新しいカーステレオをつける」

「ペンキに出す」

「助手席に乗せる女子をみつける」

サムは最後の第四項を、大きく丸囲みした。

ベッドの上には、毛の短いチワワがいる。模造ダイヤのきらめく首輪をつけ、思索的な大きな目でサムを見ている。名前はモジョ。小さな体格に似あわず、その魔術的(モジョ)な魅力を持っている。脚の一本に包帯を巻き、すこし引きずっている。

そのモジョの執拗な視線に、ようやくサムはふりむいた。

「なんだよ」

口の右側から舌をたらし、静かに早い息をしながら、つぶらな瞳で飼い主を見つめる。

サムは短い目標リストに背をむけてペンをおき、ドレッサーにむかった。瓶や容器がごちゃごちゃと並べられたなかから、使いかけのヘアムースを手にとる。彼のようなダサいへなちょこを、ばっちり決まったハードな男前の見映えに変えてくれるという能書きのバカげて高価な石油製品と、ほぼ同等の粘度をそなえたアイテムだ。実際には、日常使用しても寝癖が直るだけで、髪型が大変身したりはしなかったが。

次は中間価格帯のコロンによる香りのトリートメント。顔、肩、胸、そして(可能性というより期待の意味で)下着にもふりかける。

香りの武装が終わると、PCにむかった。慣れたキー操作で、イーベイの自分の出品ページを出す。古くて傷だらけの眼鏡の写真があらわれる。その横の枠のなかをすばやく確認。がっくりする、もはやおなじみの数字、〝0〟。

やれやれと首を振ったところで、小さなピルケースに気づく。それを開け、錠剤を一個取り出して、モジョに飲ませた。今日の分の鎮痛剤だ。上の空だったせいで、ピルケースをズボンのポケットにいれてしまった。

表情のないチワワにむかって説教する。

「こんなの飲んでも無駄なんだぞ。がまんすればいいのに。でも今度ぼくのベッドでおしっこ漏らしたら、外で寝てもらうからな。ママがなんていおうと」

辛辣な警告を強い口調で残し、サムはドアへむかった。

モジョは、飼い主が本当に部屋を出ていくのかどうかを確認してから、あとを追った。

ジュディ・ウィトウィッキーは家の前で庭仕事をしながら、テレビのニュースの画面は見ずに、開いた窓ごしに音だけを聞いていた。いまはまた新しいニュースの時間になっている。中東のアメリカ軍基地が攻撃を受けたことにより、世界中で高まっている緊張が詳報されている。

よくあることだと、ジュディは思っていた。メディアはちょっとした事件にとびついて派手に騒ぎ立てる。いちいち真剣に受けとっていたら身がもたない。不吉な警告などろくに注意を払わずに、バラの茂みの列を剪定したり整えたりしていった。

そばでは夫のロンが、ホームセンターで選んで買ってきた成型石材を敷石として敷いている。その作業は完成間近だった。

玄関からサムがあらわれた。二人のあいだを小走りに抜け、車寄せへむかう。モジョはその直後をぴったり追っていたが、草のあいだになにかの匂いを嗅ぎつけたらしく、立ちどまってクンクンやりはじめた。

ロンは、地面にすわりこんで作業している姿勢から顔を上げた。そして、わが子を絞め殺したい衝動に何年も何年も耐えてきた父親にのみ可能な辛抱強さで、力強くダッシュする息子の背中に呼びかけた。

「おいおいおい、サム。これがなにに見える？　歩道というやつだ。いい歩道はいい石でできる」

苦労の末に完成した作品を、手を振ってしめす。

父親の言葉のなかに危険な響きを充分に感じとったせっかちな息子は、不本意ながらというようすで引き返してきた。父親の意をくみ、復路ではていねいに敷かれた敷石の上を通る。

父親は満足げに続けた。

「どうだ。がっちりできてるだろう。おまえも自分の芝生を持ったらわかる。何年もかけて剪定したり、草取りしたり、芝刈りしたり、肥料をやったり……」

サムは、肥料から連想するうってつけのコメントを思いついたが、十八歳になるまえに死にたくない気持ちと良識から、口にするのはやめた。代わりに母親のほうに言った。

「ママ、頼むからモジョに宝石（ピン）つけるのやめてよ。チワワはもともと自尊心が強いんだから、そのうえさらに毎日派手な恰好させなくてもいいよ」

　ジュディはバラの茂みから顔を上げ、眉をひそめて、

「ぽん引き（ピンプ）なんて言葉を使うんじゃありません」

　息子を叱った。そこへロンがなだめるように割りこんだ。

「あの犬をもう一回乾燥機に放りこんでやったらどうだい？」

　ジュディ・ウィトウィッキーは傷ついた顔で夫をにらみ返す。

「あれは事故！　汚れ物バスケットのなかでモジョが眠ってるなんて知らなかったんだから。ちっちゃいからときどき気づかないのよ」

　手を伸ばして小柄な犬をかかえあげ、抱きしめる。モジョは脚をジタバタさせて逃げようとするが、無駄なあがきだ。

「ちっちゃなおアチはダイジョブですか、チビちゃん？」

　ジロリと息子を見やり、

「ちゃんとお薬あげてるでしょうね」

　サムは苛々した口調のまま答えた。

「やってるよ。ヤク中になりそうなくらい。そのうち麻薬取締局の犬課から捜査官が来るよ」

　そこでぱっと優等生的な笑顔になって、

「ところでバラがすばらしくきれいに咲いたね。ママの髪によく似合う色だよ」

　ジュディには通じなかった。

「ゴマすってもだめよ。門限は十一時。この髪が起きて待ってるわよ。安全運転励行しさい」

警告と注意喚起の言葉は、サムがカマロに滑りこみ、運転席のドアを閉めるまで続いた。キーをイグニッション位置へまわすと、ギュリギュリとうるさいクランキング音。火がはいると同時に排気管から盛大に黒煙が噴き出した。

走り去っていくカマロのうしろで、その煙を思わず吸いこんでしまったジュディは、ゲホゲホと咳きこみながら夫をにらんだ。そしてやれやれと首を振る。

「あなたってほんと安物買い」

マイルズ・ランカスターは、サム・ウィトウィッキーの親友である。

しかし、サムにとって意義のあるその属性をのぞけば、容姿にろくな特徴はない。

マイルズは、自宅の玄関前の階段にすわっていた。すこし苛立ちながら待っている。表情が生き返ったのは、近づいてくるエンジン音を聞いたときだ。発生源であるクルマが視界にはいってくるのと同時に、エンジン音は低く落ちた。マイルズはためらうように左右を見まわし、だれも見ていないことを確認すると、立ち上がってアイドリングしているクルマの脇へ歩みよった。

誇らしげなサムはアクセルをあおってみせる。野太い排気音のなかに、パラパラという軽い破裂音がまざっている。慢性呼吸器疾患をわずらった内燃機関か。マイルズは眉をひそめたが、とりあえず黙っていた。

「聞いてよ、この音!」

サムはドアによりかかり、気どったようすで窓の外に腕を出して、ニヤニヤしている。

「どう?」

マイルズはじっと見つめるのみ。他にできないのだ。色に、目を奪われていた。

「黄色……だな。真っ黄色だ」

サムは肩をすくめた。

「オールドスタイルってやつだよ」

まばゆいというより、頭の芯が痺れそうな色だ。マイルズは目をそむけようとしたが、できなかった。あまり長く見つめていると、太陽を直視したときのように目がつぶれてしまいそうだ。

「でも……黄色か」

サムはむっとした顔で、正面の汚れたフロントガラスのほうをむいた。

「ぼくのクルマをけなすなよ。なにか、なんでもいいから前向きなことを言えって。買ったばっかりなんだから。乗ってから判断してもらいたいね」

暴行された視神経の制御をなんとか回復したマイルズは、やや表情を緩めた。

「運転させてくれる?」

「前向きってそういう意味じゃない。乗れよ、マイルズ」

親友が助手席におさまると、サムは路肩を離れて走りだした。しばらくして市街を抜けた。

マイルズは黙りこくっていた。口に出しては言わなかったが、見た目より音がまともであることは認める気持ちになっていた。

ようやく口を開いて話したときは、気を遣ってクルマ以外の話題にした。

「ペットショップに寄ってくれない？　餌用のコオロギを一箱買うから」

サムは寛大な表情で助手席のほうを見た。おれのクルマに乗せてやってるんだぜ的な優越感たっぷりの口調でさとす。

「おまえさあ、もうカエルのペットを飼う年じゃないだろう」

マイルズの返事には、強い苛立ちと、親友にだけはわかってほしいという懇願口調がまざっていた。

「しかたないだろ。ロドリゲスは八歳のときから飼ってるんだから」

ヒステリックな響きさえある。

「あいつ死なないんだもん」

週末の湖は、季節柄のせいもあってやはり混んでいた。家族連れもそれなりにいるが、うるさいガキどもはその同類というべきうるさい小動物との戯れに夢中である。おかげでサムがクルマを駐めたあたりの湖岸は、子ども以上大人未満という同年代の若人が集う専用ビーチになっていた。音楽や服装やファーストフードや話題やスラングやあふれかえる家電製品や女子のあいだで流行中のメイクといった要素をのぞけば、ノーマン・ロックウェル的な素朴な光景が広がっている……というのはさすがに無理があるか。

マイルズはカマロから降りた。しかしそれは、クルマから降りるという態度ではなかった。あわよくば自分の交通手段を周囲にさとられまいと、気配を殺して助手席から脱出したというほうが近い。

サムはそのようすを白い目で眺めた。冷たい皮肉を一言二言浴びせてやろうとしたそのとき……べつの方向に視線を奪われた。

さほど離れていないところで、ミカエラ・ベインズが湖水から上がってきたのである。

その瞬間のサムは、ディズニー・アニメのグーフィーさながらのポカンと口を開けたマヌケ面になっていたことはともかく、ボッティチェリの《ビーナスの誕生》か、おなじポーズのミカエラの写真かどちらかを選べといわれたら、よろこんでミカエラを選ぶ心境だった。そもそもサムはボッティチェリという名前も知らなかったし、この世の全能なる存在がそんな提案をするとも思えないが。

ミカエラは濡れ髪を絞った。そのごくありきたりな仕草さえも、快楽物質で恍惚となったサムの脳内では、無意識のエロティシズムの発露と映った。

彼女がかたわらを通りすぎるとき、大地に根がはえた状態のサムは、かすれ声で「やあ」とつぶやこうとした。さらにクルマのキーを宙に放ってみせようとして失敗。あわてて拾おうとして、ドアミラーにガツンと額をぶつけた。

惨憺たるかっこ悪さで立ち上がったところで、そばのマイルズから一言。

「クラッチをつなぐときはギクシャクせず、スムースに」

聞いていなかった。サムの視線は去っていくミカエラの背中に釘づけだった。

彼の横を通過したミカエラは、たちまち女子の友人たちに取り巻かれた。着飾り、笑いさざめくうら若き白鳥たちの群れが、吸い寄せられるように移動していく先。そこにいるのはトレント・デマーコと連れの友人たち、そしてピカピカの新車のキャディラック・エスカレードだった。

ミカエラはクールだ。まわりの女子たちもクールだ。そして悔しいかな、デマーコとその友人たちもクールだと認めざるをえなかった。

それにひきかえ、サム・ウィトウィキーは、どこをとってもクールではない。

このときばかりは、人生は最低最悪だと思った。あまりにも不公平だ。

サムが見ているのに気づいたデマーコは、高価なエスカレードから一歩離れて、わざとらしく声をかけた。

「おい、ご愁傷さまみたいだな。おばあちゃんが亡くなって、形見分けにクルマもらったんだろう?」

群れのボス猿のユーモア発言と察して、取り巻き連はいっせいにお追従の笑い声をあげた。

ところが、そんな笑いに加わらない姿が一人だけ。ミカエラが意外なコメントをした。

「わたしは好きよ。あれもひとつのオールドスタイル。趣味は人それぞれよ」

さらに、笑みの消えたデマーコのほうに目を移す。

「みんながみんな、親が金持ちとはかぎらないでしょう」

デマーコは毒気を抜かれたように、

「そ……それは、まあ、そうだな」

同意する気もないのに同意してしまう。そしてゆっくりとサムのほうへ近づきはじめた。

マイルズは屈強なフットボール選手の接近を見たとたん、急に用事を思い出したらしく姿を消した。

そそり立つ壁のようなデマーコを前にしても、サムはその場に立ちつづけた。本当はいやだった。一目散に逃げたかった。しかしできない。ミカエラが見ている、いま、ここでは。それにクルマを守る必要もあった。

トレントは小柄なサムを見下ろして、虫のようにひねりつぶせると結論づけた。サムもおなじ結論だった。その結論に満足して、トレントは実行を猶予した。当面は。

「クラスで見かけた憶えもあるけど、たしかおまえ、前学期最後のチーム入部テストに参加したやつじゃないか?」

デマーコの頭のなかはとりあえずまだ殺人衝動に支配されてはいないらしい。そうわかったサムは、精いっぱい平然とした態度をよそおい、告発的な相手の言葉を受け流した。

「ああ、あれ? そうさ、ぼくだよ。あれはただの……取材だよ。本気ではいる気なんかなかった。ちょっと……本を書いてるんでね」

デマーコの顔に薄笑いが広がった。日光浴中のワニが笑うように不愉快だ。

「本だって？　なんの？　スポーツでママゴト遊びをする方法か？」

サムのなかでなにかがキレた。一瞬だけ理性が飛んだ。

「ちがうよ。フットボールと脳損傷の関連について、さ」

デマーコはその不愉快の薄笑いさえも消して、一歩詰め寄った。

するとそこに意外な姿。ミカエラがデマーコの前に割りこんだ。

「やめなさいよ」

デマーコは彼女をジロリとにらむと、きびすを返し、大股にエスカレードにもどった。運転席のドアを開け、クロームメッキのステップに片足をかける。

「行こうぜ。湖なんかガキのくるところだ。ノリのいい学生パーティやってるところを知ってるんだ。こんなシケたところ、やめだ。見ろよ、所帯臭い」

最後のところは顔で湖面をしめして言う。そしてミカエラのほうをふりむき、

「行くぞ」

しかしミカエラは言い返した。

「わたしはあなたの犬じゃないわ。クルマに乗せて連れまわせるなんて思わないで」

デマーコの太鼓持ちのチームメイトたち数人が、おおおおと愉快そうな声をあげた。

あとに引けなくなったデマーコは、危険な低い声音になってミカエラに言う。

「おれにむかってそういう言い方はよせ。冗談じゃすまなくなるぞ」

大型SUVの車内を顔でしめし、

「乗れよ」

ミカエラも引かない。

「いやだと言ったら？」

「ここに置き去りだろうな」

もう一度湖のほうにあごをむけ、

「貧乏一家のクルマにヒッチハイクして、パパやママやおむつ臭いガキどもといっしょに帰るか」

「そのほうがましよ。あなたのクルマなんか願い下げ」

そう言い放つと、クルリと背をむけ、ハイウェイの方角へ連絡道路を歩きはじめた。女子の友人たちが急に騒ぎだし、あわてて呼び止めようとするが、全部無視してずんずん歩いていく。

デマーコはかなり長いことその背中を目で追っていた。そして、ふんと低い声を漏らすと、エスカレードの運転席に滑りこみ、エンジンを空吹かしした。それを合図に取り巻き連も笑い声や歓声をあげながら次々に車中に消えた。大型SUVは、草や土や炭酸飲料の空き缶を蹴立てて乱暴に駐車エリアから飛び出し、去っていった。

ミカエラは憤然として大股に歩きつづけていた。頭のなかは怒りでいっぱいだ。喧嘩になったのも、こういう結末になったのも予想外だった。

そしてもうひとつ予想外で不可解なことが、カマロの車内で起きた。古いながらも高音質のラジオが、突然、カーズの《今夜はだれのクルマで帰るの？》を流しはじめたのだ。

サムはといえば、ミカエラの遠ざかる背中をぼんやり見送るばかりで、ラジオの曲など耳にはいっていなかった。しかしマイルズには聞こえていた。そばの木の陰から出てくると、奇妙な顔でカマロを見ながら、サムの隣へもどってきた。

「おいおい、このクルマのラジオ、どうしちゃったんだ？」

サムは目もむけず、夢うつつのような声で、知らず知らずに歌詞を言い換えて答えた。

「ぼくのクルマで彼女を送るよ……今夜は」

ミカエラの姿はハイウェイのほうに遠ざかって見えなくなりつつある。

「なんだって？」

マイルズはあっけにとられた。親友の勝機と正気に疑問を呈する。

「あの子はやめとけって。たしかにホルへのママのメキシコ料理よりホットだけどさ、ありゃ男遊びの好きなたちの悪い女だぜ。ほっとけよ。ヒッチハイクで帰らせればいいじゃん。送ってやって、それをあのゴリラに知られたら、おまえなんかケンタッキーのテイクアウト用の箱みたいに簡単に八つ裂きにされるぜ」草を蹴って、「どっちみち心配ないさ。二分もあればハイウェイに出るし、クルマもすぐつかまる」

しかしサムは、カマロの前をまわって運転席に滑りこんだ。

「そうはいかないかもしれない。湖の家族連れが帰るにはまだちょっと早い。トラックなんかが通る道でもない。家まで十キロ以上歩くはめになるかもしれないんだぞ」

　そう言ってキーを挿しこむ。

「それに、こんなチャンスは二度とないんだ」

　カマロのエンジンがかかると、マイルズはたちまち降参した。

「わかったよ。じゃあ、うしろの座席にちょっと乗せるだけな。ぼくは助手席でにらみをきかせるから」

「ええと、そのことなんだけどさ……」

　アイドリングするカマロのステアリングを握って、サムは友人を見た。

「マイルズ、降りて」

　マイルズは仰天して言い返す。

「おいおいおい、ちょっと、そりゃないだろう。冗談じゃないよ。あんまりな仕打ちだよ。置いてけぼりはないだろう。こんな物騒なところに」

　周囲をしめす手の先にあるのは、湖と木立と、あとはのどかな子連れのファミリー客なのだが。

　サムは雄弁な態度から、見るも哀れなほど切迫したようすに変わった。

「頼むよマイルズ！　神様と聖人様にかけて頼む。これが友情の証だと思って、降りて！」

ミカエラの背中はもう見えない。すでに他のクルマに拾われていたらどうするのか。

マイルズはしばらくじっとしていたが、ドアハンドルを乱暴につかむと、外に降りた。草を蹴り上げながら発進するカマロから一歩退がり、運転席にむかって怒鳴る。

「ちゃんと迎えに来いよ！　このクソバ……！」

友人の怒声の後半は聞こえなかったし、前半もろくに耳にはいっていなかった。サムは前方の道路に目をこらし、ほっと安堵の息をついた。ミカエラはまだ歩いていた。すぐにその背中が大きく見えてくる。まだプリプリしているようだ。歩くというより、のしのしと地面を踏みしめている。湖の駐車エリアに出入りする連絡道路がおもての道路に抜けるすこし手前だ。

正面の姿もいいけど、歩いていくうしろ姿もきれいだなと、サムはぼんやり思った。それから自分に言い聞かせた。

「さあ、落ち着け。冷静にいこう。液体窒素なみにクールにいくぞ」

速度を落とし、遠い町のほうへ歩きつづけるミカエラのそばにカマロを寄せる。

「え……ええっと、ミカエラ？　サムだ。サム・ウィトウィキー」

落ち着け、落ち着け。寄せすぎるな。彼女の足を轢いたらただのバカだぞ。

「ぼくがデマーコをやりこめたせいで、きみが行き場をなくしちゃったのかな」

できるだけ繊細に右足を動かして、控えめにエンジンをあおってみせる。

ミカエラはサムのほうを見もせず答えた。

「あんなやつ！」

無愛想な一言で、サムの落ち着きなどあっというまに崩れそうになった。

「それはぼくも同意見だよ。それで、その……よかったら……これに乗っていかないかなと……」

いきなり心臓が爆発しそうになった。額から玉の汗がたらり。もう一粒。あわてて言い直す。

「つまり、その、送ってあげるよ。どうせぼくも帰るところだったから、きみが乗りたければと思って。いやならいやでもいいんだよ。どっちでも、気にしないから」

ミカエラはさらに二歩ほど進んで、足を止めた。

暑かった。町ははるかに遠い。なにやらもごもご言っているウィトウィキーとかいうやつが横にいる。そしてクルマがある。

カマロをチラリと見た。いちおう乗用車だ。次に通りかかるのはトラックかもしれない。運転手からまたいやらしい目でジロジロ見られるかもしれない。

選択肢が天秤にかけられるあいだ、サムはアイドリングするクルマのなかで黙って待った。期待をこめ、緊張して。冷や汗に気づかれませんようにと断られませんようにと祈りながら。

ミカエラの口から吐き出された、気乗りのしない、あきらめのため息は、サムには宇宙で最高の妙なる調べに聞こえた。

それから町への道をたどるカマロの車内では、ミカエラのぶつぶついう声がずっと聞こえていた。下り坂が続くのでエンジン音はさほど大きくならないのだ。日が暮れて暗くなりはじめても、ミカエラの愚痴はおさまる気配がない。

「もうこんなところいや」

「なんだったら、頭を低くして隠れてもいいよ。ぼくのことは気にしないで」

サムは親切のつもりで言ったのだが、ミカエラからはけげんな目をむけられた。

「隠れる？　なに言ってるの？　わたしがいやなのは、あなたやこのクルマじゃないわ。この場所よ。いまの状況よ」

ヘッドレストに頭を預け、天を仰ぐ。

「きっと罰があたったのね。わたし、ああいう熱血タイプの男に弱いから」

昔、リーおばあちゃんが言っていた、だれかの前で自分が矮小な存在になる気分というのは、まさにこういうのだろうと思いながら、サムは小声で返事をした。

「それは、まあ、弱点だね」

ミカエラはサムの存在を忘れたように、とりとめなく話しつづけた。

「こんなところ、大っ嫌い。退屈でつまらない中流の町。早く大学へ進学して、こんなところ出ていきたい！」

サムは、運転ロボットのように黙りこくって運転席にすわっているよりは、なにかしら言ったほうがましだろうと思った。

「そうか。大学は……いいよね」

自分のコメントに対してミカエラが言葉を返してくれたら、一字一句メモしておきたい気持ちだ。

「こんなところよりはるかに人生の役に立つわ」

ミカエラは強い口調で言った。そこでようやく、車内にいるのが自分一人ではないことに気づいたようだった。運転手がいる。

「ごめんなさい。一人で勝手に愚痴っちゃって」

ふいに眉をひそめる。その眉間の皺も美しい。

「コロンかなにかつけてる?」

液体窒素男はたちまち沸騰してパニック状態になった。

「まさかまさか、コロンなんてつけてないよ。とんでもない。ええと……そう、髭剃りのローションかな。あとは、グアバ味のリップクリームをちょっとだけ。気になる? ごめん、風をいれるよ」

あわてて窓を開ける。ミカエラは心ここにあらずのようすで、うながした。

「そうして……わたしも元気を出すわ」

それっきり沈黙。その退屈さにくらべたら、空虚な会話のほうがいくらかましだと思って、ミカエラは運転手に話しかけた。

「それで、あなたは今年からうちの高校に？」

「いや、ちがうよ」

彼女を見ていたい気持ちをこらえて、前方の道路に目をはりつける。

「まえにも会ったことがある。というか、小学校からおなじ学校なんだけど」

「え、そうなの？　ふーん……いっしょの授業もある？」

「数学、体育、歴史……」

ステアリングをぎゅっと握りしめて前方注視。隣を見るのが怖い。

「ホームルームは隣の席だよ」

返事がない。期待がしぼんでいくが、続けるしかない。

「生物第二では実験のパートナーだよ。いっしょに仔豚を解剖した。で、きみの吐いたのがぼくの服に」

やはり返事はない。引かれてる。もともと引いた距離だったけど。そんな無視と無関心の壁を前にしても、ノックしつづけるしかなかった。

「今日はホズニー先生の授業があったよね。きみの前に五分間くらい立ってたんだよ。北極探検家の曾々祖父についてのすごく立派な発表をしたつもりだけど」

悠久の宇宙のリズムのようにゆっくりと、その非の打ちどころのない髪型の下のどこかで認知のスイッチがはいった。

「ああ、サム？」

このよろこび！　この驚き！　ミカエラ・ベインズがさらになにか言おうとしている。なにか個人的なコメントをしようとしている。そう思ったとき——

後部座席からリリリリリリと奇妙な音がした。

「なに、なんの音？」

サムはげんなりした。

「友だちがコオロギの箱を忘れていったんだ。カエルの餌だよ。ずいぶん長生きでね」

サムは身を縮めた。無情な言葉が投げつけられるのを覚悟した。バカにした笑い声も覚悟した。ところが、

「カエルのペット？　へえ、おもしろいわね」

後部座席から突如あがった異音は、幽閉された両生類の腹におさまる運命の昆虫の鳴き声であることを知っても、ミカエラ・ベインズは動じなかった。サムの心にわずかな光がよみがえった。

憧れの人を町へ送っていく道程は、最悪の大失敗に終わらずにすむかもしれない。そんなはかない希望は、新たな展開で打ち砕かれた。今度はエンジンがプスプスと力を失い、そのまま停まってしまったのだ。

サムは仰天し、恐怖の目でダッシュボードを見た。

「まさか……まさかまさかまさか、よりによってこんなときに」

おそるおそるミカエラのほうに目をやって、

「買ったばかりだから……初期不良ってやつかな」

カマロは、まるで図ったように眼下に町を見渡せる場所で止まった。頼んでもいないのにラジオのスイッチがはいり、スピーカーからはバリー・ホワイトがささやき声で《愛しあおうよ(アイム・レディ・フォー・ラブ)》を歌いだす。あわててスイッチを切ろうとノブをまわすと、今度はアップテンポの《セクシャル・ヒーリング》に切り換わった。

サムは途方にくれ、口ごもりながら釈明した。

「こ、これは、その……わざとじゃないんだ。ここできみに変なことしようとか、そんなこと狙ってないから……いや、きみにそういう価値がないとかじゃなくて、ぼくがそんなことはしないってことで……ていうか、したくないわけじゃなくって、したいけどしないってことで……」

ミカエラが寛容に首を振りながらサムを見る目は、運転席にすわっているのが突然大きくてひょろ長くて操作の下手なあやつり人形に変わったとでもいうようだった。サム自身もおなじ気分だ。

「いいから、エンジンフードを開けて」

それがミカエラの反応だった。

フードを開ける？　なにをする気なんだ？　サムはダッシュボードの下側を手探りした。しかしフードのリリースレバーらしきものはみつからない。こういう古いクルマは車内にフードの解除機構がないのだろうか。

その可能性を口にしようとしたときには、ミカエラはすでに外に降りてクルマの前にまわっていた。前屈みになって、カマロのノーズ部分を探っている。

無理だ。このクルマをサムと父親に売りつけたおかしな中古車屋のおやじでさえ開けられなかったのだ。説明しなければ。

「どこか引っかかってるんだよ。うちに……というかぼくにこれを売った店の人でも開けられなかった。たぶん、ラッチのどこかが曲がるかなにかしてて、それで――」

カチリと金属音がして、エンジンフードは静かに持ち上がった。

暮れゆく夕日の下に姿をあらわしたのは、埃まみれ、油染みだらけの錆くれた鉄の塊、ではなかった。

光沢のあるクロームの輝き。あちこち複雑に這いまわる、市販仕様ではない鋼線巻きのホースとつやのあるケーブル。美しく輝くさまざまな部品は、サムにとっては母親の洗濯部屋の機械とおなじくどれも理解不能だった。

驚いたのはサムだけではなかった。ミカエラも驚嘆した感想をつぶやいていた。

「うわあ、すごいエキパイがついてるわね。これは圧縮比も上げてありそう。バンク間には背高ダブルポンプのキャブも載ってるし。まさに羊の皮をかぶったストリートレーサーという仕立てね。かっこいいじゃない、サム」

開いたままふさがらなくなったサムの口は、訊かないほうがいいことを訊いた。

「ダブルポンプってなに?」

他の男子であれば、自動車の知識がゼロのやつと見抜かれ、さんざんバカにされて立ち直れなくされただろう。しかしミカエラは、十歳の子どもにもわかるほど単純明快に解説してくれた。

「燃料供給が増えてそれだけ速く走れるのよ」

「ああ……そうだね。馬力はあったほうがいいよね」

なんとか立ち直って口にしたセリフは説得力に欠けていたが、ありがたいことにミカエラはなにも指摘しなかった。同情して気を遣ってくれているのか、それともエンジンルームの細かい特徴にすっかり心を奪われているのか、とにかくサムの存在はただの騒音（あるいは妙な匂い）の発生源としか思っていないようだ。夢中になってどんどん前屈みポーズになっていくミカエラに対して、サムはうしろに反れば見えそうなものを見たい気持ちを抑えるので精いっぱいだ。

「ふうん。あら、でも、デスビキャップが緩んでるわね。手で締められるかしら」

とうとう素手をエンジンの奥に突っこみ、なにやらゴリゴリまわしはじめた。爪が傷つくのを気にするようすもなく、すっかり機械いじりに集中している。

最初から天井知らずだったサムのミカエラに対する憧れは、これを見てさらに倍になった。隣に並んでエンジンの上に身を乗り出し、彼女の作業を眺める。アドバイスなどできないから、逆に見て学びたい。

「どうして、その……デスビ、とかに詳しいんだい？」

ミカエラはキャップとそれにつながるプラグコードを手に作業を続けながら、説明した。

「母はね、情熱的な一方で無責任きわまりない男に惚れっぽいの。それが父。父はプロの自動車整備士だったわ。ママを愛して、クルマを愛して、両方ともいじりまわすのを愛してた」

サムはややためらって、訊いた。

「過去形？」

ミカエラはすこしあわてたようすになった。

「ええ。いまはその……いないの」

「普段のきみは、そんなに機械好きには見えないけどね」

腕の外側で額の汗をぬぐい、ふたたびディストリビューターのキャップを締めるために力をこめはじめる。

「ええ、まあね。宣伝はしてないわ。男の子って自動車の知識で他人に負けるのをいやがるから」首を振り、「理科で出てきた、亜種固有の習性というのかしら」

サムは辻褄のあわないところをみつけるのが得意だった。ずっと守勢ではつまらないので、そこを指摘してやった。

「トレントに対して頭にきてるのに、それでもどう思われるか気にするの？」

今度はミカエラの視線がチラリとサムのほうをむく。

「あのね、わたしだって完璧な人間じゃないのよ。みんなとおなじ。もしかしたら矛盾のきわみかもしれない。みんなわたしを見るとき、表面にふりかけた粉砂糖だけを見るのよ。ケーキの中身ではなくて」

背中を起こすと、両手をぬぐってから、フードを閉めた。

「とりあえずの応急処置よ。帰り着いたらちゃんと整備工場で診てもらって」

サムにむきなおると、笑顔で言った。

「じゃあ、あとは歩いて帰るわ」

自分を矮小な存在に感じるという話が頭に残っていたサムは、ふたたびそれを実感した。

「あ、ああ……そう。わかった。歩くのは……健康にいいよね」

ミカエラが町へ下る道路を一人で歩き去っていくのを、サムは目で追った。短い人生でこれまで夢みてきたあらゆることが、彼女との距離が開くにつれてガラガラと崩れていく気がした。

もうミカエラはいないので、クルマにむかって話した。

「どうして肝心なときに裏切るんだよ」

クルマは返事をしないので（あたりまえだ）、サムは天を仰いだ。

「お願いです、どうか彼女をこのまま帰らせないで」

するといきなり、エンジンが息を吹きかえした。

仰天したサムは、目をまん丸に見開いた。

続いて、独立精神旺盛なラジオが、その驚くほど澄んだ音を出すスピーカーから、《帰（ベイ）

っておいで（ビー・カム・バック）》を大音量で鳴らしはじめた。

道路をすこし下ったところで、ミカエラが驚いた顔でふりむき、こちらを見ていた。しかしエンジンがかかるまでの経過を見ていないせいか、クルマの持ち主にくらべれば驚きははるかに少ないようだ。

サムはカマロから視線を引き剥がし、ミカエラがこのラジオの曲に気づいているかどうかたしかめようとした。

ミカエラは気づいていた。そして針路を反転させ、こちらへもどってきている。

帰ってくる。ここへ。自分のもとへ。

いや、待てよと、これまで何度も失望を経験して用心深くなっているサムは、自分をいましめた。ミカエラはクルマに好奇心を残しているだけかもしれない。

それから町までの車中でのことはよく憶えていない。もちろん会話はあったが、なにを話したのか、どんなにがんばっても思い出せないのだ。

思い出せるのは、町ゆく人々がこのクルマをふりむいて見ていたことだ。好奇心いっぱいの表情もあれば、おかしそうな表情、さらにはあからさまに軽蔑した表情もあった。

どうでもいい。サムはトランキリティの町を、自分のクルマで、助手席にミカエラ・ベインズを乗せて走ったのだ。他のやつらは好きなようにささやき、好きなように考えればいい。この午後だけは、地球上のだれに頼まれてもこの場所を代わってやるつもりはなかった。

ミカエラの道案内を聞きながら、彼女の家の近所へたどり着くのには少々時間がかかった。サム自身がクルマの運転に慣れていないせいでもあり、またミカエラの家に行くのがはじめてだからでもあった。

想像していたのは、ミカエラにお似合いの高級住宅街だ。しかし意外なことに、指示される道はしだいにさびれた地区にはいっていった。スラム街とはいわないが、多少すさんだ感じはいなめないなと思いながら、薄汚れた住宅のあいだをゆっくりと走った。

そうやってミカエラの指示でクルマを停めた前の家は、隣近所とおなじく、ごくごく平凡な建物だった。ミカエラの家もまわりの家も、ひたすら月並でなんの特徴もない。

クルマが停まると、ミカエラは助手席でくるりとサムのほうにむきなおった。

「送ってくれてありがとう。それから、愚痴も聞いてくれてありがとう」

エンジンフードのほうを顔でしめして、

「できればオイルパンを点検してあげてね。少しだけど油漏れがありそうな感じだから。わたしだったら、ピストンも潤滑してあげたいかな」

心臓が止まりそうになった。ミカエラがピストンを潤滑してくれるなんて、そんな場面は危険すぎて想像できない。

「うん、わかった。アドバイスをありがとう」

あまり見つめてはいけないと思った。しかしもう眼球を自分で制御できなくなっていた。

このクルマとおなじで手に負えない。

ミカエラは、なにかもっと、べつのことを言いたそうに見えた。しかしそんな空気は一瞬だけで、たちまち過ぎ去った。ドアを開け、家のほうへ歩いていく。その途中で肩ごしに振り返った。

「わたしのこと、底の浅い女だと思った？」

「底が浅い？」

彼女は去ろうとしている。だからなんでも言ってしまえと思った。サムは微笑んだ。

「まさか。きみは——きみは見た目以上に素敵だと思ったよ」

この世でいちばん心を浮き立たせてくれるもの。それは新しいクルマだろうか。それともミカエラが自分にむけてくれた笑顔だろうか。

輝くような笑みの余韻を残して、その背中は家のなかに消えた。

運転席に一人すわり、しかしすこしも寂しくないサムは、その笑顔の記憶が教会の司祭の祝福のように魂の奥底までしみこんでくるのを味わった。

それからステアリングをポンと叩き、ギアをいれ、路肩を離れて走りだした。

「ぼくのクルマは最高だあ！　このクルマが大好きだああああ！」

軽やかな音楽をかなでるラジオより、さらに大きな声でそのフレーズをくりかえしながら、サムは家路に就いた。

5

地球上のあらゆるラジオ、テレビ、およびインターネット上の通信を監視するのは、地下室にこもった数人のハッカーでできる仕事ではない。

国家軍事指揮センター（NMCC）は、施設の大半が地下にあるが、地下室という言葉から想像される規模をはるかに超えている。ずらりと並んだ無数のコンソールを、制服の職員が埋め、それぞれのスクリーンを見つめながら、高性能ヘッドホンを使ってわずかな放送音声にも聞き耳を立てている。映像信号と音声信号は記録され、もっと深い解析処理にまわされる。

それからすこし離れた席で、マギー・マドセンはべつのかん高い音を聞いていた。カタールの中央軍特殊作戦司令部基地の攻撃に使われた電子的手段だ。何度も何度も聞いているうちに、さすがに疲れてきていた。頭がぼうっとして働かなくなるばかりで、なにもひらめきは生まれない。うんざりして、ヘッドセットをはずして脇においた。

一息いれているところと見て、隣の分析官（アナリスト）が話しかけてきた。

「見当はついたかい？　暗号化した中国語？　アムハラ語？　それともマイナーなアフリカ方言のザン語とかトウィ語？」

脳の半分はまだレーザーのように課題に集中しているマギーは、残り半分の脳を使って返事をした。

「いいえ、なんの手がかりもないわ。これはバントゥー語系でもその他のアフリカ諸語でもない。それどころか中国で使われている言葉ともちがう。イギリス英語とはあきらかにちがうように、ウイグル語ともチベット語ともまったくちがう。これは……べつのなにかよ」

問いかけに続けて、夕食に誘ったり、もしかしたらそのあと飲みに誘えるかもしれないというアナリストの期待は、あっけなく裏切られた。マギーはさっさとヘッドホンをかけなおし、騒音の再生を再開した。高速で暴力的なかん高い音のなかから意味のあるパターンを聞きとろうと、千回目か二千回目の挑戦をはじめた。

そのころ、エアフォースワンの四発のターボファンエンジンは、異なる種類のかん高い騒音を発していた。しかし、東海岸の高々度を大きな円を描いて巡航する機体の内部は、徹底的に防音処理された内装のおかげで、騒音は響いていない。

エアフォースワンの両側には、はるかに小型の完全武装したF-22二機が悠々と速度を合わせて随伴していた。この護衛機は三十分ごとに交代しており、つねに新しいパイロットが新しい目で警戒していた。

首都近郊の大深度地下にあって地球上のあらゆる通信を監視している指揮センターの小

型版が、この大統領専用機の機内にもあった。

ある画面のむこうから、肩章にふたつ星をつけた空軍少将が、主任通信担当将校に命令を伝えている。

「トルーマン空母戦闘群がまもなくペルシャ湾にはいる。大統領に一時間以内にご報告申し上げろ」

「了解しました」

勤務中の少佐は、受けた命令とおなじくらい簡潔に答えた。

一日がすぎるうちに、受信されるメッセージは増え、より多くの指令や命令が飛びかうようになる。そんな忙しい通信がやりとりされるなかを、一人の女性空軍三等軍曹がシャツを直しながら通過し、広い機内のべつの区画へ移動していった。任務についているシークレットサービスの警護官に短く正式の敬礼をして、奥へはいることを許される。

空飛ぶ大統領専用室では、一人の男が広いベッドの端に腰かけていた。むきだしの脚がストッキングを履いていても、彼女はニコリともしない。これまで何度も見ているからだ。

「ご用でしょうか、大統領閣下」

到着を知らせるかわりに、折り目正しくそう尋ねた。

ベッドに腰かけた男は、プリントアウトされた分厚いファイルから目を上げもしなかった。

「ディンドンズをいくつかとミルクを一杯、持ってきてくれないかな」

「はい、ただいま」

専用室を出て、ドアの前に立つ警護官から聞こえない位置まで遠ざかったところで、彼女はようやくつぶやいた。

「チョコケーキ運びのために士官学校を出たわけじゃないわよ」

それ以上の愚痴はこらえ、シークレットサービスの控え室前を通りすぎた。

その控え室内では、他の警護官が忙しく仕事をこなしたり、仮眠をとったりしている。眠れるときに眠っておくのはシークレットサービスの習性である。いつ非常事態に突入するかわからないからだ。

ある椅子の下に、だれも使っていない小型のポータブルラジカセがあった。その輪郭が銀色の油のようにあやしく揺れて変化し、いきなり短い脚部と小さな足がはえたことには、だれも気づかなかった。

その機械はこっそり立ち上がり、近くにすわった警護官の足のそばをカニ歩きで通り抜けた。完全に視界から隠れたところに引っこむと、完全な変形（トランスフォーム）を遂げた。それは全長約一・四メートルのデストロンで、地球的な名称としてもっともふさわしいのはフレンジーだ。細長い胴に、鉄の棒のような脚。まるで石炭紀の地層から這い出てきた巨大昆虫のようだ。だれもすわっていない席の列をみつけ、その裏へ音をたてずに駆けこんで隠れた。

三等軍曹は、機体の中央付近でしばし足を止めた。そこでは他の側近たちがたまってコーヒーや紅茶を飲み、多くは談笑していた。三等軍曹は挨拶代わりに、やれやれという表情をしてみせた。

「昨日はホーホーズ、今日はディンドンズ。わが国は平和よ。明日はどんなスナック菓子を運ばせる気かしら？」笑い声に送られて、その部屋を通過する。「すぐもどってくるわ」

小さなエレベータを使うと、機体の下側へ降りた。そこには棚や冷蔵庫が並んでいる。列の最後の棚に、雑貨店のレジ前さながらに豊富な種類のスナック菓子がストックされている。晴れて大統領御用達となったディンドンズもそのなかに。

三等軍曹は一箱あけ、個別包装されたチョコケーキをとりだしていった。その一個がポロリと落ちて、床を転がって棚の下に消えた……と思ったら、すぐに出てきた。三等軍曹はため息をつき、しゃがんで拾った。

その棚の下に、細い脚の機械がひそんでいて、転がってきたチョコケーキを蹴り返したのだとは知るよしもない。

拾ったチョコケーキの包装から埃を払い、他のといっしょに皿にのせると、三等軍曹はエレベータにもどった。

エレベータが上がっていくと、フレンジーは倉庫エリアの薄暗い照明の下に出てきた。床の上をカサコソと動きまわる。そのうち、鍵のかかったアクセルパネルの前で止まった。パネルには、〝大統領専用〟と書かれている。地球のものではない特殊合金製の指が、そのパネルをあちこち探り、調べ、分析しはじめる。やがて、ベリッと乱暴に引き剝がした。

倉庫の光の下にあらわれたのは、通信ターミナルだった。

フレンジーは小さく満足げな音を漏らした。そして、音量を抑え、変調したかん高い騒音を発しはじめた。マギー・マドセンが聞けば、カタール基地の襲撃者が発した騒音を小音量に抑えたものだとすぐにわかったはずだ。ターミナルは起動した。小さなモニター画面によると、ターミナルはごくあたりまえのように、ペンタゴンに防護接続した。

バージニア州の地下。普段は平穏な監視ステーションのひとつで、作戦副指揮官があるコンソールの前で足を止めた。画面上の一部分に目を惹かれたのだ。

おなじ入力信号が、マギーの画面でも報告された。マギーはあわててすわりなおし、ヘッドホンを強く耳に押しつけた。副指揮官が注意を惹かれたのとおなじポップアップ窓が、マギーのコンソールにもあらわれている。そこには、〝異質な信号を検知〟とあった。

退屈など吹き飛び、完全に覚醒したマギーは、流れるような指使いでキーボードを叩きはじめた。画面にはふたつの波形が並べて表示され、すぐに〝一致〟と出る。

マギーは目を見開き、ふりむきもせずに大きな声で言う。

「また敵がネットワークにハッキングしてる!」

エアフォースワンの倉庫室では、デストロンのフレンジーが発する耳ざわりな高音信号が、ますます強く、途切れなく続いていた。小さなモニター画面に新しい文字が並ぶ。

〝特別アクセスファイルを検索中〟

かん高い音はやや変化する。より深く、しつこく、詮索的になる。そしてついにロボットの求めるファイルのタイトルが表示される。

アイスマン計画――トップシークレット／SCI――〈セクター7〉のみ閲覧可

ペンタゴンの地下では、検出中のかん高い騒音が、そのあたりのすべてのスピーカーから鳴っていた。そのなかでマギーは必死にタイプしつづける。きびしい顔の副指揮官がマギーの席に飛んできて、その右肩ごしに作業をのぞきこむ。他の職員は緊張したおももちで遠巻きにしている。

「トレースルートでパケット経路を調べろ！」

副指揮官は命令したが、マギーは無視した。悪いアイデアではないが、彼女の作業はとうに先へ進んでいるからだ。

「もう試しました。でも、何度やっても遮断される。融通性が高くて、一回ごとに反応が変わるファイアウォールを持ってるみたい。新しい攻撃を試すたびに敵は順応するんです」

異なるキーを叩き、新しい組み合わせを試しつづける。なにか成功するのではないか、なにかが強力な防壁をすり抜けられるのではないかと期待して。しかし、

「敵は学習してるわね」

マギー・マドセンがペンタゴンで奮戦しているころ、エアフォースワンの倉庫室のターミナルで、小さなモニター画面に新しいステータス窓が開いた。

ローカルシステムのエラーをペンタゴンのネットワークに送信中

この告知に続いて、送信先がずらずらと表示されていく。

アメリカ中央軍
アメリカ戦略軍
アメリカ特殊作戦軍
……

マギーの席にあるスクリーンのひとつで、普段はデータの流れを淡々と表示しているものが、突然、意味不明の文字を洪水のように流しはじめた。

マギーはすぐに、硬い表情をした隣のアナリストのほうをむいた。

「あなたか、あなたの接続してるだれか、システム診断を実行してない？」

アナリストはその剣幕に気圧されながら答える。

「い、いいや。やったほうがいいのかい？」

マギーは立ち上がり、部屋中にむかって大声で怒鳴った。

「この部屋のだれか、システム診断を実行してたら教えて！」

その喧嘩腰の口調と声の大きさに驚いて、全員が顔を上げた。数人は席を離れ、マギーのメインモニターをのぞこうとする人ごみに加わっていく。

マギーはモニターをにらみながら、乱暴に椅子に腰を落とした。

「ああっ、もうだめだわ！　ケーブル引っこ抜いて！」

脇に立つ副指揮官は仰天した。

「なんだって？　冗談じゃない。そんなことは簡単にできない。どうしたんだ？」

マギーはそれには答えず、もどかしそうにコンソールにむかって手をさしのべている。

できることなら手をつっこんで、攻撃的なデータ流を引きちぎってやりたいというようだ。

「できないなら、できる人間を連れてきなさいよ！　国防省のファイアフォールが破られてんのよ！　たぶんウイルスを仕こもうとしてる」

「ウイルスだって？」

副指揮官は目を見開き、呆然としておうむ返しにした。

マギーは身を乗り出した。

「待って待って。仕こんでるだけじゃないわ……これは、なにか盗み出してるわよ！　仕こみと盗みを同時にやってる！　どっちもなにをやってるのか読みとれないわ」

グルリと椅子をまわし、副指揮官を見上げる。

「ケーブルを引っこ抜くしかないのよ！」

副指揮官はようやくマギーの言葉によるショック状態から抜け出した。ヘッドセットのマイクにむかって怒鳴る。

「コード・レッド！　大規模セキュリティ事故発生！　サーバーのケーブルをすべて手動で抜け！　物理的に隔離しろ！」

エアフォースワンの倉庫室では、ターミナルのモニター画面のなかで、パーセントの数字が点滅していた。七十五パーセント……九十パーセント……。

ダウンロード完了

隣に開いた第二のステータス窓に、ダウンロードされたファイルの概要が表示されている。

アイスマン計画——基準標本、一八九七年発見——第一発見者、アーチボルド・ウィトウィキー船長

ペンタゴンの深奥でケーブルを実際に抜く作業をした者たちは勲章にあたいする。その一人ひとりの名前はここでは重要でない。重要なのはその必死の努力の結果だ。

副指揮官はほっと息を吐いて、宣言した。

「全接続は切り離された。サーバー隔離完了」

ロボットもときには注意散漫になる。

使っていたターミナルの接続が突然切れたことに、フレンジーは苛立った。そのために、シークレットサービスの警護官一人と操縦室特技官一人が倉庫室に降りてきたことに、気づくのが遅れた。

人間の二人は注意散漫ではなかった。壊れて床に落ちているパネルに警護官が気づき、手首の通信機を口もとに近づけた。

「第二区画に侵入者。くりかえす、第二区画に侵入者」

数秒後には、倉庫室の反対側にある階段を鳴らして二人目の警護官が降りてきた。銃をかまえている。

フレンジーは、金属音を発しながら最初の二人の背後にまわりこみ、極薄で鋭利な金属製ディスクを上体から発射した。二人が倒れる。同時に、倉庫の奥に降りてきたもう一人がしゃがみ、発砲してきた。

フレンジーの持つ予測装置は、地球のものよりはるかに高速だ。狭い空間に発射された銃弾一個一個の着弾散布パターンと軌道を容易に推定し、遮断した。敏捷に動きまわるロボットからさらにディスク弾が放たれる。

完全武装した警護官の一隊が奥から倉庫室へ降りてきたとき、そこにみつけたのは、ディスク弾に切り裂かれて血まみれになって動かない三人の死体。そして軽食の準備テーブルにちょこんとおかれてイージーリスニングを流している、小型のポータブルラジカセだけだった……。

深夜。すべてをおおう闇。ウィトウィキー家で動くものはない。眠るチワワの包帯を巻いた脚がたまにピクリと痙攣したり、サムの部屋の開け放たれた窓辺におかれた箱のなかで、マイルズの忘れ物のコオロギが室内楽を奏でるだけだ。

夜のあいだずっと鳴いていたそのコオロギたちが、ふいに鳴きやんだ。おもての車寄せで、古いがペンキの色は鮮やかなカマロが、突然目覚めた。エンジンがかかったのである。

その低いうなりは、近くで眠っている持ち主を目覚めさせた。サムはベッドで起き上がって、まばたきし、目をこすり、窓の外を見た。ちょうど、いまは大好きになった自分のクルマが、車寄せから静かにバックしていくところだった。

あわてながらも、まだ寝ぼけているせいでベッドから転げ落ち、運転しているはずのだれかにむかって叫んだ。

「おい、ぼくのクルマだぞ！　泥棒！」

クルマを観察するのと、靴や服を投げつけるのを同時にはできない。そこでサムは投げるほうに集中した。しかし自動車泥棒にいくら怒鳴っても効果はない。サムは階段を駆けおりた。夜中でも足音を忍ばせる配慮はない。そんな余裕はないし、両親が目を覚ましてくれればむしろ願ったりかなったりだ。寝室に飛びこんで揺り起こすような暇はない。一秒遅れれば、それだけクルマは遠くへ行ってしまう。

外に飛び出すと、目についた自転車に飛び乗って追いかけはじめた。なんとか、南へむかうカマロの背中を視界にとらえることができた。さいわいスピードは出していないようだ。頭のいい泥棒なのかもしれない。スピード違反をして、パトロール中の警官の注意を惹いてはまずいという用心だろう。しかしその用心を逆手にとってやる。

引っかけてきた上着のポケットから携帯電話を取り出し、片手運転で番号を押した。ありがたいことに、返事は早かった。

「はい911、緊急センターです」

サムは大声で話した。

「ぼくのクルマが泥棒に盗まれてるんです。ええと……いまです、いま。自転車で追いかけてるところ。すぐそばで、目の前に見えてます。パトカーをよこして！」

「わかりました。いま指示を出しています。盗まれた自動車には近づかないでください。

危険な運転手かもしれません」

オペレーターの警告に、サムはドキリとして携帯電話を見た。

「ほんとに？　助けを早く！」

どっちへ行ったのだろうと顔をあげると、カマロは一旦停止の標識で減速しているところだった。しかも目の前。リヤバンパーに激突まではしなかったが、前輪が接触して、サムは地面に投げ出された。自転車は横倒しになり、前輪がからからと空転している。

カマロはふたたび走りだした。

サムはかすり傷だけ。気力も萎えていない。オペレーターの警告は気にせず、自転車を引き起こした。またがってどこも壊れていないことをたしかめると、必死にペダルを漕ぎはじめた。

そのあいだも携帯電話はずっと放さない。その小さなスピーカーからはオペレーターの声が流れつづける。状況を伝えるため、あるいはサムを勇気づけるためか。

「もしもし、もしもし……こちらではその電話の発信場所を探知しようとしています。だいじょうぶですか？　もしもし？」

いまはもう全力疾走で、片手運転はできない。

「早くパトカーを！」

電話にむかって大声で言うと、通話状態のまま上着のポケットにもどした。べつにしゃべっていなくても、警察は電話の発信位置を追跡できる。胸の息はすべてペダルを踏みつづけるのに使わなくてはいけない。

小さな町では、大都市とちがって、商業地区も工業地区も住宅街からそれほど遠くないところにある。それでも自転車で追跡するにはけっこうな距離になり、カマロが古いセメント工場のゲートの鍵を壊して資材置き場にはいったときには、サムはかなり息が切れていた。

カマロが資材置き場でようやく速度をゆるめたので、サムはほっとした。自転車から降りて、用心深く物陰に駐め、あとは徒歩で追った。カマロは、ゆっくりと動いている貨物列車のむこうにいったん隠れ、しばらくしてふたたび姿をあらわした。

カマロのエンジン音で目が覚め、家の車寄せから出ていくところを目撃してからはじめて、その姿を正面から見た。

運転席にはだれもいない。

ありえない事実に混乱し、見まちがいだろう、暗いせいでよく見えなかったのだろうと考えた。

そのうち、カマロは無人の工場の角をゆっくりとまわっていった。サムはあとを追った。姿を見られないように気をつけた。運転手は危険な人物かもしれないという、緊急センターのオペレーターの言葉が頭に残っている。ただし、その運転手が見あたらないのだが。

それはある意味で危険かもしれないと、やや動揺しながら思った。こちらの精神状態にとって危険だ。

さらに信じられないことが起きた。遠くて暗いために不明瞭だったクルマの輪郭が、どういうわけか変形し、立ち上がろうとしているように見えるのだ。

目がおかしくなったのだろうか。モジョが鎮痛剤を飲んだふりをして、口のなかに隠していたそれを飼い主の食後のソーダ水のなかに吐きいれたのか。

サムは木箱の裏に隠れて、暗闇の奥を見つめた。完全に直立したその影は、身体からなにかをとりだしたように見えた。その物体が突然光を放った。思いがけず、しかも強烈な光だったため、サムは一時的に目がくらんだ。

目もとに手をかざしながら、なんとかその光源を見たところでは、直線的でくっきりした輪郭がわかった。なにかのシンボルのようだが……。

もっとよく見て、正体をたしかめたかった。しかし直立した影は飛び上がり、夜空に消えていった。

うわあああと思いながら、あわてて携帯電話をとりだした。普通の自動車泥棒ではない。ありえない。

携帯電話の内蔵カメラを空にむけたが、暗すぎるし、〝カマロ〟は遠すぎて、はっきりとした映像は撮れなかった。それでも必死にしゃべって、動画モードのカメラに音声を吹きこんだ。

「ええとええと、ぼくの名前はサム・ウィトウィキー。ぼくのクルマは……盗まれたと思ったんだけど、じつは生きてたんだ。ていうか、勝手に動いたっていうか……よくわかん

ない。わかんないけど、とにかく生きてたんだ！　もしかしたらこれが最後の言葉になる

かもしれないから、遺言をいっとくよ。ええと……パパ、ママ……ベッドの下にエッチな雑誌があったら、それはマイルズから預かってるやつだから。ほんとにほんと、絶対……」

だんだん苦しい表情になって、

「だめだ、遺言で嘘はつけないよ……あれはぼくの！　ごめんね！　ごめ――」

告白タイムは、べつの音で中断された。前ではなく、うしろからの音だ。

今度は機械ではない。低く長く、残忍な期待に満ちたうなり声が聞こえてくる。

サムは心臓の鼓動をおさえながら、ゆっくりとふりむいた。

犬だ。ロットワイラーが二匹。どちらも熊のように大きい。獰猛そうな歯がのぞいている。サムをロックオンした四本脚の黒いミサイルのような二匹が、大きな口を開く。

サムは恐怖の悲鳴をあげ、跳び上がって逃げた。

ロットワイラーの頑丈な皮の首輪には、爪紐のように長いチェーンがつながっていた。幸運なことに、チェーンの反対側は壁にボルト留めされていた。ところが、今夜のサムに幸運は微笑まなかった。ロットワイラーがはげしく吠えたて、引っぱるうちに、二本のボルトは古いコンクリートから次々に抜けたのだ。

必死のサムは、体育教師が見たら目を丸くしそうな離れ技をやってのけた。自身最高の垂直跳びで、積み上げられた木箱によじ登ったのだ。

高さの差は犬たちの勢いを弱めたが、完全な防壁にはならない。次の有刺鉄線もそうだった。サムは服を切り裂かれながら有刺鉄線のフェンスをよじのぼり、むこう側へのがれた。しかし犬たちは、フェンスの下に穴をみつけ、そこをくぐってきた。

一匹がサムのくるぶしに迫った。牙が切り裂いたのは皮膚ではなくジーンズの裾だったが、それでもサムはよろけて地面に転倒した。衝撃で携帯電話がポケットから飛んでいった。しかし、次は自分がジーンズとおなじ運命をたどる番だと思っておびえるサムには、身のまわり品を心配する余裕などなかった。

そのとき、カマロが再登場した。

うつぶせになったサムのまわりで、はげしくタイヤを空転させ、クラクションを鳴らしている。犬たちはその質量と光に驚き、混乱している。タイヤの一本が落ちた携帯電話を踏みつぶし、電子部品の廃棄物に変えた。

犬たちは理解できない現象におびえ、尻尾を巻いて逃げていった。

サムも立ち上がり、いっしょに逃げたかった。しかし逃げていく犬たちとのあいだに割りこんだクルマは、同時にサムにとって出口方向をさえぎっていた。サムは泣きたいのをこらえながら、はげしくタイヤを空転させる機械にむかって懇願した。

「ぼくを殺さないで、お願い！　クルマはあげるから！　だれだかわからないけど。人間かどうかもわからないけど。なにもかもあげるよ！　だからぼくの命だけは――」

おさまりかけた土埃に、赤と青と白の光が差しこみ、かん高いサイレンの音が資材置き場に近づいてきた。警察だ！

サムは方向を変え、光と音のほうへ全力疾走した。そして到着したパトカーのエンジンフードに駆けあがらんばかりの勢いで飛びついた。

到着した数台の車両からは、まるで警察署総出動かと思うほどたくさんの警官たちが降りてきて、いっせいに銃を抜き、サムにその銃口をむけて構えた。一人の警官が命じる。

「動くな！　両手を上げろ！」

サムはパトカーのエンジンフードからゆっくり滑り降りながら、あわてて説明した。

「ぼくじゃない、ぼくじゃない！　犯人はべつだよ！　盗まれたのはぼくのクルマ！　ぼくのクルマがあそこで……」

カマロのほうを指さしてそちらを見た。というよりも、さっきまでカマロがエンジンをアイドリングさせていた場所だ。そこにはもうカマロの姿はなかった。

同時にサムの理性も吹き飛んだ。

頭はなにも考えられなくなり、さきほど救世主のように抱きついたパトカーのエンジンフードに、うつぶせに顔をつけて崩れ落ちた。

国家軍事指揮システムの全世界対応センターは、未明の時間帯を迎えていた。しかし前日から夜を徹して続くあわただしさからは、とてもそんな時間には見えなかった。

全軍でもっとも優秀な技術職員が勤務するこの場所に、国防長官、ＮＳＡ局長、ＣＩＡ

長官が顔をそろえ、さらに技術的知識の豊富な陸海空の将官も多数集まっていた。さまざまな職種の支援要員も、きびしい面持ちで詰めている。

マギーもその一人だった。いまはようすを眺めているだけだ。音や映像やアルゴリズムのかわりに、集まった人々を分析している。

そばで話している海軍大将は、〝ビンガム〟という名札を胸につけていた。マギーは知らない人物だ。ここに連れてこられてから、あらゆる軍のあらゆる階級の軍人に会ったが、これほど地位の高い将校はさすがに少なかった。

大将は難しい顔で話していた。

「エアフォースワンは緊急着陸した。機内で三人の死者が確認された。すべて職員だ。今回の事件でひとつだけよかったのは、大統領が騒ぎにまったく気づかれていないことだ。いまは安全な場所に移っていただいている。今後の活動指揮を安全に執れる場所だ」

マギーの目には気さくな大将に見えた。なにより、いまはすぐ近くにいるという有利さがある。そこでマギーはそばに寄って話しかけようとした。

「あの、ちょっとご参考までに――」

ところがセンターの副指揮官が、マギーの存在など目にはいらないように、大将の説明に続けて言った。

「犯人が何者かわかりませんが、国防ネットワークへの侵入を許してしまいました。手法はカタールの事件とおなじです。今回はまにあわず、遮断するまえに侵入されました」

するとそばにいたジョン・ケラーが質問した。

「なにをされたんだ？」

国防長官ともなるとさすがにこういう状況でも落ち着いている。

副指揮官は暗い顔で首を振った。

「まだわかりません。あらゆるものを、乱暴なほど急いでシャットダウンし、ソフトウェアもすべて緊急停止させました。現在、技術職員が復旧にむけて調査中ですが、時間がかかりそうです。絶対安全と確証が持てるまでは危なくてとても再起動は試みられません。また、通常のクロスプラットホームのネットワークを再構築するまえに、機密性の高い内容とプログラムは分離しておく予定です。そうすれば、もしまたセキュリティを破られても被害は全体のデータのうち最小限ですみます。防衛する分にも、そこだけに集中できます」

「埋めこまれたウイルス——あるい、わたしたちが考えるウイルスに近いものは、どうなんだ？」

ふたたび副指揮官の表情は翳った。

「まだ分析中です。まったく新しい侵入方法です。だれもこういうものは経験がありません。スパイボットに近いようですが、そのコアも拡大手法も従来のものと異なっています。まったくちがうのです。完全に活性化したときになにが起きるか、予測は困難ですが、おそらく感染が一気に拡大してシステム全体が機能しなくなると考えられます」

国防長官は低い咳をした。

「電報以前の時代に逆もどりするようなものだな。爆発的な拡大が起きるまえに防げないのか？」

副指揮官は深く嘆息した。

「解毒剤やワクチンにあたる処理をかけようとしても、ウイルスはその処理プロセスを解析して、対抗策を編み出すようです。しかもやるたびにスピードアップしている。無効化しようとすればするほど、逆に力を増していくようなのです。もはやウイルスではない。システムそのものになっている。あまりにも巧妙に侵入してくるため、阻止するにはもはやシステムをシャットダウンするしかなかったほどです」

力なく両手を広げる。

「わたしたちはなにもしなかったのとおなじです。あれを表現するには、技術用語ではありませんが、悪魔的というしかない」

ケラーはつぶやいた。

「すくなくとも、〝なにもしない〟というわけにはいかない」

ビンガムは、副指揮官の基本的な状況説明を黙って聞いていた。楽観視できるものではない。技術的な話はおおいに結構だが、それだけでは合衆国市民を守る役には立たない。

「これはアメリカに対する大規模攻撃の第一段階でしょう。統合参謀本部では何年もまえから、第一段階はわが軍の通信能力を奪うことだろうと予測してきました。今回はその攻撃の有効性を試すテストとも考えられる。あるいは――」不気味に声を低め、「――これがすでに総攻撃の第一段階という可能性もある。各軍の連絡が不通で、連携した防衛戦略をとれなければ、わたしたちは敵のカモです」

ビンガムは二人を順番に見る。

「最新の情報では、このような攻撃をしかける能力を持っているのはロシアと北朝鮮だけです。もちろんわたしたちはその前提で対応しています」

しばし黙って、

「次がどうなるにせよ、こちらの実行能力を奪われるまえに、適切な対策をとるしかない。他に道はないでしょう」

ふいにはじまった騒音に、三人はぎょっとした。

三人の男たちを振り返らせた騒音は、解読不能のかん高い電子音でも、アメリカの軍事施設に対する新たな侵害行為の知らせでもなかった。

それは笑い声だった。すぐそばの、鋭い声。

発生源を特定してみると、そのむこうみずな相手はすぐ背後に立っていた。

ビンガムは眉をひそめた。

「若い女性に気づかなくて失礼した。どこの何者かね？」

マギーはひるむことなくその視線を受けとめた。

「敵のハッキングを探知した者ですわ」

「きみが？」

驚きの声をあげたのはケラーだった。そんな報告は聞いていなかった。いや、届かなかっただけかもしれない。この二十四時間は忙しすぎて、上がってくる報告をろくに聞いていられなかった。

「そう、あたしです」

三人の男たちにかこまれたマギーは、すこしでも背を高く見せようと気を張った。

「あたしが指摘したいのは、ようするに、敵はわが国の軍事ネットワークのファイアウォールを十秒でハッキングできる相手だということです。総当たり法による正面攻撃で侵入しようとしたら、最高性能のスパコンで二十年かかるはずのファイアウォールを」

ビンガムが応じた。

「なにをいいたいのかわからんな、お嬢さん。攻撃が不可能に近いといっても、最新の偵察画像をどう説明するかね？　衛星通信はすべて遮断されているので偵察機が撮ってきたものだが、それによれば、北朝鮮の海軍および空軍の活動は倍に増えている」

マギーはついつい意地悪女の口調になりそうだった。

「北朝鮮もなんらかの攻撃を警戒しているのかもしれませんね。たんなる予防的な動きかもしれない。あたしたちがやっていることもおなじでしょう？　むしろアメリカ軍の展開に反応した動きかもしれない」

ビンガムは口の端で笑った。

「〝かもしれない〟で防衛準備態勢を決めるわけにはいかぬな」

言われたら言い返すのがマギーの性分だ。それでしばしば痛いめに遭うのだが。

「ええ。〝かもしれない〟で戦争をおっぱじめないでいただきたいものです」

議論がその方向にすすむと、ディベートでいう〝墓穴を掘る〟という状況になりかねないので、マギーは話を変えた。

「提督。将軍。将校さん。とにかくみなさん」

ビンガムに対するマギーの第一印象がまちがっていたら、彼女の将来のキャリアは完全に閉ざされていただろう。しかしマギーの勘は当たっていたようだ。ビンガムは礼儀知らずな下っ端職員に寛容な笑みを返したのだ。

「若いというのはうらやましいことだな」

と評する表情は、ややこわばっていたが。

ケラーはマギーのほうにむきなおった。

「話を聞こう。ミズ・マドセン。説明してくれたまえ」

マギーは副指揮官のほうをむいた。

「さきほどあなたがおっしゃった通りです。信号パターンは変化し、進化しています。変異し、学習している。これが単純なフーリエ変換だという考えはただちに捨てるべきです。量子力学をもとに考えたほうがいい。これは尋常な速さではありません。あたしたちが相手にしているのは、即時的なサイバー認識能力を持つ適応性アルゴリズムです」

副指揮官は信じられない、信じたくないというように首を振った。

「いいかね、地球上にそんな複雑な進化が可能なものは存在しない。プログラム全体にそれほど多くの複雑な適応処理を即時的にかけられるものなどありえない」

マギーは切り返した。

「あります。生物です。あるいは、まだ理論段階のＤＮＡベースのコンピュータ。信じられないかもしれませんけど、でも――」

「もういい。話は充分だ」

ビンガムがさえぎり、背をむけた。

必死のマギーは、それでも自分の主張を弁じるしかなかった。

「とにかく、あたしのチームに信号パターンを解析させてください。パターンがあるとしての話ですが。そうやってふんぞり返ってるのはご自由ですけど、そのあいだにあたしたちにやらせるのが時間の有効活用というものでしょう？」

言いつのるマギーと、しだいに苛立ってくる副指揮官、そしてすでにべつの案件に頭を悩ませながら去っていくビンガムとのあいだに、ケラーが割ってはいった。

「もういい。そのような作業は上級分析官にまかせてあるのだ、マーガレット。情報の機密性から――」

「マギーです。出生証明書でもマギーだと言ったでしょう」

腹立ちを抑えきれない声で相手の話をさえぎる。

ケラーはかまわず続けた。

「きみの仮説を裏付ける証拠がみつかったら、よろこんで話を聞こう。しかし当面は、その頭と口のあいだのフィルターをもうすこし強化してくれ。さもないと、ここからつまみだして、もとの職場でポトマック川下流域の水量評価でもやってもらうことになるぞ」

国防長官もマギーに背をむけ、副指揮官といっしょにビンガムを追って出口へむかっていった。

マギーは三人を見送った。いつもの彼女なら怒り狂うところだ。しかしいまは、そんな時間さえ惜しかった……。

朝、エプロンに駐機されたエアフォースワンは、第三世界の小国なら簡単に制圧できるほどの憲兵隊と警察の武装車両に取り巻かれていた。しかし、場所はオクラホマ州の空軍基地である。

機内には、不可解な事件の手がかりを求めて、多数の鑑識官が乗りこんでいた。死体となって機内でみつかった三人は、胸部動脈を鋭い金属円盤で切断されていた。機内でいったいなにが起きたのか、だれも見当がつかなかった。

機内の鑑識官たちは知るよしもなかったが、そのころその手がかり、というより事件の犯人は、湿った滑走路上をこっそりと這っていた。接近する先は、とりかこむパトカーの一台。じつはこのパトカーはパトカーではなかった。外見はどこをとってもオクラホマ州の警察車両だが、中身は、その足下に這い寄るものとおなじ、バリケードという名のデストロンだった。

昆虫のような形状のロボットと、見かけ上のパトカーとのあいだで、変調のかかった小さな音がやりとりされた。人間の耳には雑音にしか聞こえないが、実際には複雑な通信だ。あまりに高速すぎて霊長類の脳では理解できないのだ。

「ウイルスはまもなく活動開始する」

フレンジーという名の昆虫形ロボットが宣言した。高度な知能を持つおかげで、満足感さえ表現できる。

偽装パトカーの助手席側のドアが開き、そばのスピーカーから音の通信が送られる。

「侵入が予定どおりに進んでいるのはいいことだ。しかし、〈キューブ〉の行方は?」

フレンジーは金属の脚を屈伸して、軽々と助手席に飛び乗った。二体のロボットはおたがいと仕事の話に集中した。巨大な航空機のなかにいる人間たちは、〝だれも乗っていない〟クルマのほうなど見ていない。

フレンジーはバリケードの問いに答えた。

「関連情報はネットワークから隔離された。しかしそのまえに入手できたものもある」

多数の脚をもつフレンジーの身体から細いケーブルが伸び、ダッシュボードに取り付けられた警察用車載コンピュータのポートに挿さった。指定のデータの転送には一秒もかからない。もしそれが人間的な速度で受け渡しされていたら、車載コンピュータの小さな画面に、〝アーチボルド・ウィトウィキー船長〟という名前が横切ったはずだ。

車載コンピュータはそのまま補完的な検索作業にはいった。すぐに、フレンジーが入手してきた情報と一致する名前が一八九七年のいくつかの新聞記事からみつかった。瞬時に呼び出されていく数多くの画像のなかに、不幸な船長の顔写真もある。さらには、特徴的なシンボルの写真もいくつか。地球上のだれも知らないマークだが、偽装パトカーとその助手席に乗る昆虫形ロボットにとっては見慣れたものだ。

検索は続いた。すこしでも一致するデータ、すこしでも関連する情報が世界規模で調べられていく。

やがて検索は、イーベイの基本ページにたどり着いた。若い人間の画像は素通りして、二体のロボットが注目したのは、傷だらけで薄汚れた眼鏡だった。おそろしく原始的な二眼式視力補正装置としてはなんの興味もない。興味を惹きつけられたのは、その二枚のレンズに焼き付けられた顕微鏡レベルの記号コードである。

都合のいいことに、単純な構成のページには、この情報の作成者であり眼鏡の所有者である人物の物理的所在地が書かれていた。

こんなに簡単でいいのか。バリケードもフレンジーも、感謝を表明するようにプログラムされている種類のロボットではないが、探し物を回収するために消費するリソースが最小限ですむことをうれしく感じる能力はあった。

昆虫形ロボットは電子的に尋ねた。

「他の仲間を呼び出すか？」

「まだだ」

この場では、パトカーの形態をとっているほうが機能的にすぐれているため、適切な判断をする役割を担っている。

「この星の防衛機構は粗雑で、個人の知性はきわめて低レベルだ。しかし彼らを指揮する者は、奇妙に原始的ながら、それなりの能力を有している。また彼らの使う装備も危険な可能性がある。〈キューブ〉のありかをつかむまでは、こちらの正体をさらすのは危険だ。偽装を続け、身を隠しておくほうがいい」

「了解した」

そう答えると、小さいほうのデストロンはパトカーの部品に変形し、ダッシュボードの一部に融合した。すると、もともとあった内装部品にしか見えない。

運転席には、そこにすわる人間の姿がつくりだされた。どこからみても制服を着たオクラホマ州の警察官だ。ニセ警官はうっすらと日焼けし、短く刈りこまれた口髭を生やしている。しかしよく見ると、その装飾的な髭の毛は、小型のアンテナのような形をしていた……。

なにも考えられない。息をするのも苦しい。精神力も体力も尽きはてた状態で、サムはトランキリティ中央署で椅子にすわらされ、当直の警官から根掘り葉掘りの事情聴取を受けていた。サムはうんざりしていたが、疲れきっているせいで、無意味な質問の連続にひたすら首を振るだけだった。

そばには父親のロンがいた。不愉快な状況だが、なにもできなかった。サムは尋問のまえに、手続きに従って一回だけ電話をかけることを許された。それが自宅の父親だった。

質問は、訊いている警官にしてみれば当然のものばかりだった。超自然的なものを見たと主張する十代の少年少女を担当するのははじめてではない。今回の答えも経験的にわかっているつもりだ。

「それで、きみのクルマは無人で走っていったというんだな」

この警官はどういうつもりなのかと、疲れた頭でサムは考えた。映画に出てくる正義感あふれる警察官のつもりか。あるいは、この尋問をどこかで隠し撮りしているはずのカメラを意識して演技しているのか。

疲れたサムはひたすら腹が立っていた。

「そうです……そうだって、さっきから言ってるでしょう。これ以上はっきりした説明はできませんよ。他に言いようがないんだから。クルマが……変身したんです。そして立ち上がったんです」

警官は軽蔑の笑みを浮かべた。

「へえ。立ち上がったのかい。そりゃ……すごいね。クレーンも使わずに？　クルマが立ち上がったと。警察にも一台ほしいね。パトロールに使えばさぞ便利だろう。クルマから降りなくても二階の窓を確認できる。悪人ににらみが効く。駐車するのも簡単だ。ただし徘徊禁止の標識には気をつけないといけないかな」

引き出しを開け、なかを探って、広口の小さな透明プラスチックのカップを取り出した。内側に線と数字が刻まれている。警官はそれをサムに渡そうとしたが、サムは嫌そうに身を引いた。警官は命令した。

「採尿だ。さて、検査でなにが出るかな。きみの釈明よりはっきりした答えがわかるだろう。なにをヤッてるんだ？　マリファナ、コカイン、スプレーのガス……」

疲れていても、侮辱に怒る気力はまだあった。

「なにもやってませんよ！」

警官は不気味な笑みを浮かべた。

「ほう、そうか。じゃあこれはなんだ？　きみのポケットから出てきたが」

勝ち誇ったようにピルケースを掲げてみせる。処方された鎮痛剤が半分ほど残っている。使用者名のところに〝魔術（モジョ）〟と書いてある点が、尋問する警官としてはいたくお気に召したようだ。すりきれた紙のラベルをしめす。

「魔術（モジョ）ねえ。最近の若い子のパーティではそういう呼び方をするのか？」

苦しまぎれの言い逃れに聞こえるのは承知の上で、サムは説明した。

「それは飼い犬の鎮痛剤です」

警官のニヤニヤ笑いがいっそう大きくなった。

「ふうん、そうか。次に言いだすこともだいたい見当がつくぞ。売人はプードルで、事情聴取のかわりに麻薬犬を連れてこいっていうんだろう?」

反論する気も失せたサムは、まっすぐまえをむいた。するとその視線の先にたまたま、警官のベルトに提がったホルスターがあった。警官がそれに気づかないわけがない。やや硬い口調になった。

「おれの得物を見てるのか、坊主。これに手を伸ばす気か? すばやくやれるつもりか? やってみろよ。ほれ」

麻薬などいっさい摂取していないのに、頭の芯が痺れる感じがしてきたサムは、警官をじっと見た。

「ドラッグでもやってるんですか?」

ロンはとうとう傍観していられなくなった。これまではずっと黙って、口出しも弁護もしなかった。事情聴取を聞きながら終わるのを待っていた。しかしさすがに話の方向がおかしくなっている。逮捕されるにせよされないにせよ、警官の前に一人ですわっているのは息子で、その息子を警官が挑発しているのだ。ロンは一歩前に出た。

「そろそろ終わりにしてください。こいつも疲れてるんです。罪状を読み上げて正式に逮捕するんならどうぞ。そうでないなら連れて帰ります」

警官は不愉快そうな顔になった。テレビドラマでの警察の事情聴取はこういう展開にならないのだ。

「この件は本格的に捜査しますよ。さてどうなりますかね」

脅すように言って、さらにサムのほうをむく。

「帰るまえにこれを見ていけ」

苛立つロンに寛容な笑みをむけ、リモコンを手にして壁のテレビを操作した。

ノイズ画面が消えて、映像がはじまった。少女が一人映っている。かわいいが、地味な服装だ。まじめな態度で卵を持ち上げる。「これがあなたの脳です」そして火にかけたフライパンの上にそれを割り入れる。「これがドラッグを使ったあとのあなたの脳です」

どこにも逃げ場のないサムは、両目の下の目蓋を指先で引っぱった。痛みで正気を維持しようとしているのだ。

さいわい、よくある簡潔な公共広告だったので、すぐに終わった。父親が書類にサインするのを、サムはわきに立ってむっつりと眺めた。それでようやく解放された。

ロンはずっと黙っていたが、警察の玄関の外の階段を半分降りたところで、ようやく話しかけてきた。

「本当はなにがあったのか、そろそろ話す気にならないか？」

サムはためらい、それから父親を見上げた。

「クルマを買ったときに言ったよね。電話したら迎えにきてくれるって。どこで、なにをしていても、なにも訊かないって」

ロンは親としての心配と息子の記憶力のあいだにはさまれて、認めざるをえなくなった。

「それは……そういう約束だったな」

そのまま黙って歩きつづけ、通りを渡って、家族のクルマに乗った。ロンは運転席に、サムは助手席に。父親がエンジンをかけると、息子はまっすぐ前をむいたまま言った。

「パパ、ぼくの曾々おじいちゃんって、なんていうか……精神科病棟にはいるような人だったんだよね。そういう……病気が、ぼくに遺伝してるってことあるかな。ウィトウィキー家の異常な遺伝子みたいにして」

ロンはミラーを見て路肩から道へクルマを出しながら、笑顔で答えた。

「そんなことはないさ、サム。おれの父親は完璧に正常だったし、おれだってそうだ」

右手を伸ばし、からかうように息子の髪をかきまぜる。

「ママから家の仕事を手伝えと言われたとき以外はな」

しかしサムの気は晴れなかった。父親に乱された髪をゆっくりと整え直す。

「生物の時間に、ある種の異常な遺伝子は世代を飛ばして発現することがあるって習った。ぼくの場合もそうかもしれない」

「学校の成績や大学進学適性試験の点数を見るかぎり、そんなのはあらわれてないぞ。家の手伝いもしてるしな。最近の子どもはみんな手伝いサボり遺伝子を持ってるのに」

道のこちら側にコーヒーショップが見てきた。

「なにか食べていかないか？　おまえの異常遺伝子も、チョコレートシェークの摂取を阻害したりしないだろう」

サムはようやく乗り気になってうなずいた。警察署にいるあいだはなにも考えられなかったが、じつは空腹なのに気づいた。疲れた笑顔で答えた。

「そうする。ぼくはダブルでね」

6

古い村である。

かつてここに住んでいたカタール人は、原油と天然ガスの採掘権を売って豊かになり、とうの昔に砂漠から去っている。あとに住みついたのは、多くは不法な移民である。集落は当局から無視されている。当局は他に守るべきものがあるからだ。警備を必要としているのは新興富裕層だ。刑務所に収容すべき狂信者はあとを絶たない。

村の財産は井戸である。この乾燥地帯にあって、海水を脱塩した高価な飲料水をパイプラインで引かなくていい。貴重な水は、湾岸の白砂のビーチをかこむまばゆい新興都市の住人が優先権を持っている。しかし砂漠に水の湧くところ、生き物はかならず集まってくるものだ。

村は完全に孤立しているわけではない。一九六〇年代のものとおぼしい一本の電信線が残っており、電信柱が不屈の一列縦隊をなして砂と石ころの大地を渡っている。少年と外国から来たその友人たちにとってはいい道しるべであった。

その電信柱の一本がふいに震えた。風もなく、地面はしっかりしているのに、おかしな現象だ。さらにそのそばで、古い木の骨組みでささえられていた看板がぐらぐらと揺れ、ついに崩れ落ちた。

いくつかの銃口がさっとそちらへむけられる。

看板の骨組みに巣をつくっていたらしい二羽のハゲタカが、驚いて飛び立っただけだ。二羽は東へ、遠い海とは反対の内陸へと飛んでいった。

レノックス大尉はわずかな部下と、破壊された基地から撤退してくるときにいっしょに連れてきた一人の浮浪児を確認した。この少人数が歩いた震動くらいで古い看板が倒れたのだろうか。他の可能性を考えているとき——

ドネリーの足下の地面が突然震えはじめた。金属的な輝きを持つ、蛇のようにくねるものが下から出てくる。ドネリーは、練兵科の鬼軍曹も感涙にむせびそうなすばやさで銃を下にむけ、連続して銃弾を撃ちこんだ。

砂があたりに飛び散る。地中のなにものかは消え去った……のだろうか。

レノックスの疑問にはすぐに答えが出た。乾いた砂の下からメガザラックがあらわれたのだ。砂を巻き上げ、とげのついた金属の触手がドネリーの脚に巻きつく。引き倒して、そのまま逆さに宙に吊り上げる。メガザラックはもう一度獲物をつかみなおすと、ふたたび地中に潜った。若い一等軍曹は悲鳴をあげるまもなかった。

レノックスは大声で命じた。

残った兵士たちは村の方角へいっせいに走りだした。その背後でふたたびサソリ形のロボットが砂から飛び出してきた。動き出しが早かったおかげで間一髪逃れられた。

村の境界には犬が出てきて、はげしく吠えはじめた。馬もラクダもあちこちで後ろ足で立って騒いでいる。

レノックスは泥煉瓦の壁の裏にまわって、部下たちに指示した。

「道を警戒しろ！　エプスは前、フィグはうしろだ。全員、地面をよく見ろ。できるだけ砂地をよけて、石の上を歩け」

兵士たちは泥壁の裏で道を見張りはじめた。

そのとき、どこからか村の男が走ってきた。レノックスはその顔立ちを見て、イエメン人かソマリ人だろうと見当をつけた。男はマーフーズ少年をみつけると、そちらへ駆け寄った。レノックスと部下たちは警戒すべきものがあるため、父子の再会の場面を見ているわけにはいかなかった。

男はアラビア語で心配そうに訊いた。

「どこへ行ってたんだ？」

「基地だよ。基地がやられたんだ、父ちゃん。全部やられた。なにかが壊したんだよ。アメリカ人の攻撃にもびくともしないで。みんな殺して、みんな壊した。テロリストじゃないと思う。もっとちがうもの。地獄から出てきたみたいだった」

「走れ、走れ、走れ！」

白い古壁の裏にしゃがんでいるレノックスたちのほうを指さす。

「おいら、どうしていいかわかんなかった。どこへ行けばいいかわかんなかった。この人たちが助けてくれたんだ！」

髭面の男はアメリカ人のほうをチラリと見た。

「あの連中とかかわるな。コーランを読んでいろ！」

マーフーズは危険が迫る状況にもかかわらず、父親に対して怒りだした。

「勉強はするよ。法学者（ムフティ）から習う。手伝いもする。でもそのあとは自分の時間だろう？　訪問者からチョコレートをもらっちゃいけないとは、コーランには書いてないよ」

レノックスは、片言ながらアラビア語ができるので、父子のやりとりを聞いていた。壁のむこうをのぞき、地面に不穏な動きがないことを確認してから、マーフーズの父親に礼儀正しく呼びかけた。

「失礼！　預言者に賞賛を。お尋ねしますが、使える電話はありませんか？」

そのとき、壁のすぐむこうでメガザラックが砂の地面から飛び出してきた。

「撃て撃て！」

レノックスは大声で命じると、手招きする父と息子のほうへ行った。二人は近くに並ぶ特徴のない白漆喰の建物の一軒にはいっていった。村の壁のところではエプスとフィゲロアがありったけの銃弾と爆発物を撃ちこんでいる。サソリ形のロボットはまばゆいプラズマで攻撃していた。プラズマは壁や砂の地面や背後の建物にあたり、あたったところをすべて蒸発させている。

父子がはいっていった古い建物はよく修繕されていた。たくさんの調度品は、廃品を拾ったり再生したりしたものばかりだ。現代社会の廃棄物が、ここではまばゆい富に見えた。新品同様の品物もある。

父親が机の上からとって、血ばしった目のアメリカ軍大尉に渡した携帯電話も、そのひとつだった。ごく一般的な民生品だ。

急いで番号を押す。国際オペレーターが出ると、レノックスは大声でしゃべった。なにしろ建物の外では銃撃音と爆発音が鳴り響いているのだ。

オペレーターは訛りが強く、インド英語のようだ。

「AT&Tです。どちらへおつなぎしますか？」

レノックスは怒鳴った。

「アメリカへ国際電話を頼む。ペンタゴンへ、A級の緊急電話だ！」

「お使いの携帯電話のサービスには国際通話オプションが設定されていません。メジャーなクレジットカードをお持ちですか？」

薄っぺらい携帯電話の筐体を握りつぶしたくなった。

「耳をかっぽじってよく聞け。屁理屈はいいから、言われたところにつなげ」

「もちろんお客さまの指定の番号におつなぎいたします。大声でなくて結構ですから、メジャーなクレジットカードの番号をおっしゃってください」

そばにいる親切な父子にも容易に主旨が理解できるような普遍的口調と内容の冒瀆表現を吐き散らすと、レノックスは建物の外へとってかえした。

屋外の戦況はよくなかった。銃弾はサソリ形ロボットの鋼鉄の外皮に跳ね返されるばかりだ。掩体になっている壁の裏にレノックスが滑りこんだとき、ちょうどフィゲロアがグレネードランチャーの照準をあわせて発射した。爆発音とともに砂と石が飛び散る。

もともとロケット式グレネードの扱いより事務作業に慣れている准尉は、悔しそうに毒づいた。

「ああっ、当たったのに……命中したのに倒れないのか、あいつは！」

すぐに立ち直るロボットを、フィゲロアは信じられない面持ちで見ている。レノックスは飛びついて肩をつかみ、自分のほうをむかせた。死にものぐるいの視線が交差する。

「クレジットカード持ってないか？」

「は？」

フィゲロアは一瞬ぽかんとして、もうしわけなさそうに首を振った。

「女房にハサミで切られたんですよ。おれはどうも使いすぎちまうみたいで」

くそっ！　次弾をこめなおす准尉をおいて、レノックスは血ばしった目で周囲を見た。いた、エプスだ。空軍二等軍曹は自身の危険もかえりみず、路上斥候の態勢から敏捷な敵にむかってはげしく銃弾を浴びせかけていた。しかしロボットは集中攻撃にも屈するようすがない。

「死ねェェェェェッ！」

エプスは絶叫しながら狂ったように連射している。

レノックスはその隣に滑りこみ、怒鳴った。

「やめろ！　ケツの穴ぶった切るぞ！」

すると、左手に握りしめた通話状態の携帯電話から、きつい口調の声が聞こえた。

「お客さま、なにかお困りのようすはわかりますが、そのような言葉遣いはご遠慮ください」

レノックスは電話にむかって大声で釈明した。

「ちがうちがう、そっちのことじゃない。待っててくれ」

エプスの肩をつかんでこちらをむかせる。

「財布を出せ！　おまえの財布だ！」

見上げた根性のエプスは、まばたきもしなかった。

「尻ポケットにはいってるっす！」

指定の位置からくたびれた財布を引っぱり出すと、レノックスは地面に身体を投げ出した。そのすぐ上をプラズマの火の玉が飛んでいった。

「もしもし？」電話に呼びかけるが、聞こえるのは雑音のみ。「どうなってるんだ、聞こえるか？」

返事を待ちながら、財布を探る。バカバカしいほど大量のカードの束が出てきた。おもてに女のヌードが描かれているのは、その手の店のメンバーズカードでメジャーな銀行系ではあるまい。次々に繰っていく。

「あった」

普通のビザカードを手に安堵の息をつき、できるだけ急いで、正確に番号を電話に入力した。

「受けつけられないとかじゃないだろうな」

オペレーターは落ち着いた声で答えた。

「ご安心ください、お受けいたします。ではここで、わたしどものプレミアムプラス国際通話パッケージのご案内をさせていただきます。五百ポイント獲得ごとにお好みの加盟ホテルにて無料の指圧マッサージを受けることができます。お客さまのお声のようすからしますと、この期間限定の特別サービスはとくにお気に召すと思いますが、いかがでしょうか？」

「いいからさっさとつなげ！」

携帯電話をエプスに渡す。

「ほら、ペンタゴンだ！」

レノックスは身体を起こし、弾倉を交換しながら機械の怪物にむかって銃弾を撃ちこみはじめた。

銃撃音こそ響いていないものの、危機的状況はワシントンDCの交換室もおなじだった。高度な通信システムがダウンしたため、熟練のオペレーターが手作業で多数の回線をあつかい、国内と海外からの通話をつないでいるのだ。

あるオペレーターが、「ペンタゴン緊急受付です」と応じるまもなく、切迫した声が飛びこんできた。

「アメリカ空軍二等軍曹だ！ 最近攻撃を受けたカタールの中央軍特殊作戦司令部基地の東にて、仲間とともに未確認の敵と交戦中！ 現在地を国家軍事指揮センターに伝えてくれ！」

土と石が飛び散る戦場で、エプスは携帯電話のマイクを手でおおい、破壊的な騒音をできるだけ遠ざけようとした。不気味なことに、騒音はしだいに減りつつあった。まわりの兵士が次々に倒れ、弾幕が薄くなっているようだ。敵も見たことのない手段で攻撃してきているのだが。

エプスは怒りを抑え、外界との唯一のライフラインである電話にむかって明瞭にしゃべることに集中した。

「部隊は敵と交戦中。未知の敵はきわめて攻撃的だ！ 攻撃ヘリの応援を至急要請する。なんでもいいからよこしてくれ！」携帯電話の小さな画面の表示に気づいて、「バッテリーも切れかけてる！」

息を切らせた陸軍二等軍曹は、国防長官に対して最大限の気合いをこめて気をつけの姿勢をとった。多くの人がいきかうあわただしい情報センターのなかで、さいわいにもジョン・ケラーの姿はすぐにみつかった。二等軍曹は国防長官がこちらへむきなおるのを待たなかった。実戦経験のある彼は、電話のむこうの声が急を要していることを理解していた。

「失礼します、長官！　ただいまカタールで交戦中の特殊部隊から連絡がはいっています。攻撃を受けた基地の生き残りだと話しています」

　ケラーは眉をひそめた。

「調査班は生存者なしの結論を出したはずだが」

二等軍曹は国防長官をまっすぐに見た。

「電話の軍曹は異なる説明でした」

　ケラーは難しい顔になった。

「きみの状況判断はそれでいい、軍曹。しかしわが軍が行動を起こすには、もっと確実な情報が必要だ。カタール政府内の反動勢力は、基地周辺でこれ以上厄介なことが起きるようなら、駐留合意を撤回すると主張しはじめている。単純に部隊を送って砂丘に弾を撃ちこむというわけにはいかないのだ。反論の余地のない証拠がいる。戦域にいちばん近い早期警戒管制機（AWACS）は？」

　無人偵察機プレデターは、低木の点々と生えた山の頂きを超えると、真正面の銃撃戦にカメラを固定した。機体を左にバンクさせ、交戦ポイントを中心に旋回開始。できるだけ鮮明な撮影を試みる。

カタール沖のペルシャ湾上を飛ぶAWACS(エイワックス)の機内で、操縦者は無人機のアプローチ角を修正しつつ、映像をワシントンに送っていた。データは、急遽打ち上げられた通信衛星を経由している。

情報センターでは、さきほどケラーに一報を伝えた二等軍曹が、イヤホンを指先で押さえた。内容をよく聞いて、国防長官に報告する。

「AWACSが映像でとらえました。いまオンラインになります。ただ、信号強度は保証できません。打ち上げたばかりの衛星で、運用試験も終えていないので――」

ケラーは苛立たしげにさえぎった。

「とにかくモニターに出せ」

二等軍曹は命令を伝達した。大型スクリーンはしばらくノイズだらけだったが、ふいにいくつもの熱シグネチャーが映し出された。多くはあきらかに人間だが、その前にいるのは……。

巨大なサソリに似ているが、有機物の生物ではないものの姿に、ケラーは目を瞠(みは)った。

「いったいこれはなんだ?」

情報センターのいくつもの画面に映されるリアルタイム映像を前にした全員の反応を、

長官のこの言葉が代弁していた。

盾代わりにしている泥煉瓦の壁が敵のプラズマの連射でバラバラになると、エプスとレノックスは新しい掩体を求めてあわてて後退した。まわりの建物が次々に破壊され、崩れ落ちてくるなかで、エプスはなんとか携帯電話を顔の横に維持していた。そんな恰好で走ったりよけたりするのも難しいのに、エプスはさらに話しつづけている。

「了解——もしもし、もしもし？　どうなってんだ——聞こえてるか？　どうなんだ？　クソッ、通じてるか？」スピーカーから意味不明の声が切れぎれに出てくる。「ああ、聞こえた聞こえた……」

プラズマが着弾し、エプスのすぐ右側の地面に大穴があく。普通なら反対方向へ走っていきそうなものだが、電波状態を悪化させたくないエプスは、その場に突っ立ったまま電話にむかって大声でしゃべりつづけた。

「了解。オレンジ色の煙や土埃や火の手が上がっている場所の北側だ。部隊は七人いる」

今度は左側の地面が吹き飛ぶ。

「うわっ！　首がもげそうだった。攻撃方向は西から。視界はきれいに開けてる」

雲ひとつない真っ青なアラビアの空を見上げる。

「近くて危険だけど、四の五の言ってられない。こっちの戦線はもうズタボロなんだ！」

それに対する返事に、エプスはニヤリとした。そしてレノックスのほうを見て、親指を立ててみせた。さらにあらんかぎりの力で怒鳴る。

「電波誘導ミサイルが来るぞ！　レーザーで標的をポイントしろ！」

指示が伝わると、生き残った兵士たちは散開し、さまざまな方角からレーザーポインターを敵にむけた。進入してくる攻撃機に対して多くの位置情報を伝えれば、それだけ爆撃は精密になる。標的との距離がほとんどない現状では、着弾位置の正確さは兵士たちにとって死活問題だ。

低空で飛ぶ二機の地上攻撃機A‐10ウォートホッグのコクピットでは、交差する赤いレーザーのおかげでサソリ形ロボットの位置がすぐにわかった。先頭のパイロットは機嫌よく確認した。標的をだれかに教えてもらうとやはり楽だ。

「ウォートホッグ1から基地へ。標的を捕捉した」

メガザラックが繰りだした攻撃と殺戮は、すべてひとつの電子装置を探すためだった。多くの居住生物を殺したのは偶発的でどうでもいいことだ。デストロンが悔やむのはそのために費やした時間と労力だけだ。人間は士気は高いが、兵器は威力が弱すぎて痛くもかゆくもない。

ようやく求めていた電子装置をみつけた。メガザラックは慎重に狙いをつけなおし、発射した。装置を持っていた人間が倒れ、装置はそのバックパックのなかで四散した。

メガザラックは満足して、無防備な砂地へ移動しはじめた。茶番は終わりだ。もっと重要な任務に移らなくてはならない。

「ウォートホッグ1および2、ロックオン」

先頭の攻撃機パイロットは手順どおりに宣言した。

一発目のミサイルが飛んでくるのを見たレノックスは、短く叫んだ。

「来るぞ！」

浅い溝にそった低い盛り土の陰に飛びこみ、死せるファラオより深く砂に潜ろうとする。

ミサイルが着弾すると、大量の土と砂が降ってきた。落下物がおさまったところで顔を上げる。

ミサイルは村のまんなかに大穴をあけていた。ところが恐ろしいことに、そこではもはや見慣れてきた機械の姿が穴から這い出てきていた。

「ありえない」

信じられない気持ちの表現であり、悪態でもあった。

破壊された周囲を見まわすと、エプスがまだ崩れていない建物の壁に背中を張りつけて立っていた。そちらへむかって怒鳴った。

「エプス、まだ動いてるぞ！」

上官のほうを見たエプスは、聞こえた証拠にうなずき、携帯電話にまた大声で言った。

そのメッセージは地球を半周してすぐにもどってきた。

「スプーキー、105ミリ砲弾を使え。雨あられと降らせろ」

低いうなりを頭上に聞いたエプスは、顔を上げた。レノックスや他の兵士もならった。

「やばい」

レノックスはつぶやいたが、不愉快な口調ではない。そして立ち上がり、脱兎のごとく走りはじめた。身を隠すのではなく、サソリ形ロボットのいる場所から離れた。遠ざかれば遠ざかるほどいい。

灼熱の空気を圧してやってきたのは、巨大な対地攻撃機AC-130スプーキーだ。直下の大地にはっきりと見えている鋼鉄製の物体にむけて、毎分六千発の高速徹甲弾を撃ちこんでいった。砂が蒸発し、岩が砕ける。突如起こった砂嵐が、逃げる兵士たちを包んだ。


ペンタゴンのスクリーンでは、下手な映画の没テイクのようなその場面がくりかえし再生された。ケラーもまわりの者といっしょに、周囲を旋回する無人偵察機から送られてくる真っ白な熱シグネチャーばかりの映像に見入った。

「兵士たちはどうなった？　やられたのか？」

最初に国防長官に知らせた二等軍曹は、まだそばに控えていて、ヘッドセットのマイクにむかって話した。

「ウォートホッグ1および2、兵士たちを視認できるか？　生存者について報告せよ。以上」

風がないため、土埃がおさまるまでしばらくかかった。ようやく視界が晴れてくると、エプスは隠れていた建物の裏からようすをうかがった。

ＡＣ－１３０が穿った地獄の底で、なにかが動いている。機械の敵はまだ立っていた。

しかし……。

よろめいているようだ。あきらかに正常でない。機械の尻尾の先端がポロリと落ちた。身体の他の部分にくらべるとたしかに黒く焦げている。頭を下げて砂のなかに突っこみ……消えていった。

「やれやれ……とんでもない機械だな」

エプスはつぶやきながら、防壁代わりにした建物から出てきた。頭上を通過飛行するA－10の轟音が響いた。煙のなかからべつの人影が出てきた。レノックス大尉だ。士官も下士官も疲れた笑顔をかわしている。

A－10のパイロットは交戦地の上空を通過し、視線を前方にもどしながらしゃべった。

「了解した、基地。成功だ。旋回して確認する」

対戦車戦を主任務とする低速の攻撃機は、大きくバンクして再確認をはじめた。

レノックスは疲れきって膝からへたりこんだ。村人も一人二人と隠れ場所から出てきていた。そのなかにマーフーズとその父親の姿をみつけて、士官も下士官もいちように安堵した。

しかし大尉の安心は長くは続かなかった。あいつは……？

よろよろと近づいてくるフィゲロアの姿が見えた。息が苦しげだ。戦闘服の一部がいつもとは異なる赤で染まり、さらに急速に広がっている。

レノックスは立ち上がり、そちらへ走りだした。フィゲロアは笑顔で親指を立ててみせようとしたが、そのまま崩れ落ちた。すぐにその脇にレノックスはしゃがんだ。血の染みの範囲が広すぎる。大きすぎる。

「しっかりしろ、おい、しっかりしろ」

エプスのほうに振り返り、あせった声で怒鳴った。

「医療後送ヘリを呼べ！　急げ！」


悲鳴はあげていなかった。

サムが横たわっているところは、自分のベッドで、自分の部屋、自分の家だった。昨夜の出来事はすべて夢だったのか、それとも高圧的な警官の言うとおり、モジョの鎮痛剤をまちがって飲んでしまったためだったのかと、考えられる程度には目が覚めていた。

薬の可能性はとりあえず棚上げした。母親がドアのところに立って心配そうにこちらを見ている状況では。

母親は微笑んでいた。子煩悩な母親が十代の息子にむける、やさしく安心する微笑みだ。それは心配する気持ちと同時に、結局母親にとって男の子はどれだけ背が伸びて力がついても、いつまでも九歳のチビ助のままなのだということを教えていた。

「目が覚めたようね。話をする気になった？」

「いいや」

サムはまだ眠たい声でつぶやいた。

母親は明るい声で続けた。

「そう。わたしは家にいるから、もし……」

「いなくていいよ」

すこしむっとしたように笑みが消えた。

「そう。じゃあ、買い物に行ってくるわ。遅くはならないと思うから」

だから、いないあいだにバカなことはするなと、言外にそう伝えている。

「なにかほしいものがある？」

首を振って断る。

母親は最後にもう一度、

「話す気にならない？」

サムは部屋の空気を大きく吸った。

「ママ。本当にだいじょうぶだから、心配しないで。買い物に行ってきていいよ」

母親としてなにもできることはない――息子が母親にしてほしいことはなにもないと、
不本意ながら認める口調になった。

「わかった。愛してるわ、サム」

廊下のほうをむき、階段を降りていった。

サムは充分な時間をあけてから、ベッドから起き上がり、自分も階段を降りた。追いつきたくないのですべての動作をゆっくりにした。一方で、追いつきたいと思っている自分もいることが、いやだった。

計算どおり、サムがキッチンに降りたとき、母親のクルマは車寄せからバックして出ていくところだった。さいわい母親は家のほうを、とくにキッチンのほうを振り返らなかったので、サムはしゃがんで隠れたりする必要がなかった。まるで本当に悪いことをしているような罪悪感をおぼえずにすんだ。

まだ眠気でかすむ目をこすりながら、冷蔵庫へむかう。二段目の棚の中身を物色しているとき、モジョが速いテンポで吠える声が響いた。見えないなにかに抗議するようなはげしい吠え方に、栄養素を探すサムの思考はじゃまされた。

「うるさいぞ、モジョ」

大声で言った。疲れているので、伝わったかどうか犬のほうを見もしない。

頭では牛乳について検討していた。牛乳ならいいかもしれない。牛乳なら安全だ。牛乳ならサムの疲れた目の前で得体のしれないものに変形（トランスフォーム）したりしないだろう。ウィトウィキー家の先祖たちも牛乳なら賛成するだろう。なにより調理の手間がはぶける。

サムは牛乳容器をとって、冷蔵庫の扉を閉めた。そして家の横に出る勝手口にむかった。

車寄せに降りる階段は、涼しくて、腰を下ろせる。容器のなかの安全で適切な中身を摂取するのにちょうどいい。

その勝手口のドアをあけると、なにか大きなものに視界をふさがれた。ドアをこすりそうなほどそばにある。

あのカマロだった。

悲鳴をあげて牛乳を取り落とし、あとずさった。白い液が床にこぼれて広がる。

サムはコードレスホンを壁の充電台からとって、走りながら番号を押した。さいわい、マイルズは家にいた。

「……はい」友人は気の抜けた声で電話に出た。

「マイルズ、ぼくだよ！　夢だと思ってたら夢じゃなかったんだ！　ほんとだったんだ。やっぱり生きてるんだ！」

肩ごしに振り返り、家のなかがまだ破壊されていないのを見て、安心したというより意外に思った。クルマが家のなかまで追ってくる気がしていたのだ。鋼鉄とクロームメッキの巨大な犬の姿になり、フロントグリルのあたりから真っ赤な鉄の舌を垂らして、家具を左右に押しのけて侵入してくるところを想像していた。

「マイルズ、ぼくが買ったのは悪魔のカマロだったんだよ！」

体重九十キロのマスチフを風呂にいれるのは大仕事である。携帯電話を肩にはさんで話しながら、その大型犬を押さえつけてシャンプーをかけ、濡れた犬の毛の塊と格闘し、反対の手でブラッシングするというのは、不可能に近い芸当だ。八本足のタコならできるかもしれないが、タコならざるマイルズは、びしょ濡れの現実と戦うしかなかった。

電話に対してはきつい口調になる。

「だからなんだい。ああ、昨日は家まで送ってくれてありがとう。十代の男が一人で日が暮れてからヒッチハイクしようとして、乗せてくれるクルマは多くないからね。ゼロに近いかな」

「それはごめんて謝ったじゃないか。それよりもさ――」

サムは廊下の壁に背中を押しつけ、恐怖のまなざしでキッチンのほうの角を見る。

「ぼくのクルマだよ。だれも乗ってないのに動くんだ。昨日、勝手に散歩にいって、いまもどってきた。ぼくを殺す気なんだ！　たぶん……ぼくの魂をとる気なんだよ」

マイルズは両手で濡れた大型犬を抑えたまま、肩にはさんだ携帯電話を取り落とさずに、悲しげに首を振るという器用なことをした。

「そんなことはともかく、コオロギはちゃんとあるだろうな。ロドリゲスがぼくの指を食べたそうに見るのはいい気分じゃないからさ」

そのとき、マスチフが大きな体格に比例した大きな屁をした。不意打ちをくらったマイルズは、あわててそりかえって手であおいだ。

「メイソン！　なんてしつけの悪いやつだ！　なに食べたんだ？　こないだまた水路でな

にかの死体を掘り返してたな。そういうのを猟奇的趣味っていうんだぞ。うげェ、もう目が見えない。環境汚染だ。サム、環境保護局に通報してくれ！」

サムは右を見た。玄関のあたりからこちらをのぞくヘッドライトなどは見あたらない。脱出ルートは開いている。しかし、いつまで開いたままだろうか。試しに待ってみる気はなかった。

全力疾走にそなえて身構えながら、急いで電話にささやいた。

「マイルズ、いまからおまえの家に行くから。どこにも出かけるなよ」

友人に返事（あるいは抗議）をするいとまをあたえず、通話オフボタンを押した。

そして玄関から外へ飛び出した。左手に芝生。右手にバラの花壇。脱出をさまたげるものの姿はない。

しかし玄関ポーチを駆け降りながら、自分の自転車は鍵のかかった車庫のなかであることを思い出した。自分でしまいこんだのだ。七五年式カマロを手にいれたら自転車は不要だろう。

いま手の届くところにある乗り物は母親の自転車だけ。ピンク色だ。しかしサムは、追いつめられた心理状態のなせるわざで、そんな色の自転車でもためらうことなく手をかけ、サドルにまたがり、必死にペダルを踏みはじめた。

7

その家は、あまり大きくなかった。首都にかかる主要な橋の一本の真下にあるのも、すぐれた立地条件とはいいがたかった。それでも一軒家である。周辺の過密な住宅地に並ぶ画一的で狭苦しいアパートメントやタウンハウスではない。たしかに、庭は少々雑草だらけではある。壁はペンキを塗り替えるべき時期を二年ほど過ぎているように見える。それを考慮しても、まだ手入れされているほうだといえた。近隣の荒廃ぶりにくらべれば。

この見映えのよろしくない家屋の前に停まったタクシーは、一人の乗客を降ろして、ふたたび走り去った。

フェンスの門扉に鍵はかかっていなかった。玄関ポーチへ上がっていくマギーの耳に、騒々しいテレビの音が聞こえてきた。髪型をがっちり固めたCNNの男性レポーターが、空母の甲板上で大声でしゃべっている。マギーは、CNNが商業主義にまみれた娯楽番組の一種ではなく、まがりなりにもニュースチャンネルだった時代を憶えている年代である。

マギーは玄関に近づきながら、レポーターは自分の伝えるニュースが重要であるかのように、うまく演技しているなと思った。あくまで演技だが。

「沿岸から約百六十キロ沖の黄海より、ジェフリー・エイブラムズがお伝えします。北朝鮮政府は、カタールのアメリカ軍基地に対する一方的攻撃への関与を依然として否定しています。そればかりか、領海に接する戦域にこのまま好戦的なアメリカ軍が配置されつづければ、いずれ戦争につながると主張しています。一方、中国軍最高司令部は……」

グレン・ホイットマンは、鳴りつづけるドアベルに苛立ちながらも、無視を決めこんでいた。オンラインゲームのウォークラフトにどっぷりはまって、敵種族と味方種族の動きを仔細に観察しているところなのだ。しかし願望に玄関の状況を変える力はない。ベルは鳴りやまなかった。

グレンは頭にきつつもゲームにポーズをかけ、ハンバーガーの空き袋の山を脇へ押しやって立ち上がり、玄関にむかった。日課の楽しみをじゃまするやつはどこのセールスマンか地獄行き野郎かたしかめてやる。

ドアを半分開けたとたん、強引になかにはいってきたのはマギーだった。Tシャツにボクサーパンツのみというグレンの恰好を見ても、眉ひとつ動かさない。むしろグレンのほうが乙女のように恥じらった。

「ま、マギー、いったい……?」

「はいってもいい?」

すでにキッチンの方向へ深く侵入しておいてマギーは言った。

グレンはマギーに背をむけ、恥ずかしいところを両手で隠した。しかしそんなポーズではかえって現状のだらしない恰好に注意を惹いてしまうと思って、いったん両手を上にあげ、片手をなにげなく股間付近に垂らして、反対の手はさりげなく上に立てるというポーズを試みた。

結局、全部あきらめてマギーのあとを追った。手遅れの羞恥心を憤慨が上まわった。彼女の前進をはばもうと空しく努力した。

「ちょっと……だめだよ、だめ。この先はぼくのプライベートエリアなんだから」

そのとき、部屋の奥から詰問調の胴間声が飛んできた。

「グレン！　だれか来てるの？」

グレンはやさしい声で――というより、鍛え方のたりない声帯のせいでただのか細い声で――答えた。

「出てこなくていいよ、おばあちゃん！　なんでもないから！」

懸念に満ちた視線をマギーにもどす。

「いったいなにしに来たんだよ」

マギーはその場で一回転してまわりを見た。部屋のようすへの初期的な評価が表情にあらわれている。すくなくとも好意的ではない。

「手伝ってほしいことがあるの」

迷惑そうだったグレンの顔が、たちまち恐怖の形相に変わった。不安げな口調であとずさり。

「ばかな……ぼくはどこにもいなかったし、なにもしてないぞ……きみの代わりに馘になるなんていやだからな」

「グレン！　グレニー！」ふたたび胴間声が屋内の東のほうから響く。

グレンはキッチンのほうを心配げに見ながら、

「帰ってよ。きみを見たらおばあちゃんが心臓発作で倒れちゃうよ」

その懸念の人物が部屋に出てきた。はおっているのはトルコ綿のバスローブで、オスマン帝国時代までさかのぼりそうな代物。髪にカーラーを巻き、頬と額にはべったりとフェースクリームを塗っている。

老婦人は、緑の髪の訪問者を上から下まで無遠慮に眺め、短く問いただした。

「だれ？」

グレンがあわてて答える。

「だれでもないよ、おばあちゃん。ただの友だちだよ」

老婦人はふんと鼻を鳴らし、

「コンドーム使うんだよ」

言い置いて去っていこうとした。

さしものグレンも言われっぱなしではなかった。

「そんな気味の悪い昔の公共広告みたいなセリフはやめて、ほっといてよ」

老婦人は奥の部屋にもどったが、すぐに顔だけドアからのぞかせた。その表情は暗く翳り、チェサピーク湾に吹きつける冬の嵐のように寒々しい。

「またパソコンゲームやってるのかい。もう大人のくせに、くだらない時間つぶしばかりして」

「け、研究だよ。仕事のための」

反論する口調は説得力に欠けていた。

老婦人は下手な言いわけを無視して、テレビをあごでしめす。

「消しな。グリルド・チーズ・サンドイッチをつくってやる」

横に振った視線がマギーの上に。

「そっちのガールフレンドもいるかい？」

グレンは半分むきなおって、あたふたと腕を広げた。

「べ、べつに、ガールフ……」

「グリルド・チーズ・サンドイッチはすばらしいですわ、ミズ・ホイットマン」

マギーは笑顔で答えた。

グレンは両手を落として頭をうなだれ、敗北感たっぷりのポーズになった。最後に弱々しく注文をつける。

「いちおう……パンの耳は切り落としてね」

マギーはニヤニヤしてグレンを見た。

「あんた強迫神経症」

グレンは弱々しく肩をすくめた。

「そうかもしれない。でもグリルド・チーズ・サンドイッチをつくってくれるから」

二人の背後で老婦人が咳払い。ふりむくと、マギーの足下を顔でしめして、キッチンへ消えていった。グレンが客人のほうをむく。

「靴を脱いで、プラスチックの床材が敷かれているところだけを歩いてくれないかな。足がカーペットに触れるのをおばあちゃんはいやがるんだ」

マギーはうなずいてかがみ、両方の靴を脱いだ。

「泥がつくから？」

グレンは首を振り、キッチンのほうをしめした。

「病原菌とか、害虫とか、炭疽菌とか。ニュースばっかり見てるからね。ああいう年代にはよくないよ。むやみに動揺させる」

「動揺してるようには見えないけど」

そう言って、マギーはソファに腰を下ろした。

「グレン、話があるの。あんたは信号解析でだれにも負けない。あたしがこれから話すことを理解できる天才はあんただけなのよ」

グレンは眉間に皺を寄せて客をにらんだ。

「人をほめるのにまず自分をほめてからかい？　たぶらかし屋め！　出ていけ！」

マギーはバッグから鮮やかな色の小型のUSBメモリを取り出した。屋外からの光を受けてきらめく。ソファから立ち上がったマギーは、そのメモリを親指とひとさし指のあいだにはさんで、誘うようにゆらゆらと揺らしながら、グレンに近づいた。

「どう、グレン。正直に言って。このなかの機密情報を見たいでしょ？」

グレンは身を守るように両手を上げてあとずさる。

「見たくない……けど、見たい……けど、見たくない」

言いながらも、目はもう美しいUSBメモリから離せない。内なる自分と葛藤し──そして敗れた。あとずさるのをやめ、目でメモリをじっと見ながら、飢えたように尋ねる。

「機密ってどれくらいの機密？」

マギーはにんまりとしつつ、メモリをその顔の前で振った。

「あんたに見せたことがばれたらあたしは一生刑務所入りってくらい」

ふいに誘惑の品を引っこめ、バッグにもどして軽く肩をすくめる。

「でももういいわ。だれか他の人に見せようっと。それで意見を聞けば……」

「待って待って待って！」

グレンは、まるで売人にコカインを売ってくれと懇願するヤク中になった気分だ。

「ちょっとだけ……ファイル名だけ……」

マギーはさっと答えた。

「OKなのね。じゃ、はじめましょ」

伸びてくる手を払いのけ、グレンのコンピュータと関連機器がごちゃごちゃと積み上がった一角にさっさと歩みよって、手近のUSBスロットにメモリを挿した。

マギーが目を飛び出さんばかりにひん剝いて、ヒステリックな声をあげて駆けよる。

「だめェェェェェェッ!」

その手が届くまえに、マギーはマウスを動かしていた。画面にスクリーンセーバーがあらわれる。

グレンは凍りつく。今度はマギーが目を剝く。

画面いっぱいに映っているのは、マギー自身だった。水着姿で小型の愛玩犬を抱いてポーズをとっている。数年前のカレンダーらしい。

マギーは身を乗り出して画面をグレンの視界からさえぎり、ふりかえってにらみつける。

「いったいこれはどういう細工画像?」

グレンはゴクリと喉を鳴らして、こわばった笑み。

「どうって……べつに、どうということはないよ。ぼくは小さい犬が好きなんだ。昔からね、昔から。もうかわいくて。でも家ではおばあちゃんが飼わせてくれないからね。泥だらけになるとか虫が湧くとか」

マギーの目から発射される破壊光線は通常の手段では検知できないが、グレンはその衝撃を感じた。

「消して。でないとおばあちゃんに言うわよ」

ゆっくりと画面から離れるマギーに代わってキーボードの前にすわりながら、グレンは、彼女の手で絞め殺されるのと祖母の手で絞め殺されるのとどちらが早く死ねるだろうと考えていた。

ペンタゴンにはいったい何本の廊下があるのか、だれもかぞえなくなって久しい。連絡通路や部屋と廊下をどんな定義で区別するかによってその数は変わる。

現在のケラーにとって興味があるのは、自分が通っている廊下と目的地だけだ。

国防長官に付き従う側近はかなり若かったが、それでも上司のペースにあわせるためにときどき小走りになった。

「特殊部隊の一人が、基地を襲った相手の赤外線写真を撮影したそうです。ただしその後の銃撃戦でカメラが破損しており、現在データ回収にむけて作業中です」

ケラーがそれについてコメントするまえに、セキュリティ担当職員の一人が息を切らせて割りこんできた。

「長官、重大な内部セキュリティ問題が発生しました。等級は未確定です。経過記録からすると、分析官(アナリスト)の一人が最初のネットワーク侵入信号のコピーを構内で作成したようです」

ケラーはあきらめ顔になった。

「当ててみせよう。マギー・マドセンだろう」

職員はやはり驚いた顔になった。

「はい、そうです。どうしてそれを？」

疲れた笑み。

「わたしには超能力があるのだ。国防長官の能力でな。すでに適切な手は打ったのだろう？」

「はい。所定の手続きに従っています。長官へのご報告もその一環です」

ケラーはうなずいた。

「今後も随時報告をいれろ。それから、なるべく射殺は避けるように。じかに話してみたい」


マギーとゼロ距離まで身体を寄せてモニター画面をのぞきこむ。他の場合であれば、グレン・ホイットマンの神経系は頭のてっぺんからつま先まで千々に乱れて収拾がつかなくなっただろう。吐息がかかるほどそばにいる女神の存在を意識しなかったのは、ひとえにその意識が画面に映し出された情報の解読に集中していたからだが、それは本人にとって幸運だったのか痛恨事だったのか。

グレンはふむむとうなった。

「こんなのは見たことないな。信号強度は天井を突き抜けてる。天井どころか電離層まで突き抜けてる」マギーに目をやり、「どこで手にいれたって？」

マギーの返事は、具体的でありながらはぐらかすようだった。

「州空軍の周波数をハッキングした信号よ。六十秒以下で」

「ありえない」グレンは反論。

「ええ、わかってるわ、ありえないって。でも事実なの。こんなものは見たことないって言ってるのは、あんたにかぎらない。暗号解読の専門家はみんな、これの基本的なアルゴリズムすら推定できずに頭を悩ませてるのよ。いったいどこが出所かしら？」

グレンはうなった顔のまま首を振った。

「R2D2かな」

「ふざけないで。映画じゃないんだから」

「いや、R2D2さ」

やや強い口調でくりかえした。画面上のありえないものを手でしめす。

「ようするに、なんでも考えられるってこと。見た目はプログラマーの書くアセンブリコードみたいだけど、このエレガントさは人の手で書けるものじゃない。まるで——詩だ」

マギーはしばらく黙っていたが、まじめな口調にもどった。

「つまり、とうとうそれを口に出したわけね。だれがはっきり言いだすか時間の問題だった。本気でこれは……つまり……エイリアンの機械通信なんだと思う？」

グレンは躊躇（ちゅうちょ）なく答えた。

「他の惑星の生命体が炭素原子を核として進化しなくちゃいけない理由はない。珪素でもいいはずだし、両方の化合物でもいい。ぼくらが想像できないような、それこそ異質なものでもいいはずさ。……ちょっと待って」

モニターに目をもどし、反復再生されているデータに顔を近づける。

「信号のなかに……なにか埋めこまれてるみたいだな。クッキーのなかのチョコチップみたいに」

マギーものぞきこんだ。

「ハッキングで盗み出したファイルかもしれない。それがシーケンスのなかに封じこめられてるのよ。まわりのノイズ部分は現状でどうにもならないかもしれないけど、もしもそれが人間が書いたファイルだとしたら……取り出して開けるんじゃない？」

そのときにはすでにグレンの指はキーボードをすさまじい勢いで叩きはじめていた。ラフマニノフを演奏するピアニストさながら、流れるように動いていく。

グレンは顔も上げずに訊いた。

「きみがコンピュータをやりはじめたきっかけはなに？」

マギーは肩をすくめた。

「小さいころ、吃音症だったの。人前で話すのが苦手だった。でもコンピュータが相手なら、キーボードが代わりに話してくれる。コンピュータはあたしを笑ったり、指さしたりしない。命令どおりに動く。だから……」

片方の頬がピクピクと動きはじめた。これも子ども時代のべつの記憶だ。

「なによ、こんな話させないでよ」

「もう遅い。聞いちゃった」

マギーは自分自身に腹を立て、そっぽをむいた。

「返して」

グレンはすこしだけ勝ち誇った声になった。

「返せないって。一度聞いちゃったものは共有物で……おっと……」

画面を指さす。解読されたファイル名があらわれている。

アイスマン計画――トップシークレット／SCI――〈セクター7〉のみ閲覧可

二人はけげんな顔でこれを見つめた。ファイル名は単純明快なのに、まったく意味不明だ。

「アイスマン……計画？」

マギーはつぶやいた。まるで土曜朝に放送している子どもむけアニメの新番組タイトルかなにかのようだ。軍が総力を挙げて追ったり、エイリアン（仮）の機械に関係があるとはとても思えない。

グレンは次のところを指摘した。

「〈セクター7〉？　ありがちな名前だなあ」

手慣れたマウス操作で、さらに多くの情報が画面をスクロールしはじめた。ざっと見たところでは、北極探検の歴史が網羅されているようだ。海外の文献の抜粋もあれば、アメリカ英語のものもある。

グレンは眉をひそめた。ピアリーやアムンゼンやスコットという名前は聞いたことがあるし、マシュー・ヘンソンももちろん知っている。しかし、写真とともにくりかえし言及される男は、見たことも聞いたこともなかった。常軌を逸した目つきの老船乗りだ。

マギーも肩ごしに見ながら首をひねっている。

「他の死んだ探検家は知ってるけど、アーチボルド・ウィトウィキー船長ってだれ？」

重要人物の扱いなのに聞き覚えがない北極探検家について議論しようとしているとき、二人の背後で突然玄関のドアが乱暴に開かれ、ＦＢＩ捜査官が担当課総出のような人数でなだれこんできた。マギーとグレンは挨拶もできないうちに床に引き倒されていた。一人の捜査官が慣れた手つきでマギーをうしろ手にタイラップで縛り、そのあいだに相棒が律儀にミランダ警告を読み上げる。

「マギー・マドセン、あなたには黙秘権がある。いかなる供述も法廷であなたに不利な証拠としてもちいられることがある……」

マギーは、自分の右側でグレンがさらに乱暴な扱いを受けているのを見て叫んだ。

「彼は関係ないわ！　やったのはあたし。全部あたしよ！」

グレンは抗議しようとしている。

「どういうこと？　逮捕状はあるの？　なにがどうなってるの？」

そこへ、腹の底から絞り出すような強烈な声が届いた。キッチンのあたりから発している。グレンは、

「おばあちゃん、だいじょうぶだよ、落ち着いて！」

なだめようとしたが、叫び声の主の動揺を抑えることはできなかった。

「プラスチックの床だけ歩いて！　プラスチックの床だけ歩いて！」


必死にママチャリを漕いで親友の家にむかいながら、サムはようやく背後を見たほうがいいと思いついた。見たくはないが、見ないわけにはいかない。自分の勘を信じるなら、動揺した精神状態を抑えるためにもうしろを確認したほうがいい。

やはりカマロはいた。約一ブロック後方を追いかけてきている。

「やばいよやばいよやばいよ」

おびえてつぶやきながら、急いで角を曲がる。振り切れたかどうか、すぐに確認する余裕はない。次の角を曲がるときにチラリとうしろを見た。

そのせいで、あやうくミカエラにぶつかりそうになった。

ミカエラは友人たちといっしょにバーガーキングから出てきたところだった。サムは間一髪進路を変えて彼女との衝突を避けたが、かわりに真正面にあらわれた街路樹との衝突は避けられなかった。

ガシャンとぶつかって自転車から放り出され、横向きに路上に叩きつけられた。ミカエラの視線を意識して、急いで立ち上がろうとする。ミカエラはさいわい怒っておらず、心配そうだった。

「どうしたの、サム!?」それから大きな笑みを浮かべ、「このまえの、すごかったわ」

サムは、よろよろと立ち上がろうとしてまた倒れそうになり、

「いまのはすごかった……」

ミカエラは笑顔からまた心配そうな顔に。

「ひどいぶつかりかただったわ。だいじょうぶ?」

彼女の背後の車道に、低速で動いているカマロが見えた。やや離れた角のあたりで停まった。エンジンをアイドリングさせている。こちらを観察しているのだろう。街路樹との衝突でまだ頭がぼうっとしていたが、それでもカマロの低いうなりが聞こえる気がした。

「だ、だいじょうぶじゃない! 頭がおかしくなってる! じゃあね!」

恐怖を隠そうともせず、急いで自転車を引き起こして、猛烈な勢いでペダルを踏みながら走っていった。

ミカエラの友人たちはなにやらひそひそと話しはじめた。ミカエラはかまわず、自転車のサムが見えなくなるまで何歩か追いかけた。

どうもおかしい。なにかへんだ。サムがわざわざピンクのママチャリに乗って町中にやってくるわけがない。ミカエラは、うしろの〝友人たち〟といっしょにあきれた顔をした

りクスクス笑ったりする気にはなれなかった。

自分のベスパが近くに駐めてあった。そのシートにすわってエンジンをかけ、車道に出ようと——したところで、あやうくパトカーに轢かれそうになった。サイレンを鳴らして猛スピードで目の前を横切っていったのだ。ふらつくスクーターを立て直し、危なかったと冷や汗をかいた。めったにないニアミスに驚いて、急速に遠ざかるパトカーに文句を言う余裕さえなかった。

パトカーは一瞬で通りすぎたので、運転席はミカエラにほとんど見えなかった。もし見えていたら、口髭をきれいに整え、無表情にまっすぐ前をむいた男がすわっていたはずだ。

サムは、どこをどうやってハイウェイの高架橋の下の駐車場に来てしまったのか、自分でもよくわからなかった。すくなくとも、最後の交差点を左ではなく右へ曲がっておけばよかったと思った。

駐車場の入り口側には例の黄色いカマロがいて、サムの速度にあわせて悠然と追いかけてきていた。サムは自転車のシートから腰を浮かせ、不気味な追っ手を振り切ろうと、全体重をペダルにかけていた。

カマロのほうばかり見ていたせいで、真正面にパトカーが止まっているのに気づかなかった。サムの自転車はそのまま脇を通過しかけたが、突然開いた運転席側のドアに衝突した。今度はバーガーキングの前で倒れたときよりもっとはげしく路面に叩きつけられた。

痛さに顔をしかめ、ゆっくりと立ち上がる。恐怖よりも怒りが先に立って、よろめきながらもクルマの正面にまわりこんだ。まだ警察車両とは気づいていない。

「いてェ。足が動かない。今日は最悪の日だ」

しだいに視野がはっきりして、目のまえにあるのがパトカーだと気づくと、怒りはたちまち感謝に変わった。

「ああ、おまわりさん！　よかった。信じられないかもしれないけど、ぼくのクルマがぼくを殺そうとしてるんです」

しかし運転席のぼんやりした影は、動かないし返事もしない。サムは目を細めた。屋根の上の回転灯がまばゆくてよく見えないのだ。

「もしもし？　聞こえてますか？」

やはり返事なし。恐怖と苛立ちが正常な判断力を狂わせた。サムはエンジンフードを両手でバンと叩いた。するとパトカーは急に前に出て、サムを突き倒した。尻もちをついてパトカーを見上げていると、なにか軽率なことをしたのかもしれないと思いはじめた。

「ごめんなさい、べつに失礼なことをする気は全然――」

心底おびえて言いかけたとき、突然、左右のヘッドライトのカバーがパカリと開いて、なかの丸い大きな電球が、光るヘビの頭のように突き出てきた。サムの顔すれすれのところで止まる。

いきなりそのふたつの電球が空へ昇っていったと思うと、パトカーの車体は高さ約五メートルの直立機械に変身していた。二本足でおおむね人間型だ。その巨大な鉄の手が上から振ってきた。サムはあわててうしろむきに這い、すんでのところで逃れた。太い指先がアスファルトに突き刺さり、ひび割れが四方に蜘蛛の巣のように広がる。

サムは立ち上がった。さっきまで疲れてもう動けないと思っていたが、それはまちがいだった。尻に火がついたように全速力で走りはじめた。しばらくして振り返る。直立機械は追いかけてきていた。

「ギャァーーギャァーーギャァーーッ！」

くりかえす叫びは、学校の討論の授業で高い評点をとれるような理路整然とした内容ではないが、本人の現在の心境は的確にあらわしていた。

巨大な手がブンブンと振りまわされる。それがついに背中にあたって、サムは吹き飛ばされた。駐車したクルマのフロントガラスに叩きつけられ、ガラスにはひびがはいった。

身体をひどく打って、エンジンフードの上でゆっくりと首をまわす。こちらへ迫ってくるロボット（頭のなかで他に思いつく呼び方はない）を見上げる。もし気力が残っていたら泣きだしていただろう。しかしいまは弱々しく何度もつぶやくだけだった。

「これは悪い夢、悪い夢。どうかどうか目が覚めて……」

そのロボット、バリケードが上からのぞきこむと、サムは割れたフロントガラスの奥に潜ろうとするように身を縮めた。しかしガラスにひびははいっていても、砕けてはいない。

巨大な鋼鉄の指がサムの左右で車体に突き刺さった。外板もフレームもあっけなく潰れ、ガラスやプラスチックが砕け散る。大きな音がふたつ響いた。左右のフロントタイヤが破裂したのだ。

続いて、声が聞こえた。

その声ははっきりとサムの鼓膜を震わせ、言葉は明瞭に理解できるものだった。しかし声に人間味はまったくなかった。

「おまえはユーザー名、もてもて男217か？」

「……はあ？」

サムの心臓は口から飛び出して勝手に道へ歩いていきそうな状態だったが、それでも思わず、威圧的な機械の目を見上げてしまった。

「ええと……」

「イーベイのアイテム番号21153はどこにある？」

「う……あ……それは……」

このロボットに辛抱強さという性格は組みこまれていないようだ。機械の口調が暗く翳り、脅迫的になる。

「おまえの先祖の遺品だ」

「そっそっそっ、そんなの……し、しし、しらなしらな知らないよっ……」

どもりながら答える。すると巨大ハンマーのような拳がふたたび宙に振り上げられた。

サムは目を閉じようとした。しかし脚の筋肉が勝手に動いてエンジンフードを蹴り、ひぃっと声を漏らしながら、壊れたクルマの屋根に跳び上がっていた。そのままリヤウィンドウを滑り降り、トランクリッドを越えて着地。勢いのまま地面を蹴って走りだした。

バリケードは金属的なうなりをあげて腕を振り、クルマを簡単に横へはじき飛ばした。そして逃げる獲物を追いはじめる。

サムの足は棒のようで力がはいらず、肺は破れそうに苦しかった。もうあと一ブロック分しか走る力はないだろう。残りの半ブロックを走って角をよろよろと曲がろうとしたとき、ミカエラとまたしても衝突寸前になった。この一時間で二度目。ただし今回はミカエラがベスパに乗っていた。二人と一台は転倒した。

「あいたた、腕が腕が……」

ミカエラはうめいてからすぐに、あやうく轢きそうになった相手に気づいた。

「サム？　さっきからいったいどうしたの？　なにかあったの？」

「ミカエラ！　立って立って早く！　逃げるんだ！　ほんとにほんとに急いで！」

ミカエラの目に映るのがサムだけなら、そのとおりにしたかもしれない。しかしその視野に突然、巨大な機械があらわれ、二人におおいかぶさるように近づきはじめたのだ。

ミカエラの肺はまだ脳の指令に反応する余力を残していた。脳の指令は〝絶叫しろ〟だ。

そこでそのとおりにした。

サムは彼女の腕をつかんで引きずって逃げようとした。そこへ、突進してくるべつの機械が見えた。カマロだ。あわててミカエラを引っぱってその進路からどける。

カマロは二人のわきをかすめ、時速六十キロ以上の速度からリヤをドリフトさせて、車体側面を機械の巨人にぶつけた。バリケードははじき飛ばされ、アスファルト上を滑っていった。

むこうをむいたカマロの後部ドアが左右とも開いた。同時に車内のスピーカーから、《救けにきて》（レスキュー・ミー）が鳴りだした。さらに曲の意味を強調するように、クラクションを長く鳴らした。

道のむこうでは巨大なロボットが立ち上がりかけている。

今朝からの一連の出来事のなかでは、サムの決断は簡単ではなかった。しかしいまは他に道がない。心配はあとまわしだ。〝あと〟があればいいが。

「クルマに乗って！」

ミカエラのほうに叫んだ。二人は左右のドアから乗りこみ、車内で前の座席に移動した。

二人が車内にはいるやいなや、ドアは乱暴に閉まり、カマロはタイヤをきしらせながら急発進した。おいていかれたバリケードは、もとのパトカーの姿にもどって追跡を開始した。

偽カマロを偽パトカーが追うカーチェイス。場所は、前世紀の繁栄からすっかり遠ざかった工業地区だ。線路も操車場もなにもかも錆びつき、工場は鉄骨ばかりの廃墟となっている。

なにも知らない者が見れば、普通のパトカーがくたびれた古いマッスルカーを追いかけているだけの光景だろう。すくなくともパトカーはおおむね普通の警察車両だ。ところがその側面のパネルが開いて翼のように持ち上がり、その下から流線形の金属面が輝く発射ポッドがあらわれた。

カマロの両側で爆炎が上がり、それを右へ左へよけていく。車内のサムとミカエラは振りまわされるのを抱きあって耐えた。

「こんなの嘘よ、こんなの嘘よ……！」

ミカエラは悲鳴をあげる。しかしそれが彼女の主張だとしても、サムへの説得力はなかった。なにしろサムは、彼女が巻きこまれるずっとまえから、目の前で起きていることを信じるのを拒否してきたのだ。

カマロを自分で運転しようと試みたが、ステアリングをどんなに強く握っても手ははじかれるばかり。拳で叩いて叫ぶしかなかった。

「おまえがなんでも、だれでも、どこから来たのでもいいから、とにかく逃げろ！」

さっきから見開いていた目を、二人はさらに丸くすることになった。カマロの行く手に頑丈そうな行き止まりの壁が迫ってきたのだ。少年と少女は衝撃にそなえて目をつぶる。しかし最後の最後の瞬間に、カマロは百八十度ターンをして、突進してくるパトカーに正対した。

サムは目を開いて、開いたことを後悔した。

「ばかばかばかやめろぉーー、そんなの無茶だぁーーー！」

タイヤをきしらせ、カマロは加速した。パトカーも速度は少しもゆるめず、小型ながら危険なミサイルを撃ちつづける。正面から飛んでくるミサイルをありえない機敏さで避けていくカマロ。その左すれすれを一発がかすめる。

サムは遠ざかる白い航跡を目で追った。

「あれって、ミサイル？」

「ええ、そんな感じに……」呆然とつぶやくミカエラ。

二人の背後でビルが爆発し、地上に崩れ落ちた。

身体をひねって見ていたミカエラは、正面にむきなおり、呆然とした口調のまま言った。

「やっぱりそうみたいね……ミサイルだわ」

突進しあう二台は、わずか数ミリ差ですれちがった。タイヤの滑る騒音にひけをとらないほど、カマロに乗る二人も大きな悲鳴をあげた。

その悲鳴はすぐにうめきに変わった。カマロのドアがいきなり開き、二人は車外へ放り出されたのだ。二人はあわてて立ち上がった。そこからどの方向へ逃げてもよかったはずだが、実際には魅入られたようにその場に立ちつくした。眼前の光景から目を離せなくなったのだ。

キーキーと金属のこすれる音をたてながら、カマロは二人の目の前で変形(トランスフォーム)していた。もう逃げも隠れもしないいし、偽装もしない。カマロの車体が組み換わって、ロボットが姿をあらわした。表面には目が痛くなるほど真っ黄色の塗装がちゃんとあった。最初にサムが気にいった黒のレーシングストライプも、位置こそずいぶん変わってしまったが、あちこちに見てとれる。

同時にバリケードもトランスフォームしはじめていた。驚愕のあまり一時的に動けなくなった少年少女にとって不運なことに、二人はちょうど二台のロボットにはさまれる形になった。

ロボット同士がはげしく組み合うと、元パトカーの胸のあたりでパネルが跳ねて開き、内部がのぞいた。なかは空洞ではなく、部品がぎっしり詰まっていた。

そのバリケードから飛び出した昆虫形ロボットのフレンジーは、立ちつくす二人の人間の服にとりついた。人間たちはあわててそちらに注意をむける。

変形したカマロがすぐに介入し、フレンジーを叩き落として二人を守った。ところがそのせいでバリケードの攻撃をまともにくらい、あおむけに転倒した。立ち上がるとすぐに反撃。バリケードは斜めに傾き、空を切った太い鉄の足が、あわててしゃがむサムとミカエラの頭上をかすめた。

サムとミカエラはひっくり返り、激突する二台の機械から退却した。

すくなくともミカエラは退却できた。しかしサムはなにかに足をとられ、逃げられなかった。

なにに引っかかっているのかと見ると、醜い機械のレンズと目があった。ふたたびフレンジーがサムのジーンズの裾をがっちりとつかみ、凶暴な口へとサムを引っぱりこんでいるのだ。

「あっちいけあっちいけ！　つかまったぁーー、やられるぅーー！」

まるでミカエラに助けを求めるように大声で叫ぶのだが、お門違いもいいところだ。ミカエラはターミネーターではない。サムは機械の化け物を蹴飛ばそうとしたが、足は表面をかすめるだけだった。しかし必死に蹴りつづけたおかげで、ジーンズのほうが脱げてくれた。自由の身になったサムは立ち上がって逃げ出した。靴と靴下とボクサーパンツの恰好で、ミカエラのほうへ。

フレンジーはあきらめず、ジャンプしてサムの頭と背中にとりついた。

「うわあぁぁー！」

しがみつくロボットの重さによろめきつつ、サムはとんでもないものを見た。いったいどこから探してきたのか、ミカエラがチェーンソーを手に立っているのである。その背後では、大きな工具箱が開いていて、さまざまな工具が突き出して金属の花が咲いたようになっている。

もしサムが選ぶとしたら、大きめのハンマーにするだろう。しかしそれではミカエラの雄々しさにくらべてずいぶん情けなくないだろうか。

そんな心理的葛藤と無縁のミカエラは、うなるチェーンソーを正眼に構えて、ずいと間合いを詰めてきた。

「さあ、やせっぽちのチビ機械！　わたしが相手になるわよ」

いろいろな意味で危ない脅しにのって、フレンジーはサムの背中を蹴り、ミカエラのほうへ跳んだ。

ミカエラはチェーンソーを大きく振りまわした。切っ先がどこを通るのか本人もわからないのだから、ロボットにはなおさら予測しようがない。狙ったのか偶然か、とにかく回転する刃と昆虫形機械は衝突した。一瞬だが、ガリガリとはげしい音がして、ロボットの腕の一本がちぎれて飛んだ。

サムは転がっていた鉄筋を拾い上げ、ロボットの背後から襲いかかった。頭のあたりを乱打する。やがて、突き出た首のつけ根が折れてはずれそうになった。驚いたのはだれよりサム自身だ。さらに二、三発叩きこむと、とうとう頭は胴体からはずれ、首の部分が路上でピクピクと痙攣した。

サムは、痛む胸を大きくふくらませ、ドシンとそれを踏みつけた。その爽快さ、高揚感は、言葉ではいいあらわせないほどだ。一日中追われつづけてきた相手についに反撃できたのだから、最高の気分だった。

二人のうしろでは、バリケードがふたたびパトカーの姿にもどっていた。地球での仮の姿のおかげで速さを手にしたバリケードは、タイヤから白煙を上げながら突進した。

カマロからトランスフォームしたロボットは、相手をギリギリまで引きつけ、寸前で跳びのいた。同時に、そばのクレーンの下部を切断した。クレーンのアーム先端からは、解体作業用の鉄球がぶらさがっていた。

突進してきたバリケードは、鉄骨のアームはよけたが、鉄球はよけられなかった。パトカーは屋根のまんなかを押しつぶされ、まるでコンクリートの壁に正面衝突したように一瞬で動きを止めた。屋根の回転灯とプラスチックカバーが粉々に砕けて飛び散った。

サムは、背後でおこなわれている自動車対決の結末には目もくれず、ピクピクと痙攣する機械の断片を見下ろしていた。

「どうだ、身体がないと手も足も出ないだろう」

切断した頭部を勝ち誇って蹴る。

しかし蹴ったのも勝ち誇ったのも時期尚早だった。機械の口がサムの靴にガブリと嚙みついたのだ。パニックを起こして跳ねまわりながら、嚙みついた鉄の頭を振り落とそうとする。

「うわあああ、あっちいけあっちいけ！」

靴が脱げ、それにくいついたロボットの頭ごと飛んでいった。

ミカエラが脇からやってきて、

「サム、落ち着いて！　だいじょうぶよ。もう飛んでいったから」

正面にまわりこんで顔をのぞきこむ。目があった。サムの混乱と恐怖がすこしだけ退いていった。

金属と金属のぶつかりあう音がやんでいるのに二人とも気づいた。二人が昆虫形の小型ロボットと戦っているあいだに、はるかに大型のロボット二台が対決していたあたりを振り返る。

瓦礫と埃のむこうに影が浮かんだ。サムは息をのみ、ゆっくりと吐き出した。

ロボットは太陽の色をしている。黒い線のはいった昼の太陽だ。

音のやんだ戦いの場に立つロボットは、手を下に伸ばして、埃のなかからなにかを拾った。

その手をサムのほうへさしだす。

サムのジーンズだった。汚れて穴があいているが、ボクサーパンツ姿よりはましだ。

「あ……ありがとう」

ほんの数メートルのところに立っている巨大な機械に圧倒されながら、サムは急いでジーンズをはいた。

隣でおなじく巨大機械を見上げるミカエルも、呆然とした表情だ。

「ねえ、ようするにこれはなに?」

サムはすでに結論に達していた。科学的でなくても、サムにとっては充分な結論だ。ここには反論する者もいない。

「見た目はロボット。動き方もロボット。もし話すとしたら、ロボットのように話しそうな気がする。だからロボットだよ。ただしものすごく進歩している。自動車の組み立て工場で使われたり、家電販売店で売られているようなものとはちがう。日本製かもしれない」急にそうだという気がしてきて、「日本製にちがいない。日本人はこういうのが好きだから」

感嘆の面持ちで巨大な機械に一歩、二歩とあゆみよる。ミカエラは驚いて止めた。

「やめなさいよ！　シリアルの箱にはいってるおもちゃじゃないのよ」

黄色に輝くロボットは、サムに応じるように一歩踏み出した。頭も下へ、サムのほうへむける。

サムは思わず笑顔になった。最初から勘ちがいしていたのだ。クルマはサムを傷つけようとはしていなかった。なにか——べつの目的があったのだ。

「ぼくたちに敵意は持ってないと思うよ」

ミカエラはクラスメートと、すぐ手の届くところに立っている巨大な機械を交互に見る。

「敵意はない？　これはロボットだって自分で言ったわよね。さっきまでロボット同士のデスマッチみたいなことをやってたのよ。いまはただのインターバルかもしれない。第二ラウンドはわたしたちが相手かもしれないわ」

「そんなことないよ」

今日はじめてサムは落ち着いた声で話していた。ロボットのほうへ手を伸ばして、輝く金属の表面をおそるおそる撫でてみた。

ロボットとサムがはじめてふれあっているとき、さきほどまでの暗がりに光が宿ったことに、だれも気づかなかった。胴体からはずれたフレンジーの頭だ。頭はムカデのように小さな足を無数にはやして、わずかに床から起き上がり、まわりを見た。注目したのは埃っぽい路上に投げ出された物体。ミカエラのハンドバッグだ。ちょこまかと駆けより、内部を透視する。

リップスティック、使えない。

ミラー、だめ。

ペン、無駄に複雑。

スマートフォン……。

容積がかなりかぎられる。小さくて原始的。しかし充分に偽装可能。

透視を終えると、フレンジーはバッグのなかからその製品を引っぱり出し、瓦礫のむこうの見えないところに放り投げた。そして自身はトランスフォーム開始。たちまち、さきほど捨てたのと瓜ふたつの携帯電子機器に変わる。だれにも見られることなく、ハンドバッグのなかに滑りこんだ。まるでタランチュラがねぐらにはいり、脚を縮め、仮眠状態になるように。

他のデストロンとおなじく、フレンジーも決戦のときを何千年も待ってきたのだ。あとすこしくらい待つのは苦にならない。

見つめあうサムとロボットを、ミカエラははたから不安げに眺めていた。

「今度はなに？」

巨大な機械から視線をはずさないようにしつつ、好奇心をのぞかせた口調で訊く。

サムは、こちらをじっと見つめる黒いレンズを見ていた。

「たぶん……たぶんぼくになにかを求めてるんだと思う」

「なにかって、なに？　こんなロボットがあなたのなにを求めるというの？」

「わからない」

パトカーの残骸が巨大な鉄球に押しつぶされて沈黙しているところに目をやった。

「でもむこうのやつは、ぼくのイーベイのページのことを尋ねてきた」

「そこになにを載せてるの？　電池かなにか売ってるの？」

ミカエラは理解したいと思う一方で、サムの返事がまったく理解できなかった。

サムは首を傾げ、ロボットの頭を見た。

「きみ……話せるかい？　コミュニケーションとれる？　ぼくらのわかる言葉で」

黄色いロボットは横に首を振った。その仕草だけは理解できる。

機械の内部からふいに知らないDJの声が漏れてきた。

「XMサテライト・ラジオは、デジタルの百三十チャンネルを使って、コマーシャルなしの音楽、ニュース、エンターテインメントをノンストップでお届けします！」

ぽかんとするミカエラに、サムは言った。

「こいつ、たぶんカー・ステレオを使って話すんだよ。というか、ラジオ放送の内容を選別して、それを使って自分の言いたいことをあらわすんだ」

ろう。

返事のかわりに、拍手喝采の音が漏れた。これなら、もっと質問してもだいじょうぶだ

「昨日の夜はなにをしてたんだい？　自動車泥棒に盗まれたのかと思ったよ。だから追いかけたんだ。そして、きみが空になにかを送るのを見た」

するとラジオ宣教師の説教の声があたりの空気を震わせた。

「そして力強い声はメッセージとなって届き、天からの訪問者を招き寄せるのです！」

サムはその意味を考えた。

「だれかを呼んだの？　呼ぼうとしたの？」

ミカエラもおなじ考えに至ったようだ。

「〝天からの訪問者〟よ」思わず空を見上げ、「これ、日本製じゃないわよ、サム。地球のものですらないわ」もの言わぬ機械のほうをむく。「あなたは、なに？　エイリアンとか、そういうもの？」

機械（あるいは独立した生命体なのか）はうなずいて、短く、かん高い電子音をたてた。

二人が退がると、ロボットの手足が折りたたまれ、小さく、低くなっていった。できあがったのは、見慣れた黄色いカマロだ。ドアがバンと開き、クラクションが長く鳴った。

「乗れって言ってるみたい」

サムはクルマのほうへ行こうとしたが、ミカエラはためらった。

「乗って、どこへ行くの？」

サムはふりむいた。

「わからない。でも考えてみてごらんよ。いまから五十年たって人生を振り返ったときに、勇気を出してあのクルマに乗ったって、言えたほうがいいじゃないか」

歩み寄り、運転席側のドアに手をかける。見た目も感触も自動車のドアそのものだ。

「それにもし敵意があるなら、なぜクルマの姿にもどって、乗るように誘うんだい？ ロボットの姿のまま踏みつぶしちゃえばいいはずだよ」

運転席に滑りこみ、ステアリングにそっと手をかけてみる。しっかりとした感触で、勝手に動いたりしない。

ミカエラはまだ思案していた。さびれた工業地区はいまもひとけがない。見まわして、落としていた自分のハンドバッグをみつけて拾い、思いきって助手席に乗った。

もとの姿にもどったカマロはエンジンのうなりをあげ、勢いよくその場所をあとにした。はじき飛ばされた砂利が、動かないパトカーにボディにバラバラと当たった。パトカーは巨大な鉄球に押しつぶされたままだ。

カマロは、混雑した市街の道路にもどってくると、交通の流れにあわせて速度を落とした。ミカエラはおそるおそる身を乗り出して、自分の前のダッシュボードを片手でなでてみた。しみや色褪せまで、いかにも古びた自動車の内装という感じだ。

「ねえねえ」

自分の乗っている自動車に対して呼びかけた。どういうわけか、どこかでだれかに立ち聞きされているような妙な気がしたが、かまわず続けた。

「あなたは、なんていうか……トランスフォームできるのよね。どうしてこんな古いクルマの姿を選んだの？」みすぼらしい内装を見まわす。「つまり、好きな姿になれるのよね。だったら、なぜわざわざこれなの？　ハマーやフェラーリになってもよさそうなのに」

突然ブレーキ音がして、クルマは急停車した。左右のドアが開いて車体が横揺れ。二人の乗客は少々みっともなく、しかしそれほど乱暴でもなく、路上に放り出された。

サムは立ち上がって服の埃をはたこうとして、やめた。無駄だとわかったからだ。穴だらけのジーンズになにをしてもきれいにはならない。

「あーあ、怒らせちゃったよ」

ミカエラはあとずさった。

「なにをする気かしら？」

カマロのフロントガラスが変化して、画面になった。そして画像を取得するビームが通りへ照射された。クルマからクルマへ次々に移動し、二人にはよく見えないほど遠くまで伸びていく。やがてそのビームが一台に止まった。真新しい、フルカスタマイズされたカマロGTOだ。たんに探すだけだったビームが、もっと複雑な透視スキャン用の波長に変わる。

すぐに続いて、古いカマロがふたたび変形しはじめた。サムとミカエラが驚きの目で見守るまえで姿を変えていく。ボディの鋼板がふくらみ、波打ち、折りたたまれる。しかし今回はロボットの形にはならない。

プロセスが終わってみると、そこにあるのはまったくべつのクルマだった。遠くに駐まったGTOの正確なコピーだ。違いはひとつだけ。車体色がこれまでどおりブライトイエローで、黒いレーシングストライプがはいっていることだ。

ミカエラの表情も変化した。驚嘆から、うっとりと見とれる顔になった。

「うわあ、すごくいいクルマになったわ」

サムは口もとが緩むのをこらえきれなかった。

たしかに今日は逮捕され、ヤク中呼ばわりされた。自分のクルマに殺されると思いこんで逃げまわり、べつのクルマに攻撃され、尋問され、巨大なエイリアンのロボットに踏みつぶされそうになった。これ以上悪いことはありえないのだが、それをべつにしても、これはうれしかった。

ミカエラがサムのほうをむいた。

「クルマがわたしたちを待ってるわ。どこへ行くの？」

サムは運転席の側に近づき、へこみどころか表面の小傷すらないピカピカの黄色い塗装を眺めた。さらに運転席にすわって、真新しいカスタム仕様のステアリングに手をかける。

「行き先なんかわからない。でもこれは冒険のはじまりさ」

車内のマルチスピーカーからヘビメタが鳴りはじめ、トランスフォームしたクルマは勢いよく走りだした。助手席のミカエラはサムの側にすこしにじり寄った。二人のあいだにはハンドバッグ。それを持ち上げ、ポイと後部座席へ放った。

運転席の少年も助手席の少女も、おたがいと、トランスフォームしたカマロの高性能と、前方の道路に夢中で、ハンドバッグのふちからのぞく光る目には気づかなかった。

8

その部屋には、無愛想きわまりないスチールテーブルがひとつと、それとセットになった椅子がいくつかあった。どちらもただ使えるというだけで、人をくつろがせるためのものではない。その差は大きい。

椅子のふたつは使用中だ。すわっているのはマギー・マドセンとグレン・ホイットマン。テーブルの上にはドーナツその他の軽食が盛られた大皿がひとつ。水のはいったピッチャーとコップがいくつかある。

この部屋に二人がはいってからすでに、グレンがドーナツ五個を腹におさめるだけの時間が経過していた。好物のフルーティペブルズではないが、一時的な糖分補給としては充分である。

「打ち合わせをしよう」

グレンはマギーに小声で話した。一言ごとにドーナツのかけらがあごや下唇にこぼれる。

「完全黙秘だ。尋問で使われる手口はわかってる。映画とおんなじさ。ぼくらが対立するようにしむけるんだ。いい警官と悪い警官みたいな常套手段にもひっかからないように。

最後まで共闘だ、いいね？」

　皿に手を伸ばし、

「アーモンド入りのパイはどう？」

　その手が空中で止まった。部屋にひとつだけの窓のないドアが開いて、光がさしこみ、廊下のＦＢＩ捜査官の姿が見えたのだ。威圧的な表情の巨漢だ。

　グレンの決意はたちまちスポンジケーキのようにしぼんだ。さっと椅子をずらしてマギーから離れ、指さして宣言する。

「やったのは彼女です！　彼女こそ犯人です。彼女が一人でやったことです。ぼくは検察側証人にもあやつり人形にも、なんでもなりますよ！」

　マギーはさきほどまでの仲間にくってかかる。

「あんた、なに言ってんのよ！」

　グレンは泣きながら嗚咽(おえつ)をもらしていた。あるいは吐きそうなのか。両方かもしれない。

「きみのためにもだれのためにも、刑務所にはいったりしないからな！　ぼくはこれまで生きてきて本当に悪いことは一度もしたことがないんだ！」

　自己憐憫のつぶやきに変わり、

「ぼくはまだ童貞だし。たしかにナップスターから三千二百曲くらい違法ダウンロードしたし、一度だけＣＩＡをハッキングしたこともある……いや、ほんとは何回もだけど。でもそれは立入許可証をほしかっただけで、それは返すから――」

「グレン！　黙りなさい！」

マギーは怒鳴った。普段ならこれ一発で効く。スターバックスでも職場でもタクシーの車中でも道を歩いているときでも、グレンはこの一言で口を閉じてきた。しかし手錠をかけられ逮捕され、なんの容疑かも知らされないまま政府施設の尋問室に放りこまれている状況では、どういうわけか、背中に一本筋が通っていた。恐怖でこちこちになったゆえの筋ではあるが。

「いいや、黙るもんか！　犯罪者め！」

そこで急に目をぱちくりさせ、がっくりとテーブルに手をついた。

「うっ……なにかが……ドーナツのなかに……」

マギーはその哀れな姿を見ながら首を振った。

「ええ、糖分でしょ。あんた十二個くらい食ったものね！」

すかさず捜査官のほうにむきなおった。捜査官はさきほどからまったく無関心そうに二人のやりとりを眺めていた。その身のどこかには録音機器を隠し持っているはずだ。

マギーは低く剣呑（けんのん）な声で言った。

「よく聞いて。やつらはあるファイルをダウンロードしてたわ。ウィトウィキーという名の昔の船乗りについてのファイル。ハッキングした波形のなかに埋めこまれてるのを、グレンとあたしで発見したの。ファイルの意味はよくわからなかった。でもこの事件の黒幕にとって重要なものなら、こちらにとっても重要なはず。それから、あたしは言語学者じゃないけど、ウィトウィキーが韓国名でもロシア名でも中国名でもないのはわかる。ケラーに連絡して、無関係な国と戦争をおっぱじめないように言って!」

捜査官はなにも答えず、表情も変えなかった。

マギーの隣では、グレンがしきりにポケットに手をいれ胃薬を探している。マギーは歯ぎしりし、哀れみと軽蔑のまなざしをむけた。

「吐くんなら、むこうむいてやってよ!」


すっかり生まれ変わったカマロは、町を見下ろす高台の道路脇で停まった。ドアが開き、二人は降りた。ときどき勝手に鳴りだすラジオが、気分を盛り上げるわざとらしい曲や、すくなくともなにかを教える曲を流すのではないかとサムは思った。しかし実際にはスピーカーは沈黙したままだった。

ミカエラはそばにやってきた。サムとしてはもっと近づきたかったが、行動には移さなかった。手をとろうとしたら引っこめられてしまうかもしれないと怖かった。そもそも手を伸ばす勇気がなかった。いまはまだ早いと思い、適度な距離をおいて並んで歩くだけで満足した。見つめるだけ。手はふれない。いまは、この時間は、それでいい。

横顔を見ているだけでも、サムの心は驚きに満ちた。驚きの強さは、クルマが二本脚で立ち上がるのを見たときにひけをとらない。驚きの種類が異なるだけだ。

ミカエラは首を傾げ、夜空を見上げていた。

「サム……あれは……？」

不本意ながらミカエラから目を離し、空を見た。なにかが雲を内側から光らせている。ときどき光の条が見える。雷鳴は聞こえないので、雷ではない。なにか……べつのものだ。

「へんだね」

サムはぼんやりとつぶやいた。

二人の目の前で、ふいに小さな彗星のようなものが大気圏を鋭く横切り、四つに砕けた。砕けたというのは適切ではないかもしれない。みずから分裂したような感じだった。しかしそれはありえないことだ。彗星が大気圏に突入してから、ひとりでに分裂するわけがない。

その分裂した一個が、二人がクルマを停めている山の上に落下した。畑二枚分くらいしか離れていない。木を折り、藪を燃やし、土と石を四方に飛び散らせて、空からの落下物は止まった。

衝撃で二人の足下の地面も震えた。ミカエラは思わずサムの腕にしっかりとしがみついた。サムも反射的に抱きよせる。

彗星の破片が完全に止まってから、ようやく二人は自分たちの状態に気づいた。おなじ考えが同時に浮かんだらしく、あわてて腕を解いてぱっと離れた。

「ごめんなさい」

ミカエラは小声で言いながら、なぜ謝っているのだろうと思った。

サムは目を合わせられなかった。相手を見たかったけれども、できなかった。彼女の腕の感触が残っている。

「なんでもないから」

サムはドキドキしながら答えた。

二人が、いま起きたことを考え、これからどうしようと思案しているころ、他のいろいろな場所でも謎の落下物が目撃されていた。満員のスタジアムの上空を火の玉が通過すると、選手も観客も一時的に試合を忘れて空を見上げた。火の玉はそれほど遠くないところで地上に落下した。

町のカフェでは、サムやミカエラくらいの年の二人の少年が、なにか食べながらふざけあい、それをもう一人の友人が小型ビデオカメラで撮影していた。その画面の背景が突然変化する。窓ガラスが店内にむかって砕け散り、巨大な火の玉が通りに落ちてきた。友人たちは悲鳴をあげてパニック状態になったが、カメラを持った若者は混乱の中心へと駆けていった。すべて記録しておくのだ。彼の頭を支配しているのは、炎や恐怖ではなく、この映像を全米ネットワークに売ればたっぷり金になるという考えだった。

丘のふもとの高級住宅街では、奇妙な雷鳴のような音を聞いた五歳の少女が、ベッドから起きてきた。寝室の窓から外をのぞくと、ちょうど家のプールになにかが落ちて、塩素消毒された水といくつかの水遊び用のおもちゃが飛び散るところだった。少女は目を丸くして、ベッドにとって返し、枕の下にいれてあった一本の抜けた乳歯を取り出した。にっと笑って、不揃いの歯ならびをむきだしにする。そこには抜けた歯のもとあった場所がはっきりと見てとれる。

カマロがふたたび二本脚のロボットに変身するのを見ても、今回はサムもミカエラもそれほど驚かなかった。ロボットに先導されて、二人は燃える藪をよけ、ガラス化した石を踏みながら斜面を下った。やがて、彗星の断片にえぐられたクレーターが見えてきた。そばへ行けば、まだ煙を上げている物体がはっきりと見えるはずだ。

ミカエラはサムに近づいた。

「ねえ、早足で反対方向へ歩いたほうがよさそうな気がしない?」

サムは、前方を歩く黄色と黒のロボットが通ったあとで、なおも残っている一部の枝を処理しながら、思案しつつ反対を唱えた。

「もし危険があるなら、彼はぼくらがついていくのを止めようとすると思うよ」

「あらそう。あなたたちが話せる間柄になったなんて気づかなかったわ」

ミカエラは皮肉っぽく言って、巨大な機械の背中を見上げる。

「だってあれは――彼はなにも話さないじゃない」

サムは論点を変えた。

「とにかくさ、彼はいったいなんだろうって、興味ない?」

ミカエラは小声の強い口調になり、

「たとえばアセチレントーチの仕組みはわたしも興味があるわ。でも炎に鼻を突っこみたいとは思わない」

議論はそこで終わりになった。落下の中心点に近づいたからだ。

クレーターの底、彼らの真正面には、溶けて形が崩れたような金属の塊があった。湯気を上げ、高温の銀色のしずくを垂らしている。数メートル離れていても、その物体が発する熱で顔が火照るほどだ。

まわりに落ちていた液体金属が、ふいに逆方向に流れはじめた。中心の金属の塊に吸収され、一体化していく。まるで水銀がまわりのしずくを吸いこんでいくようだ。やがて、金属の塊は巨大な卵のようにひび割れはじめた。

少年と少女はなんとなく黄色いロボットの陰に隠れた。このロボットは味方であり、守ってくれると感じはじめていた。

球形になった金属の塊から、一本の脚が出てきた。続いて二本目。さらに両腕。そのシルエットは、燃える藪の照り返しを受けながら高く高く伸びていく。とうとう九メートル近くなった。

黄色いロボットは、それを見ても微動だにしなかった。まだなにかを待っているようだ。

サムは、さっきミカエラに危険はないと言ったにもかかわらず、付近に大きな木を探したほうがいいような気がしてきた。ロボットの陰以外に隠れる場所が必要になるかもしれない。

銀色の卵から出てきた巨大な姿は、少年少女のほうをむきはじめた。その注意がふいに二人から離れた。クレーターの山側にある道路に、轟然たるエンジン音をたてて大型トレーラートラックが走ってきたのだ。新しく到着したりばかりの異星のロボットは、音の方向をむくと、きついカーブの手前で減速したそのトレーラートラックを、すぐに効率よく透視スキャンした。対象になったトラック自体に変化も影響もなく、運転手もなにも気づかなかったようだ。

夜道を疾走する運送車両が通りすぎたあと、クレーターの底のサムとミカエラの目の前には、まったくおなじトレーラートラックが出現していた。

なるほど、トランスフォーム能力を持っているのはカマロだけではないんだなと、サムは奇妙に冷静な頭で考えた。クレーターの底で、〝トラック〟のエンジンが轟音をたてた。いかにも強力なデトロイトディーゼル社のエンジンという感じだ。ただしこれはそれだけではない。他の要素が加わっている。

トランスフォームしたディーゼル。怒れるディーゼルだ。

ダウンタウンの人どおりの絶えた通り。自動車ディーラーのショールームのウィンドウで、ターンテーブルに載せられてゆっくりとまわる輸入スポーツカーを見る者はいない。

そのガラスにのそのそと近づいてきた機械のエイリアンは、どう見ても客ではなさそうだ。たしかに買うつもりはない。コピーしにきたのだ。低く構えたボディを透視ビームが余すところなくなめていく。高価な塗装の分子一個一個まで記録していく。

そこから通りをすこし進んだところでは、カフェにいた少年たちがようやく恐怖心より好奇心がまさるようになって、カメラマン志望の友人といっしょに火の玉が落ちた場所へ走っていっていた。見逃しようがないほど大きな燃える穴があいているのは、古い電器店の壁だった。彼らが到着したのと同時に、消防車や救急車もやってきた。カメラの少年はあらかじめ考えていたとおりに、混乱した現場、忙しい緊急チーム、ひどく壊れた建物を順番に映していった。

彼はふいに口ばしった。

「なあ、これって隕石かもしれないぞ！　隕石のかけらって、ものすごく高く売れるんだ」

本当ならカメラをおいて、価値のある落とし物を探しにはいりたいところだ。しかし建物から吹き出す炎の熱さでだれも近づけない。彼と友人たちのまわりでは消防士たちがホースを伸ばし、店内へ調査にはいるために防火服の準備をはじめていた。いいものを独り占めする気かと、カメラの少年は筋ちがいのことを考えた。

友人の一人が指さした。

「なかでなにか動いてるぞ。ほら、あそこ」

それは、正体不明の巨大なものだった。チラリと見えただけで、店内から吹き出す黒煙に隠れてしまった。

「なんだろう」カメラの少年は疑問を声に出す。

さらに動きが見えた。なにかが……こちらへ出てくる。少年は友人たちといっしょに後退した。

「うわっ、なんだよあれ」

それは、救急車だった。煙のなかから出てくると、右へ急ターンし、通りを走っていった。曲がるとき瞬間的に二輪走行になるほどのスピードだった。口をあんぐりと開けた少年たちは、なかに乗っている患者に同情した。

しかし、同情は無用だった。それはさきほど到着したばかりの他の救急車の姿を正確にコピーしただけで、なかにはだれも乗っていないのだ。


郊外の高級住宅地の高級な邸宅。その庭の高級なプールから、湯気が上がっていた。まわりの高級さなどまったく無頓着な一人の少女が、歯は一本欠けていても興奮はどこも欠けていない表情で、裏口のドアを開けて出てきた。コンクリートのパティオは、さきほど飛び散ったプールの水でびしょ濡れだが、少女にとってはますます期待をふくらませる要素だった。

湯気に包まれた黒い姿がプールの底からゆっくり、静かにあらわれてくる。脚をまっすぐに伸ばすと、少女よりはるかに背が高い。それでもまったく恐れるようすがない少女は、抜けたばかりの歯を手にのせてさしだし、近づいていった。

「歯の妖精さんが五ドル札に換えてくれるって、パパが言ってたけど……でも二十ドルがいいな」

ロボットの頭は少女を無視して右へ回転した。その目が最初にみつけた移動装置は、近くの車寄せに駐まっている黒く大きなダブルタイヤのピックアップトラックだった。

プールから出てきたロボットは、実のなった果樹を二本ほど押し倒し、隣家との境界に立つフェンスを壊して、そちらへ歩いていった。

少女の両親が裏口から転がり出てきたときには、その巨大な姿は見えなくなっていた。二人は寝ぼけまなこをこすりながら、水が飛び散り、めちゃくちゃに荒らされた庭を呆然と見るだけだった。母親はしゃがんで、緑の馬の頭と子どもサイズのハンドルがついた浮き輪を拾い上げた。

父親は声をあげる。

「おい、これはどうなってるんだ？　プールになにが起きたんだ？」

少女はそちらをむいた。その声に恐怖はない。困惑と、あきらかな失望だけだ。

「歯の妖精さんが飲んじゃったのよ」

野太いエンジン音が突然響き、両親は顔を上げて通りのほうを見た。大きな黒いピックアップトラックが次の信号へとタイヤを鳴らしながら急加速していくのが見えた。それがお隣のキャンバーウェルさん所有の一台とそっくりであることが、暗いながらも見てとれた。

クレーターから上の道路へと斜面を登りながら、いつまでもここにとどまるのはよくないのではないだろうか、本当はミカエラといっしょに町へ帰るべきではないだろうかと考えた。すくなくとも高い場所へ避難したほうがいいのではないか。

しかしクレーターから上がってきた二人の〝味方〟の黄色いロボットは、その場でじっと動かなくなった。工業地区ですぐにパトカーと戦ったときとは大ちがいだ。

そこでサムは、迷いながらもそこにとどまった。どのみち町までは遠い。それに自分のクルマを、ときどき巨大ロボットに変身してしまう奇妙な癖があるとはいえ、捨てて帰る気にはなれなかった。

ミカエラも残っていた。サムとおなじように考えたのだろう。あるいはサムが残ったから残ってくれているのか。

クレーターから道路へ上がってきた大型トレーラートラックは、エンジンを吹かして二人の目前へ移動して停まった。フロントグリルだけでも少年少女の身長を超える巨大さだ。サムが手を伸ばせば触れられるところにある。しかしそうしなかった。なぜなら、それが目の前で二度目のトランスフォームをはじめたからだ。

そのプロセスを眺めながら、他にも三台のトランスフォームするエイリアンの機械を見たと思い出した。自分のカマロ、パトカー、そしてミカエラといっしょに叩きつぶした昆虫形の機械だ。しかし、これほど堂々として、光り輝く二足歩行の機械生命体はなかった。

次はなにが起きるのだろうと、サムとミカエラは、町へ続く道路を見た。近づいてくる自動車の音がする。これまでの経験からすると、元カマロと元トレーラートラックのロボットは、どこかに隠れるか、すくなくとも車両形態にもどるかしそうなものだった。ところがどちらも、あたりまえのように二足歩行の形態のまま立っている。

やってきたのは、バラバラ奇妙な組み合わせの三台の自動車だった。一カ所にかたまっていると不思議な感じがする。

それは、美しいスポーツカーと、救急車と、すごくワルな感じのピックアップトラックだ。

つまり、地球は自動車マニアのエイリアンに侵略されつつあるのだと、突然サムはわかった。

ただ、そうだとすると、カマロがまだ二本脚の姿でいる理由がわからない。トレーラートラックが目の前で巨大な立ち姿に変身した理由がわからない。サムとミカエラが凶暴なパトカーのロボットに殺されそうになったことを考えると、それほど単純な話ではなさそうだった。今日はめちゃくちゃな一日だったから、そんな変な考えが浮かんだのかもしれない。

とにかく、エイリアンが変身するところもだいぶ見慣れて、見飽きたわけではないが、もう驚かなくなったようだ。新しく到着した三台が立ち上がったロボットの姿に変身しても、息を詰めたりはしなかった。

ただし、じっと観察した。機械たちの目になにか変化が起きている。内部で起きている複雑なプロセスがその目にあらわれているのか。

異星からやってきた五台の機械は、半円に並んで黙って立ったまま、町のいちばん近いWi-Fiアクセスポイントに接続し、そこからインターネットにはいっていた。そして少年少女が見守るまえにそびえ立つ機械たちは、インターネット全体の入手可能な情報を細大漏らさずダウンロードしてしまった。彼らの手にかかればあっというまだった。

知るべきことを知ってしまうと、トレーラートラックだった巨大なロボットが少年少女のほうにかがんで、なにか言った。かん高い騒音ではないし、ラジオ放送を編集したものでもない。それでもサムには、なんと言っているのかわからなかった。しかしミカエラには見当がついたようだ。ミカエラには何度も驚かされると、サムは思った。

「これ……中国語じゃないかしら。きっと標準中国語よ」

「ぼくはわからないけど、ありえる話だって気はする。もしぼくが新世界に到着したばかりだったら、まずいちばん多くの人々が使っている言語から試すだろうからね」

この短い会話から、コンボイは少年少女の使っている音声の変調方式が英語であることを特定した。彼は頭を二人に近づけた。二人が手をつないだよりもさらに大きいほどの頭なので、サムとミカエラもさすがにややたじろいだ。巨大な頭から出てきた声は、怖がらせないように抑えたものだった。

「怖がらないでほしい。恐怖やその他から自由であることは知的生命の権利だ。われわれは人間を傷つけない」

サムはそれを聞いて、すこし落ち着きをとりもどした。

「それを聞いて安心したよ。いい方針だね。できるかぎりその方針に従ってほしい。とくにぼくについては」

いったん言い終えたところで、ドタバタの一日をつきあってくれた同行者を思い出し、つけ加えた。

「――それと彼女についても」

忘れなかったのは僥倖だった。サムが申告に加えるまでのミカエラは、べつの意味で危険な表情になりかけていたからだ。

巨大ロボットは身体を起こし、まっすぐに立った。

「サミュエル・ジェームズ・ウィトウィキー、きみは風力で液体水の上を渡る乗り物ディスカバリー号のアーチボルド・ウィトウィキー船長の生物学的子孫か？」

「あ……うん」

肯定の返事をしてよかったのだろうかと思ったが、もう他の選択肢を考えても遅い。列車はすでに駅を出発している。

「わたしはコンボイだ（英語名はオプティマスプライム）」ロボットは宣言した。

「会えてうれしいよ……たぶん。ええと、きみも言葉は英語なの？」

「英語という言語はこの惑星の情報集積体、きみたちが〝ワールド・ワイド・ウェブ〟と呼んでいるものから取得した」ややおいて、「ついいましがたのことだ。難しくはなかった。情報量は多いが、基本概念は平易だった」

サムは驚きにゆっくりと首を振った。

「きみたちはエイリアンだよね。それは……〝生物学的な〟生命なのかい？」

ロボットは静かに教える口調で答えた。

「ちがう。われわれは独立した認知能力を持つ機械存在で、とても遠い惑星から来た。その惑星をきみたちが呼ぶには、セイバートロン星という名前が適切だろう。同様に、われわれのことは、自律的ロボット組織体と考えてくれればいい」

ミカエラがつぶやいた。

「自律的（オートノマス）ロボット——オートボット……」

巨大なレンズが彼女をむく。

「われわれの出身地やわれわれの存在について、適切な翻訳はできない。同様に、われわれの個別の呼称にも対応する訳語はない」

「つまり、名前ってこと？」サムは言ってみた。

「そうだ」

巨大な腕が、半円に並んだ他の機械たちをさししめす。

「そこでコミュニケーションの便宜をはかるために、きみたちの語彙をもとにした名称をつけた。この星での偽装形態とそれぞれの性格を組み合わせた名称だ。きみたちの定義に従えば、われわれはただの〝機械〟だが、それぞれ個性や性格は持っている。個別の能力や得意技もある。たとえば……」

輸入スポーツカーからトランスフォームしたロボットを腕でしめす。

「彼はわたしの副官、マイスター（英語名はジャズ）だ」

自動車の強力なスピーカーから愛想のいい声が出てくる。

「こんにちは、地球の思春期の人間たちよ」

サムとミカエラは、こういう場合にどのような挨拶が適切かもわからないまま、とりあえず笑顔で手を振ってみた。サムは恥ずかしい気がして、同時に怖くもあったが、なんとかうまく受けいれてもらえたようだ。

次にコンボイは、黒いピックアップトラックから変形した頑丈そうな二本脚ロボットをしめした。

「われわれサイバトロン（英語名はオートボット）の兵器担当技術兵で、三連半島円環州プラクサスにて誕生した、アイアンハイド（英語名もアイアンハイド）だ」

ロボットは輝く黒い身体を見下ろした。

「この頑丈な外骨格は戦闘に適している」

最後にコンボイは、救急車から変形したロボットをしめした。

「われわれの看護員であり、始祖最高議会からの使節長、ラチェット（英語名もラチェット)だ」

そう紹介されたロボットから、挨拶代わりにホログラフィックな医療ビームがサムとミカエラに照射された。無害な光線が二人の身体をスキャンする。いや、害はあったかもしれない。その光があたると、一時的に服が透けて下着姿が見えてしまったのだ。

「わっ」

サムは声をあげ、腹を立てたが……同時にちょっとうれしくなった。透視されてしまったミカエラが、腕で前を隠してサムに背中をむけたのだ。

「ちょっと！　そんなふうに人をスキャンするのは失礼よ」

サムは曖昧に同意した。

「まあ……そうかな。あんまり……上品じゃないかも」

非難された医療ロボットは、ミカエラのほうに会釈した。

「ご挨拶しつつ、誤解を謝罪します、未成熟な女性よ」

「ま……なんですって――」

恥じらいと困惑は、たちまち軽い怒りに変わった。

ラチェットは続ける。

「うれしいご報告をしましょう。あなたがた種族の慣習的ながら不適切な基準からみてですが、あなたとそちらの男性のご友人は最高の健康状態でいらっしゃいます」

そう言われてミカエラの怒りもすこしおさまった。

「あ、あら、そうなの。それは……ありがとう」

サムは、一言いっておくべきだと思って、医療ロボットのほうに一歩近づいた。

「あのさ、この女性の名前はミカエラ・ベインズというんだ」

それにはコンボイが答えた。

「了解し、記録した。ミカエラ・ベインズ」

機械の太い腕がもう一度半円に並ぶロボットたちのほうへ掲げられる。しめしたのは、すでに見慣れた黄色と黒の姿だ。

「もう知っているだろうが、バンブル（英語名はバンブルビー）だ。サム・ウィトウィキーの守護者である」

サムは眉をひそめた。

「バンブル？　守護者？」

不気味なニュアンスを感じる。なにから守護される必要があるのか。

考えていると、バンブルのスピーカーからモハメド・アリの声が流れてきた。

『蝶のように舞い、蜂のように刺す』

これを聞いて、ミカエラがコンボイに疑問をぶつけた。

「あなたや他のロボットは話せるのに、なぜ彼だけ話せないの？」

答えたのは医療ロボットだった。

「彼の音声処理機能は、タイガー・パックスの戦場で破壊されてしまっている。われわれも努力しているが、まだ修復できていない。プログラムの面で、きみたちには理解しにくい厄介な問題があるんだ」

サムはうなずいた。このロボットたちに無知であることを言われるたびに、まったく同意せざるをえなかった。わからないことがたくさんある。でも知りたかった。

「なぜ……なぜここへ来たの？　なぜこの星へ？　自動車と本当の姿のあいだで何度も変身して遊んでるわけじゃないよね」

コンボイは真剣に答えた。

「そのとおりだ、サム・ウィトウィキー。〝遊んで〟はいない。われわれはあるものを探しにきた。それはきみたちの言葉で、〝エネルゴン・キューブ〟とでも呼ぶべきものだ。想像を絶するほど古い存在で、そこにたくわえられた至高の力は、われわれに――単純にいえば魂（スパーク）のようなものをあたえてくれる。この表現はあまりにも単純化しすぎで、本質はきみたちの理解力を超えている」

ラチェットが言い添えた。

「べつの説明をすると、生命力の根源だよ。わたしたちの柔軟な適応能力をさしてきみたちがよく使う変形（トランスフォーム）という表現を借りるとすると、それはわたしたちトランスフォーマーすべてのなかに存在する生命力だ」

コンボイが続ける。

「われわれはそれを探すためにここにいる。メガトロンより先に〈キューブ〉を発見しなくてはならない」

サムはじっとコンボイを見た。ひとつ説明されると、ふたつわからないことが出てくるようだ。すこしもわかった気になれない。

「メガトロンというのはだれ……というか、なに？」

巨大な機械は、答えるまえに一呼吸おいた。これまでどおり明瞭な口調でありながら、そこには理性と同時に感情がこめられていた。あきらかに悔しさがにじんだ声だ。

「われわれはかつて兄弟だった。きみたちの定義でいえばそれに近い。しかしメガトロンは道を踏み外した。自制できなかったのだ。あらゆるものを支配したいという考えにとりつかれた。支配したものと支配できなかったものを戦わせた。建設者ではなく破壊者になった。その裏切りのせいで、われわれはつねに戦わなくてはならなくなった。いまはデストロン（英語名はディセプティコン）と呼ばれるようになった者たちと」

コンボイの目から発される光線が、夜の澄んだ空気中に三次元映像を描き出した。それは、金属やその他の無機物でできた異世界での壮絶な戦争の光景だった。映像が切り換わり、燃えるクレーターや、想像を絶するスケールの破壊が映し出された。荒廃した景色がはるかかなたまで続いている。地表には生命を失った機械の腕や頭などの断片がころがっている。動くものは炎と煙だけ。あとは累々たる死だ。

さきほどサムは無知ゆえに平気で訊けたのだが、いまは訊かなければよかったと後悔していた。コンボイとその戦士たちはたしかに〝遊んで〟いるのではない。

ふたたび映像が切り換わった。地表へ降下していく宇宙船が映し出される。その外見はサムもミカエラも見たことがないし、そもそも想像を超えたものだった。着陸すると、それはロボットの姿に変身した。後ろから見ても、輪郭だけで威圧的だ。

そのロボットは、壊れて動けないべつのオートボットの上にまたがり、金属の胸に手を突っこんだ。鋼鉄の指が無理やりつかみだしたのは、光またたくエネルギーだ。異質な生命体の動作でありながら、それが暴力であることはサムとミカエラにもわかった。エネルギーのまたたきは急速に消えた。倒れたロボットのレンズも光を失い、動かなくなった。

コンボイの解説が続く。

「メガトロンのこの行動のために、われわれの世界は何百万年ものあいだ停滞状態にあった。力が拮抗したふたつの勢力は果てることなく戦いをくりかえした。終わりのない戦いによってわれわれの資源は枯渇し、種として絶滅の危機に瀕した。わずかに生き残った者たちは、この戦いを終えるには脱出するしかないと結論づけた」

映像は、メガトロンと呼ばれたロボットの強烈な咆哮で終わった。

兵器担当技術兵のアイアンハイドがまた新たな情報を提供した。

「おれたちの種族を再活性化できるのは〈キューブ〉だけだ。それがあればおれたちはふたたび栄えることができる。トランスフォーマーにエネルギーをあたえられるのはそれだけだ。だからこそメガトロンも狙っている。〈キューブ〉を手にいれれば、メガトロンはおれたちの将来を完全に支配できるようになる」

ふたたびコンボイが解説を引き継ぐ。

「長年の戦争のうちに、〈キューブ〉は宇宙空間に放り出された。以来、わたしと部下たち、あるいはメガトロンとその仲間たちは、それを探している。そしてわれわれは〈キューブ〉の現在のありかをついにつきとめた。それがこの惑星だ」

サムとミカエラは顔を見あわせる。コンボイは説明を続けた。

「〈キューブ〉はここに墜落したときに信号を出した。その信号は、長い時をへて、戦争で荒廃したわれわれの星に届いた。先に追跡を開始したのはメガトロンだ。サイバトロン星を追放された直後に追いかけはじめた。きわめてまれな幸運によって、彼は着陸に失敗した。そこは彼を動けなくする場所だった。メガトロンは流動する氷のなかに閉じこめられた」

サムは、やっとわかったというように目を見開いた。

「それがアイスマンか。なるほど！　ぼくの曾々祖父が精神科病棟で死ぬまでわめいていたことは、じつは本当だったんだ」

ラチェットが答える。

「きみの推理を聞くかぎりは、そのとおりのことが起きたようだ。残念ながら、きみの先祖が発見し、物理的に接触したために、それまで休眠していたメガトロンの内部状態のごく一部が目覚めてしまった」

マイスターがあとを継いだ。

「きみの記録によれば、その結果として起きた光反応によって、きみの先祖は簡単な生体視覚装置を失ったようだ。そのかわり、暗号化された物理痕跡が残された」

サムはまばたきした。

「〝暗号化された物理痕跡〟って、なに？」

「それは携帯型レンズ装具上にある」とコンボイ。

「携帯型……レンズ……」

いろいろな考えがサムの頭のなかをぐるぐるとまわり、ついにひとつにまとまった。

「つまり、眼鏡？　その〈キューブ〉をみつける地図が眼鏡に刻みこまれてるの？　でも……どうしてそこまでいろいろ知ってるんだい？　ぼくがアーチボルド船長の曾々孫であることや、ぼくがそれを……その眼鏡を持ってることを」

アイアンハイドが一言、

「イーベイさ」

説明して、レンズのまわりにワールド・ワイド・ウェブの一部を映し出してみせた。

「まさか」サムは呆然とした。

マイスターが説明を引き継いだ。

「〈キューブ〉はいまもこの星にある。しかしその信号を探知できなくなっている。おそらく……なにかにブロックされている」

ミカエラは話についていこうと考えていた。

「ブロックされているって、なにに？」

ラチェットが悲しげに答えた。

「わからない。でも発見できたら、もとの世界に持ち帰りたい」

コンボイが警告する。

「もしデストロンが先に〈キューブ〉を手にいれたら、彼らはそれで自軍を再建しようとするだろう。その手始めとして、まず地球の機械を変身させるはずだ。その目的が達成されたら、もはや地球における炭素系生物は無用であり、その維持のために資源を浪費する理由はない。メガトロンはこの無駄な生命体を根絶やしにしようとするだろう」

「炭素系……生物？」サムはよくわからずにつぶやいた。

「植物。動物。きみたちもだ」

重苦しい沈黙が流れた。ようやくそれを破ったのは、サムのほうをむいたミカエラだった。

「その眼鏡、ちゃんと持ってるんでしょうね」

9

C－17輸送機の内部は充分に広く、貨物も人員もいっしょに積むことができる。後者には、生き残った数人の特殊部隊メンバーがいた。空路移動のあいだだけは軍事以外のことに考えをめぐらせている。すくなくともアメリカに着陸するまで任務から解放されているレノックスと部下たちは、すわって休憩したり、小声で世間話をしたりしていた。

巨大な軍用輸送機の機内のずっと奥では、別のチームが働いていた。彼らがかこんでいるテーブルは、手術台のようでもあり、機械の修理工場のようでもある。集まっているのは、人体の修復の専門家と、スポーツカーからマイクロチップまであらゆる機械の分解組立に通じた専門家が半々である。

そのテーブルに載っているのは、メガザラックと呼ばれる機械生物の一部だった、鋼鉄の尻尾の一部である。それがゆっくりと、しかし確実に自己再生していた。

テーブルに軽く身を乗り出した研究チームのリーダーは、目の前で展開される光景に驚嘆していた。

「信じられない。ある種の自己再生機能を持つ分子アーマーだな。高純度の多くの金属が、セラミックやその他の、わたしたちがまだ分解すらできない材料とまじりあっている」

会話を聞きつけたレノックスと部下たちは、一人また一人と立ち上がり、研究者たちの肩ごしにようすを見にやってきた。その尻尾を持ち帰った功労者である彼らには、解剖作業を自由に見る権利があたえられていた。

テーブルの脇へ最初にやってきたのはレノックスだった。砲弾によって切断された尻尾の断面をじっと観察する。そしてある部分をしめした。

「この焼け焦げ跡は徹甲弾が命中したところですね。溶けてる」

研究チームのリーダーはうなずき、拡大鏡をその位置にむけた。レノックスも顔を近づけた。その焼けた部分が他と異なっているのがわかる。他はゆっくりと再生しているのに、そこはそうではない。リーダーも同様の観察結果を述べた。

「切断面で再生変化が起きていないのはここだけだ」

レノックスは背中を起こし、その意味を考えた。

「徹甲弾はマグネシウム燃焼でたしか六千度くらいになります。通常の爆弾もおなじくらい発熱しますが、あくまで一瞬です。マグネシウム燃焼はその場に残るし、高温が長く持続する。そのために、これが持っている抵抗力のようなものを奪うことができたんじゃないですかね」

会話は突然中断させられた。切断された尻尾がいきなり強く跳ね飛んだのだ。注射針のように鋭い先端がテーブルに刺さって完全に貫通した。

警護兵と研究者はあわてて跳び退がった。女性研究者が一人、テーブルのそばで腰を抜かしてしまい、安全圏まで引きずっていかなくてはならなかった。

しかし危険はすでに去っていた。尻尾はその状態で動きを止めた。急激な動きがくりかえされることはなかった。とりあえずは。

慎重派のエプスは、ふたたび動かなくなったエイリアンの断片をじっと見ながらつぶやいた。

「死後痙攣ってやつで、ほんとにいいんすか？」

低く緊迫したその口調を聞いて、レノックスはエプスのほうをむいた。

「北方軍に警告しろ。どんな手段を使ってもいい。発煙筒しかないならそれでもいい。伝えるんだ。敵に効果があるのは、高発熱型の徹甲弾しかないと。マグネシウム燃焼剤の量が多く、燃焼時間が長いほうがより効果的だ。これから敵に対して使う弾は全部それにすべきだと言え。行け」

エプスはさっとうなずいて、手近の通信装置を探しにいった。

それといれかわりに、衛生兵がやってきた。エプスとの話が終わるのを待っていたようだ。レノックスがよく知っている衛生兵だ。負傷したフィゲロアの治療を担当している。衛生兵はレノックスの顔を見て、なにも言わず、黙って首を振ってみせた。暗い表情を見れば、言葉はなくても伝えたいことはすぐわかる。レノックスはしばし相手を見つめて、機内前部へ急いだ。

仮設的にしつらえられた医務エリアの寝台に、フィゲロアは横たえられていた。他にも、破壊された村から救出された兵士たちの寝台が並んでいる。

衛生兵たちはフィゲロアができるだけ楽になるように処置していたが、本人はとうてい楽なようすではなかった。状態は悪い。かなり悪い。中東を出てから相当の治療を受けたはずなのに、それでこの状態というのは、いい兆候ではない。

戦友の視界にはいるところに顔を近づけ、なんとか勇気づける笑顔をつくった。

「やあ、友人(アミーゴ)。調子(ケ・パソ)はどうだ」

フィゲロアの反応は鈍かった。なにしろ自分の意のままにならないものと戦っているのだ。衛生兵さえ意のままにできないものと。口から発する言葉は、まるで重労働のように一音ごとにとぎれる。声は弱くかすれている。まばたきしない目が上官に焦点を合わせた。

「この目で見なければ……信じられなかった……。ひとつだけ……お願いします……約束してください……あいつらを……やっつけると」

レノックスは軽く返事をしようとした。

「おまえがそのベッドから立てるようになったら、自分でやっつければいい」

フィゲロアははげましを無視した。その言葉に根拠がないことはおたがいによくわかっていた。

「約束して……ください」

准尉は衰弱しながら、なおも訴えた。

「無駄死にしたくないんです。砂だらけの靴のまんまで……」

レノックスはまた反論しかけた。いろいろな反論がありえたし、言いたいことは山ほどある。しかし残された時間は少ないとわかった。

「約束を」

言葉がくりかえされる。そのフィゲロアが、死の床でなにかの仕草をしたように見えて、レノックスは顔を近づけた。フィゲロアの手のなかに、なにか小さく光るものがある。それが大尉の手のひらに押しつけられた。フィゲロアがいつも首からかけていた聖クリストフォルスのメダルだ。

それを大尉が受けとると同時に、准尉は目を閉じた。その表情に死の苦しみを見てとることはできなかった。

一方で受けとったレノックスの顔には、見まちがえようのない苦悩が浮かんでいた。

真新しい車両ばかりだが、奇妙な組み合わせの車列が、深夜の住宅街のいりくんだ道を走っていた。車列が停止したのは、ロンとジュディとサムのウィトウィッキー家の前である。

エンジン音はできるだけ抑えていたが、それでもときどき近所の家の窓が開いて、この車列をのぞく顔があらわれた。そうやって外をのぞいた者の目に映ったのは、ピカピカの新車のピックアップトラックと、幹線道路から迷いこんできたような大型トレーラートラック。さらに、ゆっくり走る優美なスポーツカーと、回転灯もサイレンも消した救急車だった。

警戒すべき点は見あたらない。夕食とお気にいりのテレビ番組を放り出して見にいくようなものではない。

すくなくとも、ウィトウィキー家の雰囲気はそうだった。ロンとジュディは、電子レンジで温めたTVディナーをトレイから食べながら、地元局の深夜のニュースを見ていた。リモコンであちこち切り換えてみたが、どこの局も、火の玉となって夜空を横切る宇宙からの訪問者を、ホームビデオがとらえた映像でくりかえし流しているだけだった。他に選択肢はないとわかったロンは、リモコンをおいて、食事にもどった。そのうちスポーツと天気予報に変わるはずだ。

髪型と服装をかっちりと整えた担当レポーターが、早口にまくしたてている。

「警察署には空を横切る正体不明の光についての電話が殺到しています。現時点では、ニッケルと鉄を主成分とする隕石でかなり大きいものが、大気圏突入時に分裂したのだろうと天文学者は考えています」

レポーターは、背後に掲げられたスクリーンのほうをむく。

「ではここで、わたしたちが入手したばかりで、真実性も確認済みの最新の目撃ビデオをご紹介しましょう。隕石のかけらのひとつがわたしたちの町のダウンタウンに落下した瞬間を記録したものです」

ロンとジュディは思わず食事の手を止めた。

画面がぱっと光り、爆発音らしい騒音が聞こえた。カフェで食事をしていた三人の十代の少年たちが、悲鳴をあげ、騒ぎはじめる……ロンとジュディは新しい映像に見入っていたため、床がふいに震えてディナーのトレイがカタカタと音をたてたのにも気づかなかった。ジュディの膝の上でうとうとしていたモジョだけが、さっと耳を立てた。普段は、テレビから出る音がどんなにうるさくても眠りをさまたげられることはない。モジョの眠りを覚ます原因はべつのもの。実在のものだ。

家の裏手の路地に、雑多な組み合わせの車列が停止した。住宅街の狭い道をなんとか縫ってはいってきたのだ。真新しいカマロからサムとミカエラが降りてきた。

「ここで待ってて。すぐもどるから」

サムはそう言って、自宅へむかおうとした。しかし思いついたように足を止め、エンジンをアイドリングさせた車列のほうをむいた。ミカエラのむこうにつらなる車両を見て、できるだけ威厳のある口調で命じた。

「待て（ステイ）、だよ。待て（ステイ）。ここで待て（ステイ）」

思いついて言ったのはそれだけだった。すくなくともモジョには効果がある。なるべく音をたてないように、裏口の網戸に近づいた。気づかれていないと思っていたが、あとすこしというところで、網戸のむこうに父親の姿があらわれた。その足下にはモジョまで出てきた。はげしく吠えたて、外へ出たがっているように網戸をひっかく。

サムは路地のほうをふりむきたい気持ちを必死でこらえながら、笑顔をつくった。

「や……やあ、パパ」

ロンはしばらく黙っていた。立ちつくすサムには、一秒一秒が岩のように重く感じられた。時間が止まってしまったのかと思いはじめたころ、ようやく父親は息子を見下ろして言った。

「おまえのクルマの半額を出したり、警察署に身柄を引き取りに行ったり……。今夜はおまえのやるはずの家事をかわりに引き受けた。さぞ愉快な一日をすごしたんだろうな。楽しくて楽しくて、人生は最高って気分か？」

小さな金属音が聞こえ、サムは左の方をむいた。広い裏庭で光があたっていない部分だ。そこには、巨大なロボットたちが路地からフェンスをまたいで、芝生の上にはいってくるようすがあった。サムが立っているところからは見えるが、父親のところからは角度のせいで見えない。とりあえずほっとして、こわばった笑い声を漏らした。

「ええと……ゴミバケツがころがってるみたいだね。猫がいたずらしてる音がする。ぼくがかたづけておくよ」

ロンは父親らしいおどけた仕草をして、気まぐれな息子に軽い笑みをむけた。

「いいんだぞ、べつにやらなくても。なんでもおれがやっとくさ。明日は早起きして、仕事をして、家計を支えるだけだからな。息子殿に働かせちゃもったいない」

ロンは網戸を開けて出てこようとする。サムはあわてて外から押して閉め、父親が出てくるのを阻止した。しかし、モジョの脱出は阻止できなかった。チワワはうるさく吠えながら軽快に右ターンし、路地と裏庭が接するあたりへ駆けていった。

「いやいや、いいよ。ほんとにぼくがやっとくから、パパ」

サムは、モジョを追って走り出したい気持ちをなんとかこらえた。

ロンはそんな息子をしばらく見ていたが、やがて、やれやれと首を振りながらリビングのほうへもどりはじめた。地元のスポーツニュースは見逃したくないのだ。

サムは父親が背中をむけるやいなや、きびすを返して路地のほうへ走った。ちょうど、コンボイの巨大な右足がガーデンテーブルをフリスビーのように吹き飛ばし、左足が父親苦心の作である輸入石材の敷石を粉々にしているところだった。

「ああっ、だめだめ！　歩道に気をつけて！　歩道、歩道！」

サムは必死に叫んだ。

モジョはひたすら吠えつづけ、アイアンハイドの足のまわりをぐるぐるまわって、鋼鉄の足首に咬みつこうとときどきジャンプしている。アイアンハイドは下を見て、片足でポイッとチワワを脇へ跳ね飛ばした。おびえた声をあげたモジョは花壇に落ち、一回バウンドして一回転。すぐに起き上がって攻撃再開した。

サムはあわてて前に飛び出した。

「だめだめ！　うちの犬なんだから。モジョ、離れろ！　ロボットから離れろ！」

不機嫌なチワワの捕獲作業が進まないうちに、路地に通じる門扉からミカエラがはいってきた。

サムは彼女のほうをむき、庭中の巨大ロボットをしめしながら言った。

「見張ってててって言ったじゃないか」

ミカエラは両手を腰にあて、挑戦的にサムを見た。

「だって、あっというまだったのよ」

サムは弱々しく反論した。

「そうにしたって、もうちょっとどうにかしてくれても……」

ミカエラは下唇を突き出し、ふーんとうなずきながら、

「そう。じゃあ電源スイッチのありかを探すまで待ってて」

アイアンハイドは、あいかわらずうるさく足のあいだを駆けまわる小型哺乳類を、レンズで追尾している。

「きわめて局所的な害獣の跳梁を探知しているが、駆除するか？」

「だめだめ！　ママのチワワなんだから」

サムは必死で叫んだ。アイアンハイドはチームでいちばん頭が切れるというわけではないようだ。やや考えこんだ隙をのがさず、モジョが後ろ足を上げてロボットの足におしっこをかけた。

サムはあわてて駆けよった。

「モジョ、だめ！」

それから巨大なロボットを見上げ、

「ごめん。雄の優位行動なんだよ」

またチワワの鼻先に指を突きつける。

「悪い子だぞ！」

モジョはその指をぺろりとなめ、またワンワンキャンキャンを再開した。

両親はテレビに真剣に見入っていた。サムが、暴れて吠えるモジョを家のなかにもどし、音をたてないように急いで階段を昇って自分の部屋にもどっても、すこしも気づかれなかった。

さて眼鏡だ。どこにしまったのだっけ。

困って考えながら、いつものごとく散らかり放題の部屋をかきまわしはじめた。学校の教材、汚れた服、ゲームのマニュアル、図書館の本……。

その背後の開けっぱなしの窓のむこうに、巨大な手がせりあがってきた。そこに抱えられたミカエラは、窓から部屋へみっともない姿勢で放りこまれた。顔をしかめて立ち上がり、服の乱れを直す。ハンドバッグは床に落ちたままだ。

「探すのを手伝いたまえ」

コンボイが重々しい声で言うと、ミカエラはギッとにらんだ。それからサムの作業に手を貸しはじめた。

「なにがなんでもその眼鏡が必要みたいよ」

ミカエラの参加はサムの捜索意欲を増すことにはならず、逆に作業は中断された。なにしろこの部屋に足を踏みいれた女性は、母親をふくめてミカエラが二人目なのだ。その部屋は……惨憺たるありさまだった。いたるところゴミだらけ。匂いまでしてきそうな汚れた服と……さらに下着。サムは赤くなって、もっとも恥ずかしいアイテムを重点的に回収していった。

「下着……下着……下着……」

おもてに出ていた最後のブリーフを引っつかむと、急いでクローゼットに放りこみ、扉を閉める。そして、歓迎しつつも動揺してしまう訪問者のほうを振り返った。

「と、いうわけで。ぼくの部屋へようこそ」

ミカエラは見まわした。

「いい部屋ね。家そのものがすごく——大きいわ」

「古い家なんだよ。敷地が広くて部屋がいっぱいあるだけ」

説明しながら、ベッドに積み重なった布製品の山をかきわけ、捜索を再開した。ガラクタを次々と放り投げ、脇へどかしていった。最後は使用済みのティッシュが一枚ふわふわと床に舞い落ちて終わり。

サムは暗然たる表情になった。ベッドのものを全部どかしたのに、探しものがみつからない。

「ないぞ……」

　ミカエラはそのサムをじっと見た。

「どういう意味？」

「眼鏡はバックパックにはいっていたんだ。そのバックパックが見あたらない」

　ミカエラの表情も暗くなった。

「そう。わたしはいいけど、巨大ロボットたちは納得するかしら」

「どこかにあるはずなんだ」

　サムは捜索を再開した。ミカエラは探すべき場所がわからないので、わきに立って見ているしかなかった。

　観察していたのは、スマートフォンに変身して彼女のハンドバッグに隠れているフレンジーもおなじだった。機械の強みはなんといっても忍耐力だ。重要この上ない原始的レンズ装具を、人間がみつけだすのをいまかいまかと待ち受けていた。

　肩ごしにうしろを見たサムは、ぎょっとした。巨大なコンボイの光る目が窓の外からこちらを見ていたからだ。ロボットは心配そうな声で訊いた。

「みつかったか？」

「しーっ！」

　いくら抑えていても、ロボットの太い声は家中に響きかねない。

「まだみつからないんだ。バックパックがどこにもないんだよ」

　外を見ると、他のロボットたちもリーダーのまわりに集まっている。コンボイは二階の寝室内部をスキャンし、金属フレームとレンズらしいものがないか探した。

「その楕円形の衣類収納装置のなかは調べたか？」

サムはきょとんとした。

「楕円の……なに？」

「ドレッサーのことじゃないかしら」ミカエラが助言した。

「床の四角い覆いの下かもしれない」とラチェット。

部屋のまんなかに立っているサムは、ゆっくりとその場で一回転した。

「ううん、ふくらんでるところはないよ」

ミカエラはけげんな顔でラチェットを見た。

「カーペットのこと？」

サムはミカエラのほうをむいた。

「とにかく、なにかのなかでも下でもないよ。場所はわかってるんだ。バックパックのなかだ。毎日学校へ持っていってるぼくのバックパック。それがここにないのは確実だ」

外ではコンボイが一歩踏み出した。巨大な身体と家の残りわずかな距離がさらに縮まる。

「この件において、〝ない〟という結論ではすまされない。捜索を続けてもらいたい」

サムは窓の外をチラリと見て、仰天した。

「ああっ、ママの花壇が！　気をつけてよ」

巨大ロボットは下を見た。つぶれたバラが足下に散乱している。コンボイはおおげさに謝った。

「もうしわけない。色の鮮やかな雑草は交換しよう。しかし眼鏡はぜひ必要だ」

サムはロボットたちに懇願した。

「あのさ……頼むから、庭から出てくれない？　両親がきみたちを見たら頭がおかしくなっちゃうよ。あっち行って！　隠れて！　眼鏡はかならず探すから」

コンボイは仲間たちに指示した。

「サイバトロン、退却して偽装せよ」

「静かにね。しゃべっちゃだめだよ」サムは命じた。

ロボットたちは次々と数本の木の陰に隠れていった。ほぼ全員が巧妙に（そしてサムが頼んだとおりに静かに）隠れ終えた……と思ったら、最後にあわて者のマイスターが、頭を高圧送電線にひっかけた。闇のなかに火花が散り、頭のまわりに青いアーク放電がはしる。マイスターは思わず機械の身体の奥深くから電気的なかん高い騒音をたてた。痙攣した身体は横倒しになり、小さなガラスの温室を押しつぶした。サムが明日の回収のためにおもてに出しておくと約束したゴミバケツが、吹き飛んでガランゴロンと転がり、さらに騒々しい中身を裏庭や歩道にまきちらした。

惨事がこれだけ集中発生すると、のんびり者のウィトウィキー家の両親もさすがに気づかずにはいない。家の揺れを感じたロンは、安楽椅子から跳び起きた。

「地震だ！　ジュディ、テーブルの下に隠れて」

しかし妻は泰然自若として、まわりを手でしめす。

「ただの振動よ、ロン。外でなにかがものを倒したんでしょう。近所の犬とか、ときどき湖から上がってくるアライグマの親子とかが。家はだいじょうぶよ」

しばらくじっと耳をすます。

「ほら、余震もない。庭は朝になってから確認すればいいわよ。すわってデザートを食べたら？」

手でトレイをしめした。

ロンは、いつ壁が倒れてくるかと不安な目で室内を眺めながら、しぶしぶ妻の勧めに従った。なんでもないと思おうとしたが、それでもプラスチックのトレイに載ったよく冷えたチョコレートケーキは、いつもほどおいしく感じられなかった。

裏庭では、マイスターが首を振りながら起き上がり、頭上をしめしていた。

「あれにさわってはいけない。全体にわたって危険なエネルギーが充満している」

「いいから、静かに」

サムは息を詰めて窓の外を見ていた。しかし、自分の家からも近所からも、一時的な騒音の原因を調べに外へ出てくる人影はなかった。

ほっと息をついて、ミカエラのほうを振り返った。室内のほの暗い光のなかでは、いつも以上にきれいに見える。とはいえ、いまは困惑した表情だ。

三十秒後、マイスターが不注意で接触した太い送電線のそばの電柱に、今度はべつのトランスフォーマーがよじ登っていた。ふたたび火花が散り、金属が焼ける。たちまちあたり一帯の家が停電した。

サムは真っ暗になった自分の部屋を走りまわって、最後は唯一の光源である窓にむかった。まず気づいたのは、窓から視界にはいる家々に一軒たりと明かりがともっていないことだ。次は、異星から来たロボットの姿が裏庭から消えていること。かわりにそこには、おかしな組み合わせのさまざまな車両があった。きわめて場ちがいな巨大なトレーラートラックまで。

サムは身を乗り出し、下にむかって叫んだ。

「なにやってるんだよ！　裏庭にトレーラートラックが駐まってるんじゃ、隠れたことにならないよ」

そして部屋のなかへもどっていった。バックパックと大事な眼鏡をまだ探さなくてはならないのだ。

「どいつもこいつも面倒ばかり――」

暗闇のなかで、こちらへやってくるなにかとぶつかった。しっかりと中身があって柔らかいもの。ミカエラだった。二人はもつれあって転んだ。

一階のリビングでは、ドスンという二階の音がはっきりと聞こえた。ちょうど懐中電灯をつけたところだったロンは、それを天井にむけた。

「サム？　いまの音はおまえか？」

上から返事はない。夫と妻は不安な顔を見あわせた。

「ここにいて。待っててくれ」

「いやよ、怖いわ」

「じゃあ、ついてきてもいいよ。ただしちょっと……離れてて」

「なぜ離れるのよ?」

懐中電灯のつくりだす光のなかで、夫を見つめる。ロンはすこし考えた。

「つまり……いざというときに動ける空間をつくるためさ」

ジュディはうなずき、夫のあとをついていった。腕二本分くらいの間隔をあけた。階段へ行く途中で、息子の野球道具が積み上げてあるところに気づき、バットを両手で握った。

ジュディの前で、夫は慎重に階段を昇っていった。

サムとミカエラは、小声でうめきながら立ち上がろうとしていた。サムはすこしめまいがしていた。それは衝突のショックばかりではない。ミカエラはなおのことだ。なにか言わなくてはとあわてていると、まるで核爆発の閃光のような強烈な光線が部屋のなかを照らした。サムが必死に目を細めて光源のほうを見ると、ありがた迷惑なコンボイがそのレンズから光を照射しているのだった。

「消して! 消して!」

ゆっくりと階段を上がっていたロンとジュディは、息子のあわてた声といっしょに、ドアの下のすきまから漏れる強い光に気づいた。二人より先に進んでいたモジョが、すでにドアを忙しくひっかいている。

ロンはドアに顔を近づけ、懐中電灯を握る手に力をこめて、ためらいがちに訊いた。

「サム？　いるのか？」

やばい、とサムは思った。

「うん、パパ。ちゃんといるよ」

できるだけ平静な声で答えてから、光線を発射するコンボイのほうをむき、押し殺した怒りの声で、

「消せったら！」

このときにはジュディも息子の部屋の前にたどり着いていた。モジョは吠えるのを中断していたが、それはさすがに顎が疲れたせいだった。ジュディはドアに耳を押しあて、なかでささやき声がするのに気づいた。

「なにをしてるの？　だいじょうぶ？」

ドアの下から漏れる光を見て、

「ご近所はみんな停電なのよ。この光はなに？」

「大きな懐中電灯だよ！　マイルズから借りたんだ」

サムはあわてて口からでまかせを言い、コンボイにむかって手で強く合図した。ロボットの目はようやく暗くなった。

「消したよ、ママ。ぼくは元気だよ、絶好調」

窓のほうを見て、ロパクで、

「隠れて!」

ロンはドアを開けようとしたが、ノブがまわらない。

「なぜ鍵をかけてるんだ?」

いろんなことがいっぺん起きて、サムはもう頭がまわらなくなってきた。脳が古いタオルになってしまったようだ。最後の奉仕を終えてボロボロになって干されているタオル。

「ぼくは……すごく……いい気分」

母親のジュディは、その言葉よりも口調を聞いて、眉をひそめた。夫のほうを見て、

「ねえ、もしかして、マスターベ……」

「バカ……!」

ロンは狼狽して大声を出すと、もう一度ノブに力を加えた。やはりなかから鍵がかかっている。

「サム、開けなさい!」

「すぐ開けるよ!」

サムは返事をしながら、照明は消したものの窓のむこうに顔をのぞかせたままのコンボイにむかって命じた。

「あっち行けったら!」

それでもロボットは頑固にくりかえす。

「きみは眼鏡を探さなくてはならない」

「早くドアを開けなさい！」

ロンの声は心配から好奇心へ、そして怒りへと変化している。

ドアを内側から探る音が聞こえた。そしてカチリという小さな音。ドアが室内側へ開いた。サムはあわてて一枚だけの窓の前に立ち、両腕をかかげてあとずさりながら、父親の視線をさえぎろうとした。ロンの懐中電灯の光が室内をさまよう。サムは無理に明るい声で言った。

「やあ、パパ。やあ、ママ。どうしたんだい？」

ロンは無視して、部屋のあちこちを照らして探しつづける。

「だれと話していたんだ？」

「パパとに決まってるじゃないか」

不自然な口調にならないように気をつけた。父親は疑り深い目で息子の背後を見ようとする。サムは横歩きしながら、なるべく窓のむこうへの視線をブロックしようとした。

ジュディが一歩近づき、ためらいがちに言う。

「物音が聞こえたのよ。だから――」

「物音なんか関係ない。いまの光はなんだ？」

ロンが強い口調でさえぎった。大股に部屋にはいって窓へむかう。

サムは緊迫した顔にならないように必死に抑えながら、その進路をさえぎろうとした。

そして普段より大きな声で父親の問いに答えた。外にいるだれか、あるいはなにかに聞こえるように。

「光？　光ってなんのことだい？　光なんてないよ。ああ、懐中電灯の光？　もう消したって言っただろう。どうして外を見るの？　息子が信用できないの？　傷つくなあ」

ロンは窓によりかかり、裏庭を見た。近所の明かりは消えたまま。壊れたトランスフォーマーからはまだ火花が散っている。モジョはあちこち走りまわって吠えている。

ロンは真下を見なかった。もし見たら、二本足の巨大な金属の塊がいくつか家の外壁に張りついているのがわかっただろう。見られまいと強く背中を押しつけるため、家がすこし揺れたほどだ。サムの部屋で壁に吊った写真が傾き、棚から本がこぼれてきた。

ロンとジュディもよろめく。サムはなんとか姿勢をたもった。

「きた、余震だ！　みんな戸口だ、戸口に逃げろ、戸口に！」

ロンは両腕を広げ、妻と息子を安全圏と考えられる部屋の戸口に急きたてた。

外ではロボットたちが、ぎりぎりまで絞った音波で会話していた。アイアンハイドが訊く。

「なぜおれたちは隠れてるんだ？」

「静かに」

ラチェットがたしなめたが、他のロボットたちも納得しない。

「だって――なぜ隠れるんだ」

マイスターが解釈を試みた。

「少年の親がおれたちを見たら、警戒するようになるからだろう」

「殺せばいい。そうすればこちらの捜索作業は楽になる」

するとコンボイが説明した。

「われわれは人間を傷つけない。身体は脆弱な多細胞構造で、これまで知性体とは思えない行動をたびたび見せてはいるが、それでもわれわれとおなじ知的生命なのだ」

それでもアイアンハイドは主張する。

「一瞬で始末できます。痛みも感じないくらいに」

「いいかげんにしろ、アイアンハイド!」コンボイは強く言った。

ジュディは最初のためらいが消えて、息子の部屋にずかずかと踏みこみ、窓のほうへ行った。

「サム、あなたの話し声が聞こえたのよ。だれかと話していたでしょう。だれなのか教えてちょうだい」

それに答える声が、暗闇のなかから聞こえた。続いて姿もあらわれた。ジュディもロンも、もちろんサムもびっくり仰天した。

「それは……わたしです」サムの両親をまっすぐ見て。「こんにちは、ミカエラです」

「あら……」

ジュディは口ごもった。それから満面の笑みが広がり、それまでの懸念の表情にとってかわる。

「あらまあ、サミー」

「驚かせてしまってごめんなさい」

謝るミカエラに、ロンもあわてながら姿勢を正す。

「驚かせるなんて、とんでもない。その……こっちこそいきなりはいってきて失礼なことをしたね」居心地が悪そうに、懐中電灯を持った手を無意味に振りまわし、「ちょっと物音が気になっただけなんだよ。ほら、地震とか停電とかあったから……」

言葉を濁すが、まんざらでもないようすだ。

ジュディは息子のほうに顔を近づけてはげますように、

「かわいい子じゃないの」

ほの暗いなかでもサムが赤くなるのがわかった。

「ママ、聞こえてるよ」

ジュディは背中をまっすぐにした。

「あら、失礼。ごめんなさいね」

サムは大きなため息をついた。

「ところで、ぼくのバックパックを見なかった?」

「キッチンのテーブルにあったわよ」

重要情報を教え、さらにミカエラに微笑んで、

「なにかおやつでもつくりましょうか」

そのとき、部屋の明かりがまたたきながらともった。電力会社は、黒焦げのトランスフォーマーを迂回する電力供給ルートをみつけたらしい。

サムは両親の脇をすりぬけて一階へむかった。ミカエラもハンドバッグを拾ってあとを追う。

「なにもいらないよ、ママ」

「また来ます、さようなら！」

ミカエラも言って、下の廊下に消えていった。

二階に取り残された夫と妻。ロンは懐中電灯を消して、ジュディのほうを細い目で見た。

「おやつをつくる、だって？」

ジュディは肩をすくめ、微笑んでまだぼんやりしたまま答えた。

「他に言うことを思いつかなかったのよ」

階段を駆けおりたサムは、キッチンへ一直線。あった、バックパックだ。母親の言葉どおりテーブルの上におかれている。さわったようすも開いたようすもない。なかをあさってからもとにもどしたというようすでもない。

ミカエラは椅子にハンドバッグをおいて、サムといっしょにテーブルに近づいた。サムはバックパックを開けてみた。突如として重要アイテムになった眼鏡のケースは、記憶のとおり内ポケットにはいっていた。

すりきれた眼鏡ケースに注目するあまり、二人は背後から迫るクモのような影に気づかなかった。関節のある金属の手が、獲物を奪い取ろうと伸ばされる——

そのとき、玄関のベルがけたたましく鳴りだし、クモの手はさっと引っこんでハンドバッグのなかに消えた。

ロンは、キッチンに立つサムとガールフレンドの脇を通りすぎ、玄関に応対に出た。普通の客にしては遅すぎる時間だ。たぶん電力会社の人だろう。電力が無事にもどったかどうか、それによる別の問題が発生していないか、一軒一軒まわって確認しているのだろう。そう考えながらドアを開けると……。

家の前の庭は人でいっぱいだった。ダークスーツを着た男女が、奇妙な装置を手に忙しく周辺を調べている。もっとおかしな電子機器を持った人々は、真剣な表情で画面を見つめている。

ポーチに一人で立ってロンのほうをむいているのは、長身痩軀、謹厳な顔つきの男で、深刻な雰囲気をどんよりとした雲のように漂わせていた。夫や息子が海外の戦地にいる女性のもとへ、大統領の封緘がされた真っ白な封筒を届けにくるのは、きっとこういう男だろう。

「ロナルド・ウィキティさんですか」

男は堅苦しく尋ね、身分証明書をチラリと提示した。型押しされた凝った細工のバッジに、ロンは見覚えがなかったし、よく観察する時間もあたえられなかった。

「わたしはシモンズ。政府の者です。〈セクター7〉の」

当惑したロンは反射的に答える。

「聞いたことがありませんが」

「今後も聞かなかったことに」

政府エージェントは意味ありげに告げた。

「あなたの息子さんは、北極探検家アーチボルド・ウィキティ船長の曾々孫でまちがいありませんか」

「ウィトウィキーです」

ロンは混乱しながらも、相手の発音を訂正した。顔を突き出して外のようすを見る。場ちがいな服装の見知らぬ連中が、夫婦で丹精している芝生や花壇を無造作に踏み歩き、真剣な顔つきで調べまわっている。

「いったいなにごとですか？」

シモンズは冷静に答えた。

「昨夜、息子さんは自動車の盗難届を出されました。わたしたちはそれが、国家の安全保障にかかわる問題だと考えています」

「あのカマロが？　国家の安全保障？」

いろいろな話に通じているのを誇りにしているロンだったが、今回ばかりはなんのことやらさっぱりわからなかった。

しかし妻のジュディは平凡な心配しかしていないようだ。息子の野球用バットを持って夫のそばにやってきて、政府エージェントたちが花壇の花のあいだをのぞいているようすを見ている。

「大きな反応が出ています！」

エージェントの一人がポーチのほうにむかって大声を上げ、手にした装置をかかげた。シモンズはそちらへ振りむき、報告は予想の範囲内というようすでうなずいた。

「サンプル採取と分析を」

エージェントとその同僚たちは、バラを花壇から抜きはじめた。

ロンの足下でモジョがうなる。しかしそれがかすんでしまうほど激烈な反応をしめしたのは、ジュディ・ウィトウィキーだった。暴挙に憤慨して大声を出す。

「ちょっと、あんたたち、庭から出ていきなさいよ！」バットを振り上げ、「出てけって……」

シモンズがなだめる。

「奥さん、落ち着いて。バットを降ろしてください」

ジュディの視線が引きつけると、シモンズはていねいに訊いた。

「現在、風邪のような症状はありませんか？　関節が痛いとか、発熱があるとか。排便は正常ですか？」

ジュディはあきれた顔で訊き返した。

「なんですって？　いったいどういう権利があってそんなことを……」

シモンズはかまわず質問を続ける。

「頭痛は？　リンパ腺の腫れは？」

ジュディはかみつくように、

「ありません！　あなた、いいかげんに——」

そこへべつのエージェントがやってきて、光る棒状の装置を彼女の顔の前でなでるように振った。

「異状ありません」

報告して装置を降ろし、反対の手をさしのべる。丁重に、しかし断固たる口調で、

「奥さん、バットをお預かりします」

サムとミカエラはキッチンから出てきた。サムは、両親の前にエージェントたちが立っているのを見て、古い眼鏡ケースをズボンの右前ポケットに深く押しこんだ。目ざといシモンズがその動作に反応しかけたが、少年の手が動いただけだと気づいて警戒を解いた。

「きみ、サム・ウィトウィキー君。いっしょに来てもらうよ」

サムはうしろに一歩退がった。反射的にミカエラを守ろうとその背中に腕をまわす。ミカエラはその腕から逃げようとはしなかった。

サムは事態をのみこめないまま、父親に声をかけた。

「パパ？」

ロンは家のなかにもどり、息子の前をさえぎるようにエージェントにむいて立った。

「あなたがだれだか知らないし、ここでなにをしているのかもわからないが、国家の安全保障だろうとなんだろうと、これはやりすぎでしょう」

シモンズは家のなかに一歩踏みこんだ。

「ご主人、わたしは敬意からお願いしているのです。退がってください」

ロンは拳を握り、身体の脇からやや離した。

「息子は渡さないぞ。警察を呼ぶ。〈セクター7〉だって？　胡散臭いな」

シモンズは落ち着いて話した。

「じつを言いますと、胡散臭いのはあなたであり、あなたの息子さんであり、この安っぽい犬です。そしてこの家で起きていることすべてが胡散臭い。それがなにかをつきとめるのがわたしの仕事です」

失礼千万な言いように、ロンは怒る気力すら失った。

「〝起きていること〟って、いったいなにが起きているというんだ？」

「それを調べにきたのですよ」

シモンズはポケットから小さな円筒形の装置を取り出し、かがんだ。歯をむいてあとずさるモジョの前でそれを振る。

「カウンターの十四。ビンゴ。全員拘束」

背中を起こしてうしろをむき、合図した。

いきなり、あらゆる方向からエージェントたちが部屋に殺到してきたように見えた。一人は野犬狩りで使うような輪縄でモジョをつかまえた。四人には屈強な手が何本も伸びた。サムの両親は荒っぽく手を押さえられ、小突かれながら、家から前庭へ、さらに通りで待つ黒く大きなバンのほうへ歩かされていった。サムとミカエラも五、六人の無言のエージェントにかこまれ、その前の一台に連れていかれている。ロンは抵抗しながらそちらへ叫んだ。

「なにもしゃべるんじゃないぞ、サム！　弁護士が来るまで一言もしゃべるな！」

乗用車とバンの列は次々と通りへ滑り出ていった。行き先は近くのフリーウェイの入り口だ。

最後の一台が去ると、近隣にはふたたび深夜の静寂がもどった。家の裏の木立からは、鋭敏な探知能力を持つ五対のレンズが、去っていく車両のほうを見つめていた。

10

ペンタゴンの情報センターは、多忙な人の動きが続いていた。将校、技術兵、技官、下士官が早足に歩きまわり、それぞれのコンソールで作業している。

最大サイズのスクリーンには、小さな図形の群れが二組映され、おたがいにじりじりと接近していた。図形をよく見ると、それぞれ船をあらわしている。船はカリブの観光船ではない。

国防長官はその大型スクリーンをにらみながら、限定的で不愉快ないくつかの選択肢について考えをめぐらせていた。そこへ陸軍准将が近づいてきた。ここ数日はどちらもほとんど眠っておらず、その疲労が顔にあらわれはじめていた。

「友軍位置表示装置によると、中国と合衆国の海軍機動部隊は、巡航ミサイルの射程まであと百海里に迫っています」

准将は簡潔に説明した。このような状況をつねに想定しながら何十年も軍に務めてきたが、現実として直面したくはないものだった。

ケラー長官はスクリーンから目を離さなかった。表示された多くの点は、それぞれ多くの男女兵士をあらわしている。避けられないことがあまりにも多い。国防長官と一握りのスタッフが下すわずかな決断に、両軍の多くの人命がかかっているのだ。

「空母戦闘群指揮官に、ワシントンからの命令を待つように伝えろ。先制攻撃を受けた場合をのぞいて、いかなる理由でも交戦を開始してはならない」

准将はうなずいて、忙しい人の流れのなかに消えていった。

代わってやってきたのが、海軍大将ビンガムだ。隣に、ケラーが知らないスーツの男をともなっている。左手に提げたチタン製のブリーフケースは、手錠で手首につながれている。長官はとくに関心を持たなかった。見慣れた光景なのだ。

ビンガムが紹介した。

「長官、ホワイトハウスから派遣されたトム・バナチェクです」

バナチェクは空いたほうの手で、上着の内側から身分証明書をのぞかせた。

「国防長官、わたしは〈セクター7〉、先進研究局に務める者です」

ケラーは眉をひそめて男を見た。

「聞いたことがないな。悪いが、トム、ここへ持ってくるものはすべて正規のチャンネルを通してもらいたい。少々忙しいのだ」

バナチェクは長官の返事にもたじろがなかった。こういう対応には慣れているからだ。

「わたしたちは独立性の高い政府外組織です。大統領から直接命令を受けて参りました」

忙しい広い部屋をしめし、

「ここでは――残念ながら口頭での説明しかできません。〈セクター7〉の活動の大半は文書記録なしにおこなわれます。今回は長官に状況説明をするように、大統領から指示されました」

ケラーは仕事のじゃまに苛立ち、新参者のほうをむいた。

「状況説明だと？　いまからか？」大型スクリーンをしめし、「こんなときにいったいなにを説明するというのだ」

バナチェクが返事をしようとしていると、統計データを表示していたあるスクリーンが突然ビープ音をたてはじめ、画像処理エラーの表示を出して停止した。続いて隣のスクリーンも停止。そうやって次々と停止する画面が増え……一分とたたないうちに情報センターのすべての画面がエラー表示になった。会話や議論の声で騒々しかったセンター内は、たちまち大混乱の騒々しさに取って代わられた。

ケラーは呆然として、しばらくは目の前の惨事をただ眺めていることしかできなかった。やがてヘッドホンのマイクに呼びかけた。いつも落ち着いた声が、さすがに裏返りかけている。

「なにが起きた！　だれか返事をしろ！　状況報告をしろ！」

さきほど機動部隊の動きを隣で説明した准将がやってきた。パニック寸前の表情だ。陸軍将官にはふさわしくない。

「通信が途絶しています。例のウイルスかなにかが持っていたコードによって、シャットダウンされたようです。ファイアウォールの担当者が作業していますが、まだ――」

ケラーは話をさえぎった。

「〝シャットダウンされた〟というのはどういうことだ？」

准将は息をのんだ。

「ウイルスは姿を隠してOSを破壊していたのです。こちらは隔離したつもりでしたが、実際にはバックグランドに潜んでいました。セキュアなはずの政府系ネットワークを通じて広がり、そこから民間ネットワークに感染を広げていきました。通信途絶は世界規模です。高度情報システムにつながったものはすべて停止しています。通信衛星も地上通信線も死んで、インターネットはすべてダウンしています。国際的にも国内的にもあらゆる通信が途絶しています」

ケラーはなにか言うべきだとわかっていた。せめてなにかコメントすべきだ。しかしなにを言えばいいのか。なにか言うべきことがあるのか。たとえなにか言っても、聞こえるのは准将をはじめ、この部屋の声の届く範囲にいる一握りの人々だけなのだ。

呆然としたまま、携帯電話を試してみた。私的な相手先にかけても政府関係のアクセス制限のある番号にかけても、返ってくるのはすべて無機質な雑音ばかり。

しかしバナチェクだけは言葉を失っていなかった。ブリーフケースを掲げ、有無を言わせぬ口調で迫った。

「長官、ここにお持ちしたものをご覧ください。いますぐに」

ケラーは、父親に自転車の補助輪をはずされた七歳のときにもどったような、不安でよりどころのない気分のまま、ホワイトハウスからやってきた男に従って喧騒渦巻く情報センターをあとにした。

黒いバンは深更のトランキリティを疾走していた。

先頭車の後席にすわったサムとミカエラは、恐怖を抑えようとしていたが、抑えきれてはいなかった。前列助手席にいるシモンズは、少年と少女を無視して携帯電話を取り出し、どこかにかけた。

「シモンズだ。こちらはコード・ブラック。少年を確保した。これから……」

そこでふいに黙り、電話を見下ろして眉をひそめる。

「聞こえるか？　もしもし」

小さな画面には、圏外の表示が出ている。シモンズは肩をすくめた。

「接続が悪いんだろう。あとでかけなおしてみるか」

電話をしまい、後席のサムのほうをむいた。

「さて、〝もてもて男（レディーズマン）217〟というのが、きみのユーザー名か？」

笑える状況ではないはずなのに、ミカエラは小さな笑みを浮かべてサムのほうを見た。からかう口調で、

「そうなの？」

サムは恐怖に加えて、恥ずかしさもいっぱいになった。

「そ、それは……タイプミスだよ」

シモンズは追求しなかった。かわりに小型のレコーダーをとりだし、電源をいれた。サム自身が、もうすぐ死ぬかもしれないと思いながら携帯電話に吹きこんだ音声が、雑音とともにバンの車内に流れた。

『ええとええと、ぼくの名前はサム・ウィトウィキー。ぼくのクルマは……盗まれたと思ったんだけど、じつは生きてたんだ……』

〝生きてたんだ〟のところで、エージェントは再生を停めた。

「不可解だが、たいへん興味深い。もっと詳しく説明してくれないか」

表情も、姿勢も、口調も真剣そのものだ。サムを焼きつくさんばかりの熱した視線をむける。

「一言あまさず聞きたいな。きみの言うことをすべて知りたい。ひとつ残らず話してもらおう」

バンは赤信号で停まった。車列のほかのクルマは信号を通過し、先へ走っていった。

サムは右手をズボンのポケットに突っこみ、古い眼鏡ケースをお守りのようにしっかり握りしめていた。どこまで話していいのだろう。この人々の正体や、その最終的な目的はなんだろう。

シモンズは前席の背もたれごしにこちらを見ている。エージェントの辛抱はいつまでも続かないだろう。次に質問するときは、これほど礼儀正しくないかもしれない。

「あの……これは、なにもかも誤解なんですよ。ほら、ぼくみたいな子どもはよくいるでしょう。ゲームばっかりやってるせいで、脳みそがぐちゃぐちゃのやつ」

両手を広げ、

「クルマを盗まれたのは本当で、それだけです。盗難届ではちょっと誇張しちゃったけど、あのときは夜中だったし、ぼくもパニック状態だったんです。でももうだいじょうぶ。解決しました。クルマは帰ってきましたから」

ミカエラがあわてて言い添える。

「もちろん、ひとりでに帰ってきたんじゃありませんよ。クルマなんだから、そんなわけないし、ありえません」

シモンズは答えなかった。かわりにダッシュボードのグローブボックスから奇妙なレンズを一個取り出した。そして、いきなりべつの質問をした。

「きみたちはエイリアンのことをどれくらい知ってる？」

「エイリアン？」驚いたサムの返事は、少々裏返っていたかもしれない。「火星人とか？そんなの信じてません」

ミカエラもうなずきながら同意したが、やや熱心すぎたかもしれない。

「全部でっちあげでしょう。信じてるのはオタク少年だけ。〈スター・トレック〉のオリジナルシーズン第二十八話で最後の場面に出てきた半裸の美女が何色のマニキュアをしていたかを言い当てられるような」

シモンズは後席のほうに身を乗り出し、単眼鏡をサムの片方の目に押しあてた。エージェントの側からは、レンズごしに少年の瞳孔が広がっているのがわかる。

「うわっ」

サムは座席のなかで身を退こうとしたが、レンズからもシモンズからも逃げられない。

「これは、なに？」

「普通に息をして、質問に答えてくれ。エイリアンはいないと思うか？」

「いないよ」

サムはそっけなく答える。シモンズの視線は小さな丸いレンズに注がれたままだ。

「なるほど。たいへん興味深い。なにが興味深いか教えてやろう。瞳孔の広がり具合。身体の仕草。皮膚のほてり。それらの要素から判断すると、きみたちは二人とも、嘘をついている」

反対の手で上着の内ポケットから身分証明書を出してみせた。ロン・ウィトウィキーが困惑したのとおなじバッジだ。

「これがなんだかわかるか？　〝これを持っている者はなにをやっても罪に問われない〟という意味のバッジだ。きみを永久に監禁して、存在そのものを消してしまうことだってできる。それだって綿飴のように大甘な処置だぞ。きみの両親にやることにくらべたら」

サムは黙っていたが、ミカエラはちがった。はるかに年上のエージェントの顔に唾を吐きかけんばかりのきつい表情をむけた。

「わたしたちの小さな犬のトトもそうするわけ？　こんな男の言うことを聞いちゃだめよ、サム。ただの脅しだから。そのうちショッピングモールの警備員にもどるようなつまらないやつなのよ」

シモンズの視線をまばたきせずに受けとめながら、嘲笑的に言い放つ。

そのシモンズは少女をにらみつけた。口調は脅しから毒をふくんだものに変わる。

「まだトレーニングブラをした青いお嬢さん。突っ張った口のきき方はやめたほうがいいぞ。とくにいま、こういうときは。きみの父親は仮釈放間近の時期なんだからな」

ミカエラの顔が青ざめた。風船から空気がぬけるように、反抗的な態度がしぼんだ。

サムはそんな彼女をけげんな顔で見ながら、またしても頭の歯車が嚙みあわないまま口を動かしてしまった。

「仮釈放って？　きみのお父さんは離婚したんじゃ……」

ミカエラはバンの座席の背もたれに背中を押しつけ、両腕で自分の胸をかかえて、ただ前方に目をやった。

「なんでもないのよ」

しかしシモンズは、最初の小さな傷口を容赦なく広げていく。

「自動車窃盗罪は、なんでもなくはないぞ」

信号が変わり、バンはまた走りだした。

家庭の恥部を赤裸々にされたミカエラは、エージェントを鋭い目でにらみつけた。しかしシモンズは、仕事柄もっと危険な相手にも慣れている。黙って見つめかえすと、目をそらしたのはミカエラだった。サムのほうをむき、言葉を選びながら説明した。

「パパから自動車の修理を教わったと言ったでしょう」小さく肩をすくめ、「その自動車は、かならずしもパパのじゃなかったの」

「つまり、盗んだクルマの修理法をきみに教えてたの？」

驚くサムは、他に言うことを思いつかなかった。

シモンズは平然としている。

「そういうことさ。彼女の未成年犯罪歴を見れば一目瞭然だ」

今度はミカエラも強い口調で言い返した。

「司法取引でパパを売ることを拒否したのよ。だからわたしもいっしょに有罪判決を受けた」サムに目を合わせられないようすで、「ただの従犯よ」

シモンズは茶化した同情のそぶりで首を振る。

「ああ、記録を見ればきみが品行方正、青少年の鑑なのはすぐわかるさ。親父さんのほうは、残念ながらこのまま一生刑務所暮らしだろうな」

続いて脅し文句の矛先はサムに。

「それからきみだ。わたしたちがウィキティを精神科病棟に送りこむのははじめてじゃない。じつはきみの曾々じいさんを拘禁したのは、わたしの曾々じいさんなんだ。もうすぐ歴史はくりかえそうとしているわけだ」

そう言われれば、サムが後席で小さくなって服従の態度をしめすと思っていたのだろう。しかしサムの反応は、エージェントの予想とは異なっていた。さっと身体を起こし、シモンズを正面からにらみつけた。

「くそったれ！」

シモンズは動じることもなく、軽く言い返した。

「平凡な悪態だな。もっとはるかにひどいことを、きみが聞いたこともないような言語で言われたこともあるぞ」

視線をきつくして、

「さあ、お遊びはもう終わりだ。話せ。さっさと」

サムは反抗的に言い返した。

「わかったよ。真実を知りたいなら話してやるよ。信じられないだろうけどね」

シモンズは期待するように前席で姿勢を変えた。

「信じないかどうかは、話してみればわかるさ」

サムは口を開いた。しかし言葉は出てこなかった。話すのをためらったわけではない。告白の出鼻を、騒音と振動と、とんでもない眺めでさえぎられた。バンのエンジンフードに巨大な鋼鉄の足が落ちてきて、アルミホイルのようにくしゃくしゃに踏みつぶしたのだ。バンは急ブレーキをかけたように乱暴に停止した。

ドスンドスンとくりかえす響きは、まわりを重く巨大ななにかが歩きまわっている音だ。バンのなかではあらゆるセンサー機器がおかしくなり、表示装置のまばゆい光で車内が満たされた。シモンズは両手で顔をおおい、運転手はやみくもに前進しようとアクセルを踏んだ。しかし車体は空中に持ち上げられていて、タイヤは路面に接していなかった。空転するタイヤがむなしい音をたてる。

メリメリと鉄板の裂ける音がして、バンの屋根がまるでオイルサーディン缶のように前から後ろへ剝ぎとられた。あっというまにコンバーチブルになったバンは、そのまま地面に落とされ、サスペンションが壊れそうなショックを受けた。

みずからの照明で姿をあらわした数体の巨大な機械が、上から車内をのぞきこんでいる。コンボイとその部下たちだ。

興奮したサムは、バンの前席にむかってわめいた。

「ひゃっほーっ！　もうあんたたち、ただじゃすまないぞーっ！」

シモンズと運転手は銃を抜いた。ところがそれらはたちまち二人の手から離れ、マイスターの手のひらに吸いつけられていった。彼らが身につけていて、すこしでも鉄分をふくんだ金属製品は、いっしょに飛んでいった。運転手はステアリングの下に隠れようと無駄な努力をはじめた。

サムは愉快で愉快でたまらなくなった。

「お二人さん、紹介するよ。こちらがぼくの友人、コンボイだ」

ロボットのリーダーが、ていねいな言葉遣いの大音量で言った。

「クルマから降りてください」

シモンズと運転手はあわてて指示に従い、身を寄せあって地面にしゃがみこんだ。そこにロボットの巨大な顔がぐっと迫ると、二人はまたたじろいだ。巨大なレンズがシモンズを見つめる。シモンズは注目されるのがいやでたまらないようすだ。

ロボットは目から出す光線で、萎縮するエージェントを軽くスキャンした。そして不可解そうに結果を説明した。

「きみの神経系に大きなショックはあらわれていない。わたしたちの存在に驚いていない」

すると、シモンズはどもりながら話した。

「ち、ちょっといいかな。〈セクター7〉にはこういう場合に遵守すべき対応手順があるんだ。わ、わかるかな。わたしにはきみと意見交換をする権限がない。権限がないのを伝えることしかできない」

べつのロボットが近づいてきた。明るい黄色に黒の線がはいっている。バンブルだ。そのボディの一部が開いて熱い潤滑油が噴き出し、二人のエージェントの全身にかかった。

「や、やめさせてくれ！」

シモンズは両手を上げて黒い大量の液体を防ごうとしながら、サムに懇願した。サムはわざと考えるふりをしてその光景を楽しんだあと、哀れなエージェントに尋ねた。

「〈セクター7〉てなに？　ロボットのことをなぜ知ってるの？　ぼくの両親をどこへ連れていく気？」

「知らないほうがいい」

シモンズが低い声で言ったところで、黒い液体が口にはいり、うしろをむいて咳きこんだ。どんどん哀れな状態になっていくエージェントを、サムは助けてやらないわけにはいかなくなってきた。たしかにこの二人はくそったれだが、すくなくとも職務に忠実なくそったれなのだ。

マイスターが、エージェントたちから取り上げた鉄製の手錠二組を、ミカエラの前に落とした。

「拘束して」

ミカエラはまだやや呆然としていたが、手錠を拾い上げると、ふいに意地の悪い笑みを浮かべて、びしょ濡れでひどい恰好の二人を見た。

「ズボンを脱いで」

エイリアンの潤滑油にまみれになったシモンズは、粘度の高い成分を指からこすり落としながら訊いた。

「なぜ？」

ミカエラはふんと鼻を鳴らし、

「パパを脅しの材料に使ったからよ」

シモンズはまだ反抗的だ。

「拒否したら?」

ミカエラは、脇に立つ自動車踏みつぶし屋のロボットを見上げて、

「彼に頼んでほしい?」

潤滑油で黒くなった顔で目を剝きながら、エージェントと運転手は素直にズボンを下ろした。どちらのボクサーパンツもすでに油脂がしみて真っ黒になっている。対照的にシモンズの脚は、もう何年も日にあたっていないように白かった。

「あらあら、なまっちろい脚ね、穴暮らしのお役人さん。ビタミンDと日光浴がたりないわ」ずんずんと近づいて、「そんな脚でビーチに行ったら、口から脅し文句を言うまえに、女の子たちは気味悪がって逃げちゃうわよ」

近くに電柱があった。ミカエラは熟練自動車整備工の手つきで、たちまち二人のエージェントを手錠でその電柱にしっかりとつないだ。

「きみ、こんなことをして、人生の終わりだよ」

ミカエラは声をたてて笑いながら、天井を剝がれたバンにもどってハンドバッグをとってきた。

「愉快だわ。いまのわたしをトレントに見せてやりたい」

サムにとっては、今日一日のさまざまな出来事のなかで、結局いちばん驚かされたのが彼女のこの言葉だったかもしれない。あっけにとられてミカエラを見た。信じられないと

いう口調で言う。

「いま……なんていったの？　いまの自分をトレントに見せたいって？　本気で？」

ミカエラはけげんな顔。たいしたことは言っていないつもりなのだ。

「それがなに？」

サムはバンのそばに立ちつくしている。

「信じられないよ！　なにを言ってるんだい。ぼくらはいっしょに異星種族とコンタクトしたのに、きみが心配するのはあの原始人みたいな筋肉男にどう思われるかだけ？」首を振って、「ちょっとおかしいと思わない？」

ミカエラはシモンズと対決した強気がまだ残っていた。

「なにが言いたいの？　わたしの心理セラピストにでもなったつもり？」

サムは退かなかった。もう下をむいたりしない。

「今夜は、きみがいつもすごしてるような普通の金曜の夜とはちがう。ぼくなんか、四つ足のグレムリンみたいな機械エイリアンに脚を食いちぎられそうになったんだよ！」

「ええそうね」

サムは、家から連れ出されて黒いバンに乗せられたときとは別種の、強いめまいの感覚に襲われた。遠くを見ながら、頭に浮かんだ場面を両手ですくいとるようにする。

「待って、未来が見えてきたよ。ぼくらはこれから世界を救うんだ。でも月曜の朝には学校にもどって、これまでどおりの日常が続くのさ。ぼくはクラスの目立たない生徒にもどり、きみは底の浅い女子にもどる」

頭上をあおいで声をかける。

「コンボイ、きみも同意してよ」

ロボットは低い声で答えた。

「青年期の男女間の争いには加担できない」

ミカエラは憤然としてサムの目の前にやってきた。

「底の浅い女子なんて、よくいえたわね。わたしは父を売る司法取引を拒否したのよ。あなたはお気楽な生活のためになにかを犠牲にしたことがある？　クリスマスに新型のXboxを買ってもらえなくて泣いたくらい？　新車のコルベットじゃなくて中古のカマロだからって、ふくれっ面してるくせに」

たちまち口論が激化して二人が鼻を突きあわせたとき、近くの山の稜線を越えてきたヘリコプターのバタバタというローター音が割りこんできた。続いて数台の黒いバンもやってきて、周囲のあちこちにタイヤを鳴らして停まっていく。ロボットと二人の脱走者はあっというまに包囲された。

強力なスポットライトがいくつか照射され、コンボイの巨大な姿を浮かび上がらせる。

コンボイは大きく一歩踏み出して、サムとミカエラをすくいあげ、自分の肩に乗せた。

「つかまって」

他のロボットたちは、防御用の音波攻撃をたがいに重ねあわせ、ひとつのパルスとして周囲に発射した。するとバンのタイヤが一本残らず破裂した。敵を無力化する攻撃だが、敵の生命までは奪わない。

バンがすべて路上にへたりこんで動けなくなると、コンボイは近くの隠れられる場所をめざして突進しはじめた。肩の上のサムとミカエラは必死でしがみつく。ヘリの一機が逃げるロボットたちを追っていった。

地上では、エージェントたちがボルトカッターを使ってシモンズと運転手を救出した。シモンズは、池のように広がった潤滑油で足を滑らせながら、降下してくるヘリのほうへ走り、同時に脱がされたズボンを引き上げるという難易度の高い技を見せた。

追跡する先頭のヘリのコパイロットは、多数のデータ表示を見ながら困惑していた。最先端の軍用ヘリには最高性能のセンサー機器が多数搭載されており、逃げる巨大ロボットの位置をロストするなどということは考えられない。なのに、どれだけ機器を操作しても、エイリアンの位置をつかめないのだ。ヘリは低空で飛び、木立をのぞきこみ、高架橋の下をくぐりさえした。

それでも探知できなかったのは、じつはセンサーが下をむいていたからだ。ロボットたちは、高架橋の裏側にしがみついていたのだ。

生身の筋肉しか持たないサムとミカエラにとって、逆さまになったロボットにいつまでもしがみついているのは無理だった。なんとか持ちこたえているときに、下をヘリのローターが通り、その吸いこむ力でミカエラの手が滑った。サムはロボットのボディから片手を放し、急いでミカエラをつかまえようとした。しかし、つかめたのはハンドバッグの把手だけだった。

「離さないで！」

ミカエラは反対側の把手につかまってぶらさがっている。はるか下は道路のアスファルトだ。サムの食いしばった歯のあいだから声が漏れる。

「も……もう……手が……！」

高架橋の下を二機目のヘリが通った。ローターがつくりだす下降気流は、革製の把手の限界を超え、プツンと切れてしまった。

サムはミカエラに手を伸ばそうとして、反対の手もロボットから放してしまった。二人はいっしょに悲鳴をあげて落ちていった。コンボイもつかまえようとしたが、落下速度を弱める役にしか立たない。

サムのポケットから眼鏡ケースが飛び出し、あわててつまえようとしたが失敗した。路面に叩きつけられるのを覚悟して、目をつぶった。衝撃がきて、身を縮める。しかし、もう一度目を開くことができた。予想したような痛みではなかった。

それは、落ちた場所が高架橋下の硬い路面ではなく、バンブルの手のひらだったからだ。ロボットはそっとやさしく二人を道路脇に降ろした。

突然、上空を旋回していたヘリの一機がスチールメッシュの網を発射した。網はバンブルの右腕にからみつく。もう一機のヘリも網を発射して、バンブルの両脚をからめとった。

二機の協力で、バンブルは北へと路上を引きずられはじめた。

サムは身の危険も忘れ、つかまったロボットを追って走りはじめた。

「やめろ！　ひどいことするな！」

「サム、だめ――」

ミカエラもサムのあとを追おうとした。しかし、背後から伸びてきた手に口をふさがれた。べつの屈強なエージェントがサムにも追いつき、つかまえて、待っているバンのほうへ引きずりはじめた。サムの両親は息子の歯列矯正にずいぶんな時間とお金をかけていたが、サムはその成果をフルに発揮して、エージェントの手に噛みついた。エージェントは悪態をつき、手を放した。

他のエージェントたちは付近を捜索し、サムとミカエラが橋から落ちてくるときにばらまいてしまったものを拾い集めていた。ミカエラの壊れたハンドバッグとその中身は、べつのバンの後部に放りこまれた。

道の少し先まで引きずられたバンブルは、少年と少女に起きていることに気づいて、からみつく網から逃れようとはげしく抵抗しはじめた。

しかしそのまわりを、新たに到着したヘリがかこみはじめた。機内から迷彩服の特殊部隊が姿をのぞかせる。彼らが装備しているのは銃でも爆発物でもない。背中にかついでいるのは、カーボンファイバーを混入させた超低温の液体プラスチックと、それに高圧をかけて保持している容器だ。

ロボットの手が届かない距離にホバリングしたヘリから、抵抗するロボットの全身にその液体が吹きつけられた。バンブルは急速に硬化するプラスチックに動きの自由を奪われ、一歩、二歩と進んだところでうつぶせに転倒した。たちまちその背中を硬化物質が殻のようにおおい、全身を包んでいく。

サムはその現場にむかって走りながら怒鳴った。

「やめろ！　彼はなにも悪いことをしないんだ！」

そのころ、他のロボットたちは橋桁に到着しはじめていた。マイスターは橋の上から半身を乗り出した恰好で、コンボイのほうに言った。

「救けに行きましょう！」

しかしコンボイの声は低く、あきらめの響きがあった。

「この状況で戦えば、人間たちを傷つけてしまう！」

特殊部隊の隊員たちはヘリから降り立ち、動きを封じられたバンブルにさらに液体プラスチックを吹きかけていった。サムは駆けよると、兵士の一人を蹴飛ばし、相手の手から噴霧ノズルを奪ってその脚にかけてやった。膝から下を超低温のプラスチックで固められた兵士は、叫び声をあげた。

すぐにエージェントたちがサムに跳びかかり、危険な装置を手から奪った。さすがに今度は乱暴なあつかいを受けた。新たなバンの後部座席に、ミカエラと折り重なるように放りこまれた。

走り出す車内で、サムはなんとか起き上がって後ろの窓を見た。ちょうど二機のヘリがバンブルを網で吊り上げ、北へ運びはじめるところだった。サムは拳で窓を叩き、わめいた。しかし厳重に防音された内装のせいで、声は外に届かない。

最後のヘリが去り、特殊部隊も撤収した。黒いバンも消えた。橋の下に静寂がもどった。どこかでコオロギが鳴きかわしはじめた。動くものはなにもない。

コンボイは橋から跳び降り、下の路面にズシンと着地した。路面と近くの草むらに飛び散った特殊な液体プラスチックは、空気との接触でその先端をさらに硬化させている。他にも残されたものがあった。人間のエージェントたちが見逃したものだ。

コンボイはしゃがみ、路面に落ちていた小さな、ほとんど無価値に思えるものを拾い上げた。眼鏡ケースだ。ロボットは巨大な鋼鉄の指で器用にそれを開けた。目から照射された光のなかで、みすぼらしい古びた眼鏡が光る。

コンボイはそのまま立ち上がり、まず南を、続いて北を見た。

眼鏡は手にはいった。しかし探し物はもうひとつある。

11

現代音響技術の粋を凝らした防音設計の会議室は、政府最高レベルの協議の場として供されている。ここからの情報漏洩はありえない。盗聴器の電磁波は遮断され、壁マイクへの対策も完璧。音も振動も外へは伝わらない。この部屋でなら大統領は安心して他国の首相と、あるいは政治的に利用できる独裁者と、会話できる。

現在この会議室を利用しているのは、そこまで高位の人物ではなかった。トム・バナチェクと名乗る落ち着きはらった謎の人物と、アメリカ合衆国国防長官ジョン・ケラーである。

バナチェクはケラーにむかって話しながら、ブリーフケースと手首をつないだ手錠をはずした。ブリーフケースの中身はまだ開示されていない。

「あらかじめ申し上げておきますが、これからお話しすることには、すぐに納得できないところが多々あるはずです。自明の部分もあれば、説明を要する部分もあります。

〈セクター7〉は、連邦政府の特殊機関で、フーバー大統領の政権下で秘密裏に設立されました。わたしたちの管轄範囲と任務は……他の政府機関の管轄範囲と任務とはまったく異なります。大きくはずれていると言っていいでしょう。まずはじめに、フーバー大統領はもともと技術者であったことを思い出してください。そのおかげで彼は、他の大統領には難解すぎる機密事項であっても議論する能力があったのです」

そこでうっすらと笑みを浮かべ、

「単刀直入に申しましょう、長官。エイリアンは実在します」

ケラーはなにか言おうとして、やめた。バナチェクの言うとおりだ。すぐには納得できないところがある。しかしよけいな口をきかなくても、湧き上がった疑問の多くには、やがて答えが提示されるだろうという気がした。

バナチェクはブリーフケースから頑丈な防護タイプのラップトップPCを取り出した。国防長官がじっと見つめるまえで、バナチェクはそれを起動した。プログラムが立ち上がっていくたびにセキュリティ関連のロゴが次々と表示される。〈セクター7〉のエージェントは説明した。

「自立動作するのでまだ機能します」

適切なインジケータが点灯したのを見て、バナチェクはキーを叩きはじめた。

「ご記憶でしょうが、数年前、欧州宇宙機関（ESA）の火星着陸機ビーグル2が、着陸プロセス中に喪失（ロスト）する事件がありました。わたしたち〈セクター7〉は、ESAから入手した情報を分析したのちに、ミッションはロスト、完全な失敗に終わったと公表することを推奨したのです」

バナチェクの指がラップトップのキーの上で軽く踊る。会議室の壁のスクリーンに光がはいり、画素の粗いビデオが映し出された。不明瞭なところや欠落もあるが、なにが映っているかはわかる。バナチェクは続けた。

「しかし、実際にはロストではありませんでした。ビーグル2の着陸は成功でした。搭載機器は予定どおりに動作し、プログラムに従ってすみやかに地球への送信がはじまりました。すべて完璧でした。十三秒間は」

キーを叩く。大きなスクリーンに、赤い砂の大地からおなじく赤い岩がいくつも突き出した風景が映し出される。その風景が突然、動く影によって暗くなった。さらに画像が急に横に振られた。まるでカメラがそのマウント部ごと横方向の大きな力を受けたかのようだ。そして一瞬だけ、なにか巨大なものが映った。角ばった輪郭で、金属的な質感のものだ。そのあとビデオはノイズだけになった。

バナチェクは国防長官のほうをむいた。

「ビーグル2は、通信途絶の直前に、火星の岩の風景以外のものを送ってきました。最後のところにお気づきになりましたか？」

まだ驚愕しているケラーは、ゆっくりとうなずき、低い声で答えた。

「忘れようがない」

「そうです。わたしたちの分析官（アナリスト）もおなじ反応でした。ではここで、カタールの基地が攻撃されたときに特殊部隊が撮影した画像をごらんください」

いくつかのキーを叩く。ノイズだけになったビーグル2のカメラ画像が、赤外線映像に切り換わった。さらにキー操作すると、輪郭がはっきりして動きも静止し、詳しく観察できるようになった。

ケラーはなにも言わなかった。呆然と見つめるしかない。

バナチェクは説明した。

「これは、ビーグル2の送信途絶直前の画像に映っていたのとおなじ、外骨格形態のものだとわたしたちは考えています。まったくおなじものという可能性すらあります。情報が少なすぎて確認はできませんが。はっきりしていることはひとつだけ。これはロシアのものでも北朝鮮のものでもありません」

エージェントはスクリーンの光を消してラップトップを閉じた。国防長官は深呼吸した。

「これは、つまり……侵略という問題なのか？」

バナチェクの口調は重くなった。

「長官、これがどういう問題かは……まだはっきりしていません。コンタクトの試みがなく、敵対行動を受けたことはたしかです。これが侵略であるとしたら、いまのところはきわめて局地的です。次の展開はわかりません。楽観的な材料があるとすれば――」

「楽観的な材料があるのか？」ケラーは口をはさんだ。

バナチェクは小さな笑みを浮かべた。

「おなじ特殊部隊から短い報告を受けています。彼らは、敵の正体がわからなくても反撃するように訓練されています。報告によれば、相手は無敵ではないとのことです。わたしたちの手持ちの兵器で損害をあたえることができる。それがわかりました。ウィルス、あるいは神経侵略とでも呼ぶべき攻撃がこちらの通信システムを狙った理由も、これで推測できます。次なる攻撃への統一的な対策をわたしたちがとれないようにするためです。敵が次になにを計画しているのかはわかりません。しかし内容はわからなくても、その時期がもうまもなくであることに、わたしのささやかな俸給を賭けてもかまわないつもりです」

バナチェクは、頑丈一点張りで無機質なブリーフケースにラップトップをもどした。

「通常は逆であることは承知していますが、今回にかぎっては大統領の許可をいただいています。国防総省はわたしたちのアシストにまわっていただきます」

ケラーはうなずいた。そして側近呼び出し用のボタンを押した。外に控えていた女性がすぐにはいってきた。ケラーは彼女に命じた。

「わが軍の全艦隊司令官に、州軍用システムを使って命令を伝えろ。命令が中継されるまで時間がかかるが、州軍は現状でも機能する短波無線機を使っている。命令内容は次のとおりだ。全艦隊は反転してすみやかに帰港せよ。真の敵は、現在むきあっている敵ではない。交戦や、いっさいの敵対行動を禁じる。以上、確実に伝えろ」

「了解しました」

側近はまわれ右をして急いで出ていった。

バナチェクもブリーフケースを閉じた。それを左手首とつなぐ手錠の金属的な音が、静まりかえった部屋に大きく響いた。

マギー・マドセンとグレン・ホイットマンがいれられた部屋も、やはり防音仕様だった。とはいえ、バナチェクと名乗る〈セクター7〉のエージェントが国防長官を相手に地球の危機を説いた部屋ほど、徹底した仕様ではなかった。衛生上の理由から、並んだ家具も質素このうえない。

エージェントの集団がはいってくると、二人は立ち上がった。エージェントたちのあとに続いてきたのは、ジョン・ケラー国防長官だ。

グレンはすぐに、両手を背中にまわしたまましゃべりだした。

「ああ、お願いです。刑務所送りだけは勘弁してください。おばあちゃんに電話させてください、お願いします」

マギーはそんなグレンにジロリときつい視線を送ると、エージェントたちにむかって言った。

「なぜあたしたちはここにとじこめられてるんですか？　なにが起きてるんですか？　弁護士を呼ばせてください！」

エージェントが無言で二人の手錠をはずした。そのあと、ケラーが近づいた。

「弁護士を呼ばせるつもりはないし、必要もない」

マギーは国防長官をにらんだ。

「いいえ必要です。なぜなら、あなたと、国防総省と、連邦政府を告訴しますから」

「きみには裁判を起こしている暇はない。なぜなら、きみはいまからわたしの顧問になる。そして、これから起きる問題に対処できなければ、きみが告訴するという連邦政府そのものが消えてなくなる」

マギーは二の句が継げなかった。

ケラーはグレンを親指でしめして、

「だれかね？」

マギーはグレンのほうを見もせずに答えた。

「あたしの顧問です」

ケラーはそんな説明に納得はしなかったが、なにも言わないことにした。

「いいだろう。連れてきたまえ」

きびすを返し、ケラーは部屋から出ていった。マギーとグレンもあとに続いた。グレンは涙目をぬぐっている。まわりの職員たちはあいかわらず無言だった。

トランキリティを見下ろす山の森は静まりかえっていた。食べ物やつがいの相手を求める数羽の鳥の鳴き声。二頭のオジロジカが樹間をそっと歩いていく。ふいになにかの動きを察知して二頭は驚き、近くの藪の奥へ逃げこんだ。

オジロジカを意図せず驚かせてしまったコンボイは、人間用の古びた眼鏡を顔のまえに掲げもっていた。その目から、光の波長を整えた二本の細いビームが出て、特定の角度で眼鏡のレンズに当たっている。光と、レンズと、そのレンズ面に刻まれたものの組み合わせによって、眼鏡の少し先に三次元の球体が浮かび上がっていた。彼らが現在いる惑星だ。ゆっくりと回転する立体地図は驚くほど詳細だ。そしてその意味するところも明白だった。北半球の大陸のひとつに一個の光る点がある。

コンボイは光をわずかに変化させた。すると球体は拡大され、まわりをすべて陸地にかこまれた不定形の水面があらわれた。

巨大な機械生物から一秒以下の短い電子ノイズが発された。

「この星の尺度であらわすと、われわれの現在位置から約四百キロの地点に〈キューブ〉はある。この程度の距離なら簡単に、ひそかに移動できる」

それに対して、マイスターがナノ秒単位で言った。中国の象形文字の一文字を音声にしたようなものだ。

「バンブルがつかまってるんですよ」

「バンブルは勇敢な戦士であり、この戦争のリスクはよく理解している」

コンボイは重々しく答えた。そしてその音波は通常の英語に変わった。

「練習のためと、慣用表現に慣れるために、今後はなるべくこの新しいわが家の言語を使うようにしたい」

「新しいわが家？」

ラチェットは言語についての指示に従いながらも、けげんそうに訊いた。

コンボイはその部下のほうをむいた。

「わたしは充分な時間をかけて、さまざまな行動と、それがもたらすあらゆる可能性を検討した。その上で次のように決断した。かりに〈キューブ〉を持ってセイバートロン星に帰還しても、戦争は続く。最終的に勝利するにせよ、それまで最低でも数千年かかる。われわれはこれまですでに長く戦ってきた。戦い以外は憶えていないほどだ」

大きな腕を振ってまわりをしめす。

「戦いに永遠に明け暮れるのではない生き方、存在のチャンスが、ここにある。この惑星に。狂気はここで終わるのだ」

「どのようにして？」

マイスターは当然ながら疑問に思った。

コンボイは、状況を考え抜いた末に出した結論をあきらかにした。

「〈キューブ〉を手にいれたら、それをわたしのスパークと一体化する」

ラチェットが驚愕した。

「そんなことをしたら、エネルギーの強烈な復活現象によって、あなたも〈キューブ〉も壊れてしまいます！」

総司令官は強い口調で宣言した。

「人類をわれわれの戦争に巻きこむことだけは避けたい。それはサイバトロンのやり方ではない。われわれがなんのために長期間戦ってきたかといえば、まさにそのためだといってもいい。それは短期的な目標となりえる。生命を守るために戦う。たとえわれわれとどれほど異なっていても」わずかにまをおいて、「それは命を賭けるに値する信念だ」

部下たちは一台ずつ集まってきた。すでに変形し、この星の機械の姿になっている。人類のあいだに身を隠すのに好都合な姿だ。コンボイはそんな部下たちを見まわした。機械ではあるが、どこから見ても地球のもの。このようなロボットを地球の言葉でどのように呼称すればいいだろうか。なるべく現地の言語と慣用表現を使えと指示したのは自分だ。そこで、おそるおそる次のように命じた。

「オートボット……出発！」

早朝である。これから大地を焦がしていくはずの太陽は、干からびた茶色の岩がつらなる砂漠の地平線から顔をのぞかせたばかり。

その曙光を浴びて、三機の大型軍用ヘリが、乾燥した大地の上を低く高速に飛んでいた。どれも運んでいるのは人間である。彼らはそれぞれ、ここ数日間のめまぐるしい出来事を経験していた。

編隊のまんなかを飛ぶヘリの貨物室。左側のベンチには、サム・ウィトウィキーとミカマン。

エラ・ベインズがすわっている。右側のベンチにはマギー・マドセンとグレン・ホイット

全員が高性能な無線式ヘッドセットをかぶらされていたが、それを通じてなにかの説明がされることはなかった。ヘリに乗せられて以来、不安で居心地の悪い視線をかわすばかり。マギーは携帯用のミラーで化粧を直している。つまり、沈黙を破るのはサムの仕事らしい。そこで、いつものように落ち着きはらって声をかけた。

「あのう……あまり快適じゃないですね」

マギーはミラーを下げ、むかいの席にすわった若い客を見た。十代の少年と見ても、偉そうな態度はとらない。自分もその年齢だったころをよく憶えているからだ。

「あなたはなぜ乗せられたの？」

サムは、すこしでも理解してもらえそうな返事を考えた。ずいぶん昔の話の気がする。

「短くまとめると、クルマを買いました。そうしたらそれが巨大ロボットに変身したんです」

目の前の美人が青ざめるのではないかという予想は、はずれた。まるで微積分の最終試験でカンニングをしたせいだと、サムが理由を説明したかのようだ。

今度はミカエラが興味を持ったようすで、むかいの席の女に尋ねた。

「あなたはなぜ？」

マギーは肩をすくめた。

「あることがバレたの。たぶん、いくつもやったうちのひとつが。エアフォースワンへのハッキングとか」

「へえ」

サムの反応はそれだけだった。むかいの女とおなじく、ちょっとやそっとのことでは驚かなくなっている。

隣で暗い顔のグレンが言った。

「やれやれ、ぼくなんかテレビを見てただけだぞ。CNNを。それなのに」

サムは手をさしのべ、握手を求めた。

「サム・ウィトウィキーです」

マギーがたちまち反応した。

「ウィトウィキー？　もしかして、アーチボルドって名前の昔の船長の血縁者？」

サムはうなずいた。

「ええ。アーチボルドはぼくの曾々祖父で……偉大な人でした」

やや高くなった強い日差しが、フーバー・ダムの背後に広がるミード湖の湖面を金色に染めた。サムとミカエラとマギーは窓に顔をよせ、外をのぞいた。グレンだけは陰鬱なもの思いから浮上してこなかった。

三機のヘリは高度を下げ、着陸した。

先頭のヘリからは、二人のエージェントと七人の兵士が降りてきた。レノックスはステップを下りながら周囲を見て、首を振りながら、かたわらのエプスに言った。

「最近の兵隊の行き先は砂漠しかないみたいだな」

二機目からは、サム、ミカエラ、マギー、そして陰気なグレンが降りた。三機目から出てきたのは、国防長官ケラー、〈セクター7〉のバナチェク、エージェントのシモンズだった。シモンズは普段よりさらにやつれた表情だった。

レノックスはあらかじめ指示を受けていたとおり、気をつけの姿勢で国防長官を迎えた。二人は握手をかわした。

「きみの敵情報を受けとった、大尉。すばらしい仕事だな。とくに赤外線画像は」

レノックスは部下のほうに顔をむけ、

「あれはエプス二等軍曹の手柄です、長官」

それから目を細めてレノックスは砂漠の空を見上げた。不安になるほどカタールの空に似ている。

「攻撃ヘリのほうはどうなっていますか？」

「徹甲弾に装備変更しているところだ、大尉。しかし、軍の通信機能が回復しない現状では、全軍に徹底するのは難しい。かといって民間機関を巻きこむのは避けたい」

それからケラーは、隣に立つ女をしめした。女はまるでエネルギーのはけ口を求めているように、苛立たしそうに体重をかける足を右から左へ、また右へと変えている。

「こちらはマギー・マドセン。分析官（アナリスト）の一人だ。むこうは彼女の助手のグレン・ホイットマン」

それを聞いたグレンはようやく陰気の海から浮上し、

「え……え……助手、でしたっけ？」

つぶやいたものの、だれも相手にせず足ばやにアールデコ調のエントランスに歩いていく。

ミカエラは少しだけ立ちどまって、ダムのむこうの広大な湖面を眺めた。そのとき、あるものがハンドバッグから跳び降りた。いつのまにかもどっていたのだ。それはすぐにコンクリートと低い植えこみのあいだに隠れた。

とりあえず姿を隠し、昆虫形になったそれは、太めのネズミまでしか通れそうにない狭い隙間に潜りこんでいった。やがて標識の下に立ちどまる。活動再開したフレンジーはそれを見上げた。

〈セクター7〉関係者以外立入禁止！
銃器使用の場合あり

スマートフォンからトランスフォームした機械は、かん高い音波を発した。時間にして一秒以下だが、それでも厳重に暗号化されたコードを破るには充分だった。そして付近の原始的なセンサーにひっかかるほど長くはない。

〝〈セクター7〉発見。この信号を目印に。わたしの体も必要〟

近くの空軍基地で、戦闘機F‐22ラプターのエンジンにふいに火がはいった。同型機の列から動き出し、中央滑走路へむかう。基地の管制塔は大混乱におちいった。管制官のだれも発進許可や離陸許可を出していない。さらに彼らは仰天する光景を見た。F‐22のコクピットにパイロットの姿はなかったのだ。

軍の車両置き場の隅で、大型の地雷除去車両がエンジンのうなりをあげた。六輪車で分厚い装甲を持ち、前部には地雷掘り出し用の巨大な鉄の爪をそなえている。だれも気づく者はないまま、車両は強引にフェンスを踏み倒し、近くのハイウェイへと向かって走りはじめた。

トランキリティからさほど離れていない都市の上空で、一機の軍用ヘリが急にバンクして北へむかいはじめた。そのヘリの制式名はMH‐53。あのMH‐53である。レノックスとエプスが見ればすぐに気づくだろう。カタールにあらわれたのとおなじヘリだと。

自動車解体場では二人の作業員が、潰れたパトカーの上から建物取り壊し用の鉄球を除去しようと悪戦苦闘していた。その光景はふくみ笑いや、とくに粗野なジョークの的になった。しかしそれらの声が、突然悲鳴に変わった。鉄球が取りのぞかれたパトカーが、いきなり二本足の恐ろしい姿に変形（トランスフォーム）したのだ。作業員たちは恐怖にわれを忘れて解体場から逃げ出した。バリケードは、隣にころがっている歪んだ金属のボディを拾い上げた。人間が全員去ってしまうと、頑丈で分厚い鋼板製の体を持つロボットは、ふたたびパトカーの姿にもどった。そしてヘッドライトもサイレンも消して、静かに解体場から出ていった。

フーバー・ダムの基部。車輪付きのプラットホームが、重武装した〈セクター7〉のエージェントたちに周囲をかこまれて、作業用トンネルへと移動していた。プラットホームの上にきつく縛りつけられているのは、黄色と黒の人型機械である。拘束に対して弱々しく抵抗している。ロボットを積んだ可動プラットホームは、巨大な弧を描くダムの下に消えていった。

そのダムの上では、サムとミカエラが、シモンズとその部下たちにかこまれて歩いていた。そこに長身のエージェントが加わった。輝く金属製のブリーフケースを手錠で左手首に固定している。バナチェクは少年と少女に目をやったが、なにも言わなかった。

「ちょっと、押さないでよ!」

ミカエラがエージェントの一人をにらんだ。さっきから早く歩けといわんばかりに何度も背中を押されているのだ。

サムもおなじように苛々していた。この事態が気にいらないし、案内されている場所も気にいらない。

「さわるなよ！　ぼくのクルマを返せよ」

　すると、シモンズが低い声で笑った。

「坊主、あのときは悪かったな。仲直りしようじゃないか。なにか食わせてやるぞ。ラテがいいか？　アイスキャンデーがいいか？　最近のガキの好みがわからん」

　サムはむっとした顔のままにらんだ。

「ぼくのクルマを返せ」

　それに対しては、バナチェクが答えた。

「よく聞いてくれ。じつはこの数週間、とても悪い事件が起きている。人が何人も死んだ。これからも犠牲者が出るだろう。もっとひどいことが起きるかもしれない。わたしたちはきみの知っていることをすべて知らなくてはならない。そして協力して、悪い事件の発生を止めなくてはならない」

　サムはすこし冷静になった。しかし、まだほんの少しだ。

「彼を——ぼくのクルマを傷つけないと、先にそっちが約束してください。約束しなければ話さない」

　バナチェクは、わかったというようにうなずいた。

「いいだろう。無害なスキャン検査をするだけだ。どこも傷つけないし、解剖……のようなこともしない。これでいいか？」

　サムはまだためらいながらうなずいた。

「条件はもうひとつ」ミカエラをしめして、「彼女のお父さんを釈放すること」シモンズを見て、ニヤリと思い出し笑い。「永久に、釈放だからね」

エージェントは無表情をよそおっていた。一方でミカエラは表情豊かだった。感謝の気持ちにあふれている。

二人で見つめあっていると、そこへ兵士の集団がぞろぞろと加わってきた。きびしい顔つきで、真っ黒に日焼けしている。サムはぼんやり思った。兵士たちが完全に追いついてグループといっしょになったところで、バナチェクが声を張り上げた。

「ではみなさん、わたしについてきてください。わずかな時間も無駄にしたくない」

大恐慌時代についての退屈な授業で、政府の建設プロジェクトをしめす古い白黒写真を見せられていたサムは、ダムの基部のだだっ広い部屋に巨大なタービンが並ぶ光景に見覚えがあった。現物を見ることになるとは思いもしなかった。

うなる発電機の脇をバナチェクが案内していくあいだ、シモンズは機密情報の一部を話しはじめた。

「わたしたちが確認できた範囲での現状認識は、次のようなものです。人類は、人類よりはるかに進んだ高度な技術文明を相手に、戦争の危機に直面している」

サムを見てうなずき、さらにミカエラにもうなずいた。

「あなたがたがここに集められたのは、なんらかの形でＮＢＥと直接コンタクトした人間だからです」

バナチェクが説明を引き取る。

「このことからみなさんは、好むと好まざるとにかかわらず、〝訪問者〟について世界最高レベルの専門家とみなされます。この状況で年齢は関係ない。重要なのは個々人の経験であり、それが国家と世界の安全に深くかかわってきます」

エプスが首をひねりながら訊いた。

「ＮＢＥというのは？」

シモンズが答える。

「非生物的地球外生命体（ノン・バイオロジカル・イクストラテレストリアル）の略だ。今後こういう難しい略称が頻繁に出てくると思うが、がまんしてほしい」

エプスは挑戦的に言い返した。

「へえ。コールサインのＣＱとか、ベクトル・デルタとか、ナイナー・アルファとか、そんなのすか？」

「まあな」シモンズは墓穴を掘ったことを認めた。

「人間の言葉では〝トランスフォーマー〟と呼んでいいらしいよ」

サムが助言すると、バナチェクがさっと少年をほうを見た。

「彼らがそう言ったのかね？」

サムはすこし得意になった。

「ええ、彼らとはいろいろ話してますよ。親しいですから」

前方の巨大なドアが開きはじめた。旅客機の格納庫なら驚かないが、ここは地下約百メートルの場所なのだ。

バナチェクは、なかば遅きに失した注意喚起の言葉を並べはじめた。

「これからみなさんには、ごく一部の関係者しか存在を知らず、実際に見た者はさらに少ないというものをご覧にいれます。冷静さを失わないように」

重々しい音をたててドアが横に開いていく。開口が充分に広がると、バナチェクは一行をそのむこうに案内した。

巨大な地下サイロだ。鉄骨の架橋構造や梁状構造物がいくつもならび、それらには液体窒素を通すパイプが固定されている。その下には青みがかった氷があり、なかでなにかが凍らされていた。巨大で、不気味で、二本足。これもロボットらしい。

コンボイに匹敵するほど大きいと、ミカエラは驚嘆しながら思った。サイロ内へ案内されていくあいだも、その眺めから目を離すことができない。サムもおなじだった。

マギーとグレンにとってもはじめて見る光景だ。グレンは目を丸くし、残り三つになったフルーティペブルズを指のあいだでしきりにいじっている。マギーも瞠目し、「びっくり」とつぶやいて機械の巨人を見つめている。

国防長官さえも仰天した顔だった。

「これは驚いた」

ケラーはつぶやいて、金属の怪物をしげしげと見た。

バナチェクといっしょにグループを先導していくシモンズの声は、政府最高レベルしか知らない情報に通じているという、プライドにあふれていた。

「わたしたちが最初に発見したのがこれです」

あとの解説はバナチェクが引き受けた。

「これは、わたしたちの地球に接近したときに、北極上空で高度を下げすぎたのではないかと思われます。当時オーロラの活動が特別に活発だったか、重力場の計算にミスがあったのか、突然の太陽フレアで航法機器が狂ったのか……。原因は不明ですが、発見された位置と緯度からみて、正常な着陸ではなかったと推測されます。北極海の氷に激突し、深刻な機能障害におちいったまま、複雑に押し合う氷の圧力によって閉じこめられ、氷漬けにされた……」

サムのほうを見て、

「きみの曾々おじいさんの船と似た運命をたどったようだ」

「わたしたちはこれをNBE1と呼んでいます」シモンズはエプスのほうに目をやった。

「略称でね」

「はいはいわかりました」二等軍曹はうんざりしたようすで応じた。

サムは、氷漬けの巨大な姿に目を釘づけにされたまま、前に進み出た。それを顔でしめしながら話す。

「あれは、あれだけではないはずです。あれの名前は――メガトロンです。デストロンと呼ばれる連中の指導者です」

「ありていにいえば、悪の代表です」ミカエラも説明した。

レノックスはなるほどという顔で彼女を見た。

「いかにもそれらしい名前だな」

そうやって人間たちが会話しているころ、小さな昆虫形の機械が広大な部屋の隅のほうでコソコソと動いていた。作業員が近づいてくると、背景にとけこんでやりすごす。そばを通る人間は気づかない。当然だろう。細いデストロンの身体は、周囲の機械と見分けがつかないほど正確な擬態をできるのだ。

唇を引き結んだケラー長官が、バナチェクをにらんだ。

「フーバー・ダムの底に敵性エイリアンのロボットが氷漬けで眠っていて、それを政府が秘密にしているという事実を、国防長官たるわたしが知らないとはいったいどういうことだ？」

バナチェクはていねいに謝った。

「もうしわけないと思いますが、これが昔からのやり方なのです。大統領のご判断です。ルーズベルト大統領は、当時副大統領のトルーマンに原子爆弾の存在を教えませんでしたし、この存在についても伝えようとしませんでした。アイゼンハワー大統領は軍人出身ということからこの事実を教えられ、同時に秘密を守ることの重要性も理解していました。他の大統領たちもそれらの前例にならい、一般大衆のパニックを防ぐことを至上命題としてきたのです。わたしたちとしても、いままでこれの仲間がいると考える理由はありませんでした。ましてその仲間があらわれ、国家の安全保障に重大な危機をもたらすとは、思ってもみませんでした」

レノックスが声をあげた。

「そこが疑問なんです。なぜ〝ここ〟なのか？　なぜ地球に来たのか」

「〈エネルゴン・キューブ〉さ」

よそを見ていた者も、他のことを考えていた者も、その一言でいっせいにサムに注目した。注目の的になることにあこがれていたサムだが、いま、この場所でというのはあまり望んでいなかった。それでも氷漬けの巨大な身体を指さして話した。

「ぼくが聞かされた話では、このNBEのナンバー・ワン氏、通称メガトロンは、宇宙の死の伝道者みたいな存在です。〈キューブ〉を手にいれて、あらゆる機械に生命をあたえ、全宇宙を一個のテクノロジー指向で統一された世界につくりかえようともくろんでいる。その手始めが地球なんですよ」

サムは少々アブナい光を目に宿らせて、ゆっくりとみんなを見まわした。それから、

「コークを一杯もらえるかな」

バナチェクとシモンズがチラリと目を見かわした。

サムは熟練の心理学者ではないが、その視線に隠された意味は容易にわかる。真相に気づいたサムは、目を丸くした。

「〈キューブ〉のありかを知ってるんだね！」

12

メガトロンが冷凍保存されている地下サイロほど広くはないが、それでも〈エネルゴン・キューブ〉が保管されている部屋は、おなじくらい大規模だった。

〈キューブ〉は、明るく照明された部屋の中央に吊られている。まわりには無数のチューブやケーブルが這いまわり、異星の物体を固定し、監視している。

訪問者も技術者も、観測デッキから〈キューブ〉を見るようになっていた。デッキは二枚重ねの分厚い透明なポリカーボネート・パネルでかこまれている。

デッキにはいった人々が〈キューブ〉をよく見ようとパネルのほうへ近づいていくと、バナチェクは、これまでにわかったことについて一部を話しはじめた。

「〈キューブ〉の周囲と、おなじ氷の層から採取された有機物サンプルを放射性炭素年代測定にかけたところ、これが地球に到着したのは紀元前約一万年と出ました。人類が最初に発見したのは一九一三年です。〈キューブ〉自体の年齢はわかっていません。数年前に高出力の工業用レーザーを使って、外側表面のごくわずかな金属サンプルを採取しました。しかし——」

バナチェクは首を振った。

「——年代測定の基準にできる物質はなにもみつかりませんでした。放射性物質など皆無です。カリウム40もなし、ウラン元素もなし。トリウム232の痕跡をみつけたと思ったこともありましたが、あとでまちがいだったと判明しました。年代測定に使える同位体という点では、入手した金属サンプルはいまも研究員を悩ませつづけています。

保管場所は、もともとはユタ州の深い岩塩坑のなかでしたが、フーバー大統領がダムを建設し、その地下に移したのです」

頭上を指さし、

「フットボール競技場が百面はいる広さの、分厚いコンクリート。これなら漏出するエネルギーを完璧に遮断し、外部から発見されないようにできます」

「いや、完璧じゃないね」

サムは自信を持って反論した。

「〈キューブ〉は千年ごとに彼らに呼びかけると、コンボイは言っていた。だから彼らはここに来たんだ。もうエイリアンとのコンタクトに必要な条件は全部そろってるんじゃないですか？」

マギーが〈キューブ〉に奪われた視線を無理やり剝がすようにして、バナチェクのほうを見た。

「ちょっと待って。さっきの話のところ。〈キューブ〉から漏出するエネルギーをダムが隠しているると言ったわね。具体的にどんな種類のエネルギーなの？」

バナチェクは落ち着いて答えた。

「知りたければ、分厚いファイルをお渡ししますよ。言葉より方程式のほうが多いファイルを。まあ、これから具体的にお見せします」

次にはいった部屋には分厚い鋼鉄の扉があった。それを開けると、一九三〇年代につくられたと思われる実験室があらわれた。装置や設備の技術は最先端のものが使われているが、一部の装置ははずされ、部屋の反対側で保管されている。だいぶ昔におこなわれた実験で使用されたものらしかった。

中央の高い台座に上には透明な箱状のものがおかれ、電気系やその他のケーブルが四方八方に伸びている。というよりも、透明な箱にむかってケーブルが集まっているのだろう。そろいの服を着た二人の技術者が訪問者たちを迎えた。装置の準備や表示のチェックに忙しく、ほとんど無言だ。

バナチェクが一行に声をかけた。

「みなさん、こちら側にはいってください。扉を閉鎖して、外部と隔離する必要があるのです」

レノックスは不機嫌そうな顔になった。

「隔離するのはどんな理由があるんだ」

金庫室を思わせる分厚い扉が、背後で低い音をたてて閉まった。さらにガチャン、ガチャンと金属音が続く。太いかんぬきが挿しこまれたのだ。

シモンズは、訪問者たちとちがって楽しそうに、

「少々危険な実験をしているんでね。なにが起きるかわからない。今日はみなさんにとって、悪夢の日になるかも」

陰惨な笑みを浮かべる。

エプスは、反対の壁に刻まれた太い二本の並行する傷跡をしめした。

「ここになにを飼ってるんすか？　フレディ・クルーガーとか？」

シモンズは掲示された一枚のボードをしめした。そこには、〝安全操業継続中、322日〟とある。それからまた壁の傷跡をさして、

「あの傷がつけられたのは、いまから三百二十三日前ということです」陰惨な笑みさえ消して、「あれは本当に悪夢の日だった」

そばで作業している技術者にうなずきかけた。

「チャーリーはいいやつだったのにな」

技術者はうなずき返した。

シモンズは全員に注意した。

「ポケットのなかに高性能の電子機器をいれていませんか？　携帯端末とか、防犯ブザーとか、USBメモリとか、携帯電話とか」

バナチェクは、グレンが携帯電話を手にしていたのを思い出したらしい。近づいてそれ

を没収し、理由を説明した。

「重要なデモ実験のために使わせてください」

グレンは、コンピュータの周辺機器のようにあちこち引きずり回されて機嫌が悪く、とうてい協力的な気分ではなかった。

「デモ実験なんか知るか。もしそれが無事にもどってこなかったら、メモリのなかの曲を全部弁償してもらうぞ。リストだってあるんだからな！」

グレンの勢いが鈍ったのは、技術者から頑丈な工業用安全ゴーグルを手渡されたせいだった。

「おい、これはなんだ？」

技術者は無言のまま全員にゴーグルを配っていく。

シモンズは没収された電話を見て、わけ知り顔でつぶやいた。

「うーむ、携帯電話はかなり危険度が高い」

バナチェクは電話を技術者の一人に渡した。技術者は部屋の中央の箱を開け、なかにその携帯電話をいれて、細いワイヤを二本ほどとりつけた。それから身体を引っこめて箱を閉め、まるで凶暴な狼を閉じこめるような厳重さで各所をロックしていった。

「ゴーグルをかけてください」

バナチェクは一行に指示した。意地を張ってかけない者は一人もいなかった。

全員が適切な防護装備をすると、バナチェクはコンソールに歩み寄り、いくつか操作した。透明な箱にエネルギーが流れこんだ。隣の部屋の〈キューブ〉が発しているエネルギーのごく一部を導いたものだ。

サムとミカエラは身を乗り出した。携帯電話が震えているような気がしたのだ。やがてカタカタと音が鳴り、透明の箱のなかの台の上ではげしく震えているのがわかるようになった。突然電源がはいって、最大音量で音楽が鳴りはじめる。部屋中に聞こえるということは、この箱は防音仕様ではないようだ。

そして電話はトランスフォームしはじめた。

知性はない。〈キューブ〉のスパークに導かれるまま、めちゃくちゃに動き出す。腕や脚があらゆる方向に生える。吹きこまれたばかりの強力で無目的の生命力に支配され、機械の身体が震え、跳ね、のたうつ。透明な壁にはげしくぶつかり、逃げ出そうともがいている。

訪問者たちは本能的に跳び退がり、暴れまわる機械から距離をとった。頑丈なポリカーボネートの壁にぶつかって、バラバラと部品を落とすようすを見守りながら、マギーは、そのスピーカーから流れる音楽がスラッシュメタルなのはハマりすぎだなと思った。

シモンズが恐れるようすもなく箱に近づいた。

「小さいくせに暴れん坊だ。まるで悪魔に取り憑かれた子ウサギちゃんだな」

無数の足をはやした携帯電話は、人間の接近に気づいて、さらにはげしく透明な壁を攻撃しはじめた。柔らかな肉と鋭い金属をへだてるのは、その透明なポリカーボネートだけだ。

シモンズは無関心そうに箱をのぞきこんだ。ひとしきり観察すると、バナチェクを見てうなずいた。

「そろそろ殺しましょうか。逃げ出さないうちに」

バナチェクは、縦型の容器から小さな円筒形のものを抜き取り、透明な箱の側面の壁を貫通するまっすぐな管にいれた。そして暴れる携帯電話がその管の延長線上にくるまで辛抱強く待って、スイッチを押した。

箱のなかは一瞬、まばゆい閃光につつまれた。それが消えると、暴れていた機械が弾丸に切り裂かれているのがはっきりとわかった。電子音のようなかん高い悲鳴をたて、あおむけにパタンと倒れる。腹の中心に穴があき、フレームと部品が溶けかけている。穴は煙を上げながらみるみる広がっていった。

呆然とした沈黙に室内はつつまれていた。一人ずつゆっくりと安全ゴーグルをはずし、無言で回収役の技術者に返していく。

シモンズはニヤリとした。今回は満足そうだ。

「お見せしたのは、ようするに徹甲弾は効果があるという証明です。小型の徹甲弾でも」

手を伸ばし、レノックスの肩を賞賛をこめて叩いた。

「きみたちのおかげだ」

特殊部隊の大尉はエージェントからゆっくりと離れた。

「さわるな」

その口調に敵意はなく、ただそう述べているだけだ。しかしそこにこめられた意味はあきらかだ。

グレンは、鋼鉄のかんぬきで閉鎖されている金庫室のような扉のところへ走っていった。

「ええと、おばあちゃんにインシュリンに注射をしてあげないといけない時間なんだ。だから帰るよ。わかった？　ぼくの代わりはだれか探して。いいや、もし撃たれたってぼくは――」

そのとき、全員の足下で床が震えた。人が倒れるほどではない。しかし、地質的に安定しているはずの土地でこの揺れというのは、とても悪い予兆だ。

そのとき接近中なのは、F‐22ラプターや強襲ヘリMH‐53、さらに種々雑多ながら奇妙に目的に合致したいくつかの車両だった。それらがダムをめざしてきているのを目撃したら、サムもミカエラもかなりの恐怖に襲われただろう。

マギーはデストロンを見たことがなく、その能力も知らないが、それでも湧き上がる恐怖を抑えられなかった。隣の大きな部屋を見るのぞき窓に駆け寄り、宙吊りにされた〈キューブ〉を見た。その表面はエイリアンの文字らしいものでびっしりとおおわれている。その一部がわずかに光っているように見える。照明の加減でそう見えるだけ……ならいいのだが。

レノックスは上を見た。

「いまのは震盪手榴弾じゃないのか。テロリストかなにかかもしれないぞ」

ケラーは下唇を噛んだ。

「テロリストはこのダムに近づけない。厳重なセキュリティが敷かれている。テロではない。もっと大きななにかだ」

その〝なにか〟について国防長官は具体的に言わなかった。しかしその場の全員は、その〝なにか〟が意味するものを理解していた。

ケラーは、静かに脈動する輝きを放ちはじめた〈エネルゴン・キューブ〉の保持されている部屋のほうをむいた。

「このありかに気づかれたのか……」

コロラド川の渓谷上空。パイロットのいないF‐22は、低空飛行で竜のようにダムに迫っていた。発射されたミサイルが、地上の配電施設に命中。たちまちラスベガスの大部分の地区が停電して真っ暗になった。

地下の古い実験室では、照明が破裂し、機器がいっせいに異常をきたした。いったん闇に閉ざされたが、すぐに非常用電源に切り換わる。

レノックスは敵の正体がわからなかったが、次の攻撃まで手をこまぬいているつもりはなかった。テロリストだろうとデストロンだろうと、丸腰では戦えない。シモンズのほうをむいて訊いた。

「セキュリティ部門の兵器室はどこだ！」

そのころ、実験室よりもっと広く、それほど離れていない部屋で、専用冷却システムへの給電が停止していた。いったんは非常用バックアップ電源に切り替わり、技術者たちの混乱はおさまったが、そのバックアップ電源が突然切れると、完全なパニック状態におちいった。主要なデータを読み上げ、バイタルモニターを調べていく。

バックアップ電源の供給ルートのどこに障害が起きているかは、調べればわかる。問題は修復がまにあうかどうか。

しかし修復はまにあいそうもなかった。なぜなら、フレンジーという名の昆虫形ロボットによって、障害箇所は拡大中だからだ。見とがめられず、妨害も受けずに、フレンジーは複雑な配線設備のなかで暴れまわっていた。ケーブルをちぎり、マイクロチップを焼く。広大な部屋を一定温度に維持している複雑なシステムに対して、破壊のかぎりをつくしていた。

室内の温度が上昇しはじめた。

電源供給が途切れたために、巨大ロボットを部屋の中央に保持しているクランプやケーブルがはずれはじめた。一部の技術者は観測デッキから逃げ出し、エレベータへ走った。

レノックスたちは逃げる暇などなかった。セキュリティ部門の兵器室は近くにあった。ハイテク型の携帯ロケットランチャーを両手で持つと、少しは心強くなった。

レノックスとその部下たちは、バナチェクがかり集めた〈セクター7〉のエージェントとともに、届いたばかりの小径徹甲弾を武器に装填していった。作業を続けながら、他の武器も確認していく。

ケラーは思い出して話した。

「ネリス空軍基地が八十キロのところにある。十分で航空支援が来るはずだ」

マギーは携帯電話をつなごうとさまざまな手段を試みていたが、ことごとく失敗していた。

「もう、まだ落ちてるのかしら」

すると憔悴した顔のグレンが意味ありげな顔をして、ひとさし指を頭上にむけた。

「システムが落ちてなくても、こんなところに信号が届くわけないだろ。フットボール競技場百面分の分厚いコンクリートにおおわれてるんだから」

「下に中継アンテナくらいあるでしょ、普通……」

二人はまわりを無視して、外部との連絡をとる方法についての議論に没頭していた。

しかしサムは、いまなにをすべきかはっきりわかっていた。蹴飛ばさんばかりの勢いでシモンズに詰め寄り、エージェントを自分のほうにむかせようとしている。

「ぼくのクルマのところへ連れてってよ！　彼なら〈キューブ〉のあつかい方を知ってるはずだ！」

シモンズはようやく少年に顔をむけた。

「なにをバカなことを」出てきたばかりの実験室をしめし、「あのエネルギーをほんの少し小さな機械に浴びせただけで、なにが起きるか見ただろう。トランスフォーマーとかいう高度な機械を近づけたら、いったいどんなことになるか」

サムは年上の相手の視線を身じろぎもせず受けとめた。

「じゃあ、近づけなかったらいったいどうなるんだい！」

ふたたび振動が床を揺らした。

レノックスがシモンズのほうをむいた。

「あのエネルギーでなにが起きるかはおれも見た。いまここに近づいてる敵が、おれと部下たちがカタールで戦ったのと同類で、そいつらが〈キューブ〉のエネルギーを手にいれたら、おれたちは確実に死ぬ」

シモンズは両者をにらみ、大声で反論した。

「こいつは非行少年なんだぞ！　そんなやつの言うことを――」

すると、レノックスはシモンズの襟首をつかんで床から持ち上げ、壁に勢いよく押しつけた。兵器室にいる〈セクター7〉のエージェントたちはいっせいに銃を抜いた。大尉の部下たちも同様にした。

レノックスは低く張りつめた声で、明瞭に発音しながら言った。

「いいか、おれには妻がいて、おれのことを心配しながら家で待ってる。生まれてからまだ一度も会ったことのない娘もいる。おれの腕のなかで死んでいった大事な部下には、あいつらをやっつけると約束した。だから、次に打つ手がわからないんなら、この少年のクルマを持ってきてやれ！」

兵器室の空気はナイフがあれば切れそうなほど張りつめた。ただ、そんなことをしたら微妙なバランスが崩れていただろう。沈黙のなかで、ケラーがバナチェクに一歩近づいた。

「わたしなら大尉の言うとおりにする。兵士たちは負け戦などしたがらないものだ」

バナチェクが考えているいくつかの選択肢は、望み薄なものばかりだった。決断できないまま迷いつづける。

「もしこの少年の考えるとおりにならなかったら、この世の地獄ですよ」

銃器を手にいれたばかりのエプスが、軽蔑したように短く笑った。

「もうとっくに地獄になってるじゃないすか」

シモンズの表情からいつものふてぶてしさが消え、あきらめの薄笑いに変わった。レノックスにつかまれた身体から力を抜く。

「なるほど、それもいいんじゃないか。この坊やのカマロの善意に、世界の運命を託すわけだ。たいした話だ」

実験エリアの兵士とエージェントと訪問者たちが、具体策について話しあいはじめたころ、そこから遠くないサイロでは、すべてのクランプがはずれて氷も剝がれ落ちた巨大ロボットが、ゆっくりと目覚めはじめていた。

電子の神経が新たなエネルギーを得て脈打ちはじめる。永久自動潤滑式の関節がすこしずつ動きだす。その巨大な腕や脚が、長いこと休眠していた末端の状態をチェックしていく。やがて、黒い瞳が開いた。メガトロンに意識がもどっていく。宇宙にとっては不幸なことであった。

光学系が焦点を合わせはじめる。サイロのフロアや観測デッキ内では、技術者や科学者やメンテナンス作業員が、われがちに逃げだし、近くの出口に殺到していた。その背後では、長く眠っていた巨大ロボットから、ごくわずかなエネルギーを使って最初の電子的音声が発される。

「虫けらか」

最後まで残っていた拘束物を簡単にふりはらった。巨大な鋼鉄の腕がはじめて動いた瞬間だ。

べつの閉鎖された検査エリア。バンブルは検査台に縛りつけられていた。さまざまな波長の光線がプラットホームとロボットに照射されている。化学的に処理された物質が霧状に上部から降りそそぎ、下で数本の吸気チューブに吸いこまれている。エリア全体は騒々しく、不快な雰囲気だった。

この検査エリアへのドアが開くと、サムは声をかぎりに叫びながら駆けこんだ。

「やめろ！　解放しろ！」

あとには他の大人たちや、武装したエージェントと兵士のグループがそれぞれ続く。バナチェクは主任研究員に近づいた。身分証明書をちらりと見せ、うなずいて同意する。

「だいじょうぶだ。あれを解放しろ。わたしが許可する」

騒々しい環境にもかかわらず、サムがその言葉を聞きつけた。

「〝あれ〟じゃない！」

息を切らせたケラーが、バナチェクといっしょに追いかけてきた。エージェントの身分証明書のセキュリティレベルでは、検査中のロボットを解放するという命令の根拠として薄弱だが、国防長官じきじきとなればだれも否やはない。担保は充分と感じた主任研究員は部下にいくつかの指示を出した。

強烈な光は消され、検査用のガスの放出も停まった。ガスは拡散したり、見えない換気口に吸いこまれたりして消えていった。拘束具やクランプもはずれていく。最後の一個がはずれると、ロボットは検査台の上で上体を起こした。サムはその——友人のもとへ駆け寄った。

「だいじょうぶ？」

トランスフォーマーは若い人間を見下ろした。そして金属の体内から歌が流れ出した。再会をよろこぶ曲だ。

サムは答えた。

「そうそう、ぼくもまた会えてうれしいよ。でもよく聞いて。ここには〈キューブ〉がある。メガトロンもいる。そして、デストロンたちがその両方を求めてやってきてるんだ！」

すると、黄色と黒の機械は急いで立ち上がり、実験エリアの出入り口へむかった。歩幅の小さい人間たちも、集団の数を増やしながら、懸念の表情であとを追った。新たな振動がコンクリートの床や壁や柱を揺らした。天井から古い壁材やパネルがバラバラと落ちてくるなかを、人々は走った。

ケラーは出口へむかう途中で、この秘密軍事施設のなかにある中央調査室をみつけた。頭に浮かんだアイデアを、まずバナチェクに話そうとして考えなおし、かたわらを走っている緑がかった髪の若い女に話した。

「州軍の短波無線機はまだ電源がはいって機能しているかもしれない。基本周波数で外部と連絡できるのではないかな」

マギーは考えてうなずき、グレンのほうをむいた。フルーティペブルズがなくなったグレンは、まるで燃料が切れたようによたよたと走っている。

「古い装置をつなぎあわせて、簡単なモールス信号を発信できるものをつくれない？」

グレンはゼーハーとあえぎながら首を振った。

「知らない知らない。暗号化やその解読ならやれるけど、ぼくは電気技師じゃないんだから」

マギーは反論した。

「嘘つけ。あんた、電機店が廃棄したジャンクパーツ使って携帯用のハードドライブ組んでたでしょ。この程度の簡単なことならできるはずよ」

悠然と走っているレノックスが、二人のほうに近づいてきた。

「なるほど、そうか。早くやってくれ！　できればネリス空軍基地に連絡したほうがいい。

そうすれば迎撃機がすぐに離陸する。むかうべき方向がわかったら、あとは無線機さえなんとか探し出せばいい。あとはエプスが誘導できる」凶暴な表情に変わって、「そのデストロンてやつらをぶっつぶしてやる」

シモンズがレノックスのほうを見た。

「いったいどうやって?」

レノックスはニヤリとしてシモンズに答えた。

「その場で考えるさ」

ケラーはサムに顔を近づけた。そのときのケラーは、世界最大の武力を一手に握る合衆国国防長官ではなく、若者をはげます一人の年長者だった。

「絶対にあきらめるなよ。やりとげろ。さあ行け!」

サムはうなずいた。グループはそこで二手に分かれ、ケラー、マギー、グレン、シモンズは調査室へむかった。

〈キューブ〉を監視しているエリアの技術者たちは、通路を逃げていく人々の話から、施設全体でなにが起きているかを知っていた。だから兵士たちと民間人の若者二人が飛びこんできても、それほど驚かなかった。ただ、小型軍用車で到着していた警護兵たちは、レノックスの指揮下にはいることをすぐには承知せず、押し問答になった。しかし〈セクター7〉を率いるバナチェクがレノックス側についていることがわかると、指揮権の委譲は合意された。

むしろ、〈キューブ〉を監視している技術者たちを説得するのが難しかった。なにしろ彼らがライフワークにしてきた対象を放棄し、エイリアンのロボットにゆだねろというのだから。

レノックスと部下たちにはなんのためらいもなかった。このロボットの悪者版によって戦友が何人も犠牲にされたのだ。こちらも一台味方につけて反撃したい。

ふたたび爆発で足下が揺れた。エプスは、天井から降ってくる邪魔物を手で防ぎながら、前方を進むバンブルにむけて怒鳴った。

「おいエイリアン、やることをさっさとやってくれ！　おれは狭い場所が嫌いなんだ。棺桶のなかみたいで」

バンブルは〈キューブ〉のそばにたどり着いた。しばし動きを止め、じっと見つめる。なにしろその眼前にあるのは、彼の種族にとってあらゆる生命エネルギーの根源なのだ。人間が神に出会うのとはややちがうだろうと、ミカエラはそのようすを見ながら思った。むしろ、知能のあるラップトップPCが、永遠に消耗しないバッテリーに出会うようなものだ。バンブルにいまの感想を問う者はいなかった。

ロボットは〈キューブ〉にむかって両手を伸ばした。すると、〈キューブ〉が発していたブーンという音が、高くなったり低くなったり脈打ちはじめた。トランスフォーマーとの距離が近づくと周期が短くなる。

ふいに、細いエネルギーの糸が〈キューブ〉とバンブルの指のあいだをつないだ。なにかのコンタクトがおこなわれていると、サムは、脈打つまばゆい光を手をかざして防ぎながら確信した。しかしそれは、人知を超えたコンタクトだ。ロボットと〈キューブ〉は光で会話していた。

コンタクトが終わった。あたりは沈黙におおわれた。驚くほどの平穏さだ。

それから、〈キューブ〉とロボットの両方がトランスフォームしはじめた。サムとミカエラと、呆然とする兵士たちの目の前で、バンブルの身体はあちこちが曲がり、ねじれていった。最初は体形が変化していくだけだったが、やがてあちこちにブレード状のものが突き出していった。最終的に出現したのは、もはや単純なクルマの形からは想像もできない複雑な姿だった。

しかし、とエプスは思った。こんな派手な改造カマロもなかなかかっこいいじゃないか。〈キューブ〉のほうも独自の変化をとげていた。自身を内側に折りこむようにしている。側面の象形文字やシンボルは小さく縮んでいく。全体は同心球状にならぶ無数の立方体になった。

最後はいっきに収縮し、フットボールの大きさになった。それがバンブルの車内の後部座席にころがった。どこから見てもよくある無害なボールだ。ひとりでにシートベルトがされてボールを固定。左右のドアが開き、早く乗れといわんばかりにクラクションが響いた。

サムとミカエラは目を見かわした。振り返ると、レノックスはサムの行動を待っていた。

なにをすべきか、サムの動きを見てから部下に命令を出すつもりでいる。

まあいいか。これは自分のクルマなんだから。

そう思って、サムは運転席に乗りこんだ。ミカエラも助手席にすわった。後部座席には、本当は見た目より大きなものが真新しいシートにおさまっている。

二人が乗ってなにもいわないうちに、背中がシートに押しつけられた。カマロが急発進し、出口のトンネルにむかったのだ。レノックス以下の兵士たちも、警護兵が持ちこんだ小型車両に乗ってそのあとを追った。

施設の奥深くでは、メガトロンが最後の拘束具をはずそうとしていた。ケーブルや細いワイヤが、巨大な身体の上で糸のように切れていく。しばらくまえまで張りついていた冷凍物質の供給管がはじけ飛び、超低温の液体があちこちに飛んだ。しかしそのときには、巨大サイロに作業員の人影はなくなっていた。

メガトロンは思った。〈キューブ〉は――〈エネルゴン・キューブ〉は近くにあった。つい最近まで近距離にあった。しかしいまはない。メガトロンはその存在と力を感じられる。〈キューブ〉はここから遠ざかっている。とはいえ、まだそれほど遠くはない。長い時間を待ちつづけたのだ。〈キューブ〉の回収がすこしくらい遅れてもかまいはしない。まもなく、ちょっとした努力をすることになるだろう。

巨大な頭を上にむけた。鋭敏なセンサーが周囲を探る。右手のほうに長いトンネルがある。昔、そこを通って運ばれてきたのだ。

隅に樽のようなものが積み上げられたところがあった。樽は厚手の頑丈な素材でできていて、白い表面にはドクロのマークがいくつも描かれている。その樽の山のむこうに、逃げ遅れた作業員が隠れていた。近づいてくる巨大ロボットを恐怖の目で見ている。恐怖がる必要はないのだ。メガトロンは、たとえ殺気立っているときでも、つまらない存在にいちいち手は出さない。会うべき相手がいて忙しいのだ。

二本足の体形からトランスフォームし、曲がり、伸びた。姿をあらわしたのは、飛行機の一種。ジェット戦闘機に近かった。ただし樽の裏に隠れた作業員は、こんな戦闘機に見覚えがなかった。定期購読しているある種の雑誌の表紙でなら似たものを見たかもしれないが。

エイリアンの飛行体は、さまざまな破片の散った床の上で低い音をたてながら方向転換した。後部から紫色の炎が吹き出す。作業員は顔をそむけ、目を固く閉じて手でおおった。飛行体は高さのある耐爆ドアを突き破り、すさまじい轟音を残してアクセストンネルの奥へ消えていった。

メガトロンは、自分が閉じこめられていた場所と周辺地域を軽く偵察してから、ダムの底の岩だらけの一角にむかってゆっくり高度を下げていった。もとの二本足の姿にもどって着地。もう一台の機械に歩み寄った。

指揮官を待つそのロボットは、巨大な岩のてっぺんに鷹のようにとまっていた。両者がかわした挨拶は、人間の耳で聞くとあまりに短く、難解だった。

メガトロンは低い声で気分よく言った。

「スタースクリーム、ひさしぶりだな」

声をかけられたデストロンはすぐに同意した。

「われわれの基準から見ても本当におひさしぶりです、メガトロン卿。そのあいだに多くのことが変わりましたが、変わらないものもおなじように多くあります。絶対的価値は不変です。すごした時間はちょっとした遅れにすぎません。今日はかねてよりの必然がついに結実するのです」

片手でダムと、そのむこうのすべてをしめす。

「地元住民が地球と呼ぶこの惑星は、いまやわれわれのものです。ここは原始的な機械生命であふれています。われわれがすこし手を加えるだけで次の段階へ進化します」

メガトロンは低く言った。

「虫けらは一掃せねば」

スタースクリームは同意の仕草をした。

「地球の機械をトランスフォームさせれば、一日とかけずにまるごと抹殺できます」

「浄化作業を見るのが楽しみだ。そのあとは——」

そこでふいにメガトロンは黙った。遠くからふたたび呼ばれているのがわかったからだ。長い長い時間をへてふたたび聞く呼び声。それは至上の命令だ。トランスフォームし、味方として大集合し、戦争で荒廃したセイバートロン星へ帰ることとさえ志向する呼び声。スタースクリームもそれを感じていた。なにをおいても優先しなくてはならない。最大の仕事にして最終の評価。他のことはあとまわしだ。虫けらだらけのこの惑星を浄化することさえも。

どのみち、その気になればすぐ終わるのだ。

13

ラスベガスへむかうハイウェイはいつものように交通量が多かった。しかし車列の進行を大幅にさまたげるほどではなかった。

前後を軍用車に警護されたカマロは、ダムとコロラド川をあとに北へ快調に走っていた。目的地はラスベガス郊外にある軍の基地だ。そこなら〈キューブ〉を防衛しやすいし、デストロンのどんな攻撃にも対処できる。

軍用車の一台に乗ったエプスは、徹甲弾を装填したロケットランチャーを手もとにおいて、いつでも来いという気分だった。エプスのなかでは、ドネリーやフィゲロアが生きていた。一発でいいと、口には出さず、心のなかでくりかえした。一発ぶちこむだけでいい。射程距離からドカンと。卑劣な機械野郎のどてっ腹に風穴をあけてやる。溶けたはらわたの部品を路上に飛び散らせてやる。そいつが息絶えるまで、うつろなプラスチックの目玉をにらみつけてやる。

しかし、ふと前を走るカマロを見て、そのシナリオは修正が必要かもしれないと思った。エイリアンの機械でも全部が卑劣というわけではないらしい。

カマロの車内では、ミカエラが後部座席を振り返っていた。

「〈キューブ〉はだいじょうぶ?」

サムは彼女に訊いた。本当に運転しているわけではないので、自分で振り返ってもいいのだが、つい癖でそう尋ねた。

「ええ。ちゃんとシートベルトしてるわ」

ミカエラは答えた。そして前をむこうとして、こちらを見ているサムと目が合った。

その表情にはたとえようもない驚きがあらわれていた。それは、想像を絶する力を秘めたエイリアンの貴重な装置を運んでいるからではない。乗っているのが自動操縦のクルマで、一言声をかければエイリアンの巨大ロボットに変身するからでもない。もっと日常的な驚きだった。サムはすこし赤くなってつぶやいた。

「なんだかぼくたち、いま、パパとママって感じだったね」

軍用車の一台に乗ったレノックスは、輸入スポーツカーがふいに追い越し車線にあらわれ、後方の車列を追い越してカマロの隣にぴたりとつけたのを見て、さっと緊張した。しかしそのドアミラーがぐるりと回転して光り、いかにもイタリアンデザインという感じの趣味のいい挨拶をしてきたのを見て、緊張を解いた。いまこのときでなければ、自分の正気を疑っただろう。しかし、朝っぱらからさまざまな驚きを見せられた今日の午後は、そうは思わない。

ダムを出発するまえに、少年は他のロボットについて話していた。彼がバンブルと呼ぶカマロには仲間がいて、そのうち合流するはずだと言っていた。このスポーツカーはその一台らしい。トランスフォームするとどんな姿になるのだろうと、レノックスは想像した。自動車の姿はなかなかかっこいいが。

仲間は一台ではなかった。他のもすぐにやってきた。他のも乗用車だろうというレノックスの予想は、はずれた。

輸入スポーツカーはカマロの背後につき、代わって側面の守りについたのは、なんと救急車だった。GMCのチューンナップされた黒いピックアップが反対隣に来たのは、いちおう想定の範囲だったが、車列全体のしんがりに巨大なトレーラートラックがやってきたのには、ふたたび驚かされた。

まあ、ロボットにも状況におうじた好みの服装があるということか。レノックスも、夜に出かけるときの服の趣味で妻を驚かせたことがある。

ラスベガスの郊外にはいったころ、新たな騒ぎに気づいた。ハイウェイの後方でなにか起きている。レノックスは銃にかけた手に力をこめながら、片手を上げて警戒の合図をした。

デストロンたちの先頭を、回転灯を光らせてサイレンを鳴らしたパトカーが走っていた。蘇ったバリケードだ。なにも知らない一般車両を前方から追い払っていく。どかないクルマは強制排除された。地雷除去用の鉄の爪を持つ巨大なデストロン、ボーンクラッシャーが、遅いクルマをすくい上げて左右に投げ飛ばしていった。扱い方は情け容赦がない。車内の人間がどうなるかなど、単純なデストロンの思考にはまったく浮かばない。

ボーンクラッシャーは、走りながら本来の姿にトランスフォームした。鋼鉄の足がハイウェイの路面を蹴り、割れたコンクリートの破片をあたりにまきちらす。

破壊された一般車に閉じこめられた人々の悲鳴を、突進するデストロンたちは無視しているわけではない。たんに聞こえないのだ。たとえその悲鳴がどれだけ大きく切実でも、虫けらの抗議などに彼らは耳を貸さなかっただろうが。

黒いピックアップのアイアンハイドと、トレーラートラックのコンボイが後方に退がり、敵の挑戦を受けて立った。二台のロボットが空中で激突する音が雷鳴のように響く。コンボイも元の姿にトランスフォームした。ボーンクラッシャーが前方にジャンプ。腕でがっちりと組み合ったまま、両者はハイウェイの本線から下の連絡道路に落下した。

子どもたちでいっぱいのバンを運転していた母親は、前方に突然あらわれたありえない存在に驚き、あわててステアリングを大きく切った。重い車体は横向きになって、組み打ちから離れたばかりの二台のロボットのあいだに滑っていった。

ボーンクラッシャーはバンの上を跳び越えた。よけたのではなく、自分とコンボイのあいだにこの星の機械をはさむためだ。しかし思惑どおりにはいかなかった。コンボイが焦点を絞りこんで発射したパルスビームが彼を襲ったのだ。まともにくらったボーンクラッシャーは、コンクリート敷きの川床に叩きつけられた。

その隣に跳び降りたコンボイは、動きを止めたデストロンに慎重に近づいた。ボーンクラッシャーは動かない。ねじ曲がったまま倒れた身体をコンボイが強く蹴っても、反応しなかった。

第二のデストロンが背後に降り立ったのは、視覚ではなく感覚的にわかった。バリケードだ。目にも止まらぬ技の応酬がひとしきりあって、最後はコンボイがバリケードをハイウェイの鉄筋コンクリートの支柱に叩きつけた。衝撃で支柱は折れ曲がった。やられたバリケードはねじれた姿勢で倒れ、動かなくなった。

二台のデストロンはものの数分でかたづいた。うまくいった。トレーラートラックの姿にもどったコンボイは、排気管をうならせ、クラクションを鳴らして、仲間たちのところへもどっていった。

追いかけるデストロンは、戦力のうち二台を失ったことから、速度を落として作戦の練りなおしはじめた。おかげでコンボイが守る一行はハイウェイを降りて市内にはいることができた。

軍の基地は市街地の反対側にあり、直接通じる道はない。車列は郊外の貧困地区を抜けて、大きな通りに出てから、べつのハイウェイ経由で空軍基地にはいるしかない。迂回しようとすると距離が伸びて危険だ。

小さな商店や家族経営の店が軒をつらねる地区にはいると、レノックスは自分の乗っている車両の運転手に合図して、路肩に停車させた。通行人は、軍用車と民間車両の奇妙な組み合わせを見て驚き、口々に意見を述べはじめた。レノックスはそのなかを走って、停車したカマロの運転席にまわった。エプスもついていった。サムは、どうしたのかという顔で見上げた。

レノックスは車内の二人にむかって大声で言った。

「古い無線機を探してくるから、ちょっと待っててくれ。現在位置を伝える必要があるんだ」

サムは軍の戦略家ではないが、ゲームの経験から大尉の言っていることはある程度わかった。

「航空支援の要請に応える相手がだれもいなかったら？」

レノックスは苦笑した。

「それは困るな」

「まったくだ」エプスも思わず漏らした。

ミカエラが身を乗り出してレノックスに言った。

「市街の反対側の基地へ、わたしたちだけむかってはいけないのかしら」

レノックスは首を振った。

「別行動は作戦的によくない。とくにここではね。悪いが待っててくれ」

サムはまだよくわからなかった。

「古い無線機なんて、どこで探すの？」

レノックスはふりむいてしめした。その指の先には、大尉のめあてである質屋があった。

鉄格子のはまったウィンドウの奥には、質入れされたさまざまな品物が並んでいる。かなりいいものや、新しいものもある。ラスベガスという街の性格を考えれば驚くにはあたらない。ここでは不動産以外のありとあらゆる財産が、ギャンブルのつけを払うために一度や二度は質屋を通過しているにちがいないのだ。

古い無線機が本当にみつかれば、それが命綱になるかもしれないとサムは思った。

調査室と資料庫は、ダムの建設当時までさかのぼる古いものだった。建築様式や一九三〇年代のアールデコ調の内装でもまだ証拠としてたりないというのか、マギーの目の前にはファイルで満杯のキャビネットが目の届くかぎりずらりと並んでいた。呆然としてつぶやく。

「冗談じゃないわ。紙のファイルなんて、いつの時代よ」

シモンズがおどけて言う。

「中生代へようこそ。当資料庫には一九一三年からの情報が保管されております」

分厚い書類の束をテーブルから持ち上げ、

「これはノートブックPCならぬノートブック大のファイル。二十世紀初頭の製品です。アクセス速度はきわめて低速。そのかわり誤って内容を消してしまう心配はありません」

二人の左隣では、苛々したようすのグレンが早くもコンピュータの裏蓋を引き剝がしていた。ケラーとシモンズは工具やハンダセットを探している。焼けていないマイクロチップと電線をつなげるものならなんでもいいのだ。

グレンは作業をしながら、不快そうな口調でつぶやいた。

「なんだか、精神状態がどんどん悪くなってるんだ、マギー。離れててくれよ。またきみにむかって吐くかもしれない」

マギーは笑顔ではげました。

「そうなっても不思議はないわ、グレン。吐きたきゃ吐いていいのよ。吐く方向だけ気をつければ」

本人が手早く分解中のコンピュータの中身をしめして、

「電子部品も避けてね」

グレンはなんとか笑みを返した。

「いや、きみにむかってはいつでも吐くかもしれないけど、コンピュータには絶対にかけないよ」

マギーはその肩に手をかけて元気づけた。

「いいのよ。あんたのなかの優先順位はわかってるから」

ケラーが何本かの工具を隣においた。グレンは小型のドライバーを取り、口の端から舌先をのぞかせて、コンピュータ内部をいじる作業に集中した。

「うーん、レッドブルを飲みたい」

「フルーティペブルズじゃなくて？」マギーはからかった。

生身の心臓を金属とプラスチックの人工心臓にいれかえている外科医のような器用さで、グレンの指先はコンピュータ筐体内の部品をすばやくいじっていく。辛辣な口調で答えた。

「いまは両手を使ってるんだ。この作業をしながらフルーティペブルズをポリポリ食べたりできない。でも、ほしくなるから思い出させないで」

調査室に引きこまれた古いアンテナ線が、いつの時代のものなのかはわからない。しかしシモンズは気にしなかった。一個の端末を選んで、ひび割れた古い保護カバーをはずし、線の被覆材を剝がしていった。やがてきれいな銅の編線と心線があらわれた。

作業が順調に進んでいるとき、調査室から外の通路に出る鋼板製のドアが、なにかで大きく叩かれた。全員が手を止めた。グレンだけはべつだ。グレンはここ数日ではじめて得意な仕事に没頭していた。

シモンズは剝がしたアンテナ線を手にして、ドアを見つめた。

「いったいなんだ？」

ケラーが不安げに答える。

「なににしても、あまり愉快な音ではないな」

バン、バンと叩く音は執拗に、かなり強くくりかえされた。グレンは無視して作業をつづけた。シモンズが露出させたアンテナ線の末端を、古いコンピュータの改造基盤にじかにつなぎこんだ。

「マジ吐きそう」手を動かしながらつぶやく。

マギーはその隣から離れて、騒音のほうにむかった。

「だれか、ドア押さえるの手伝って！」

シモンズが隣に来てわめいた。

「離れなさい！　こういう場合、わたしたちには対応手順がある」

ドアを外から叩いているのがなにかはわからないが、鋼鉄の蝶番(ちょうつがい)が内側に曲がりつつある。マギーはへこみはじめたドアからシモンズに視線を移した。

「対応手順て、いったいどんな？」

「毎週木曜日に訓練している」

すると、グレンが忙しい作業を続けながら言った。

「そりゃいい。木曜日恒例のエイリアン襲撃ってわけ？　きっと役に立つよ」

適切な対応手順を考えているシモンズをおいて、マギーは、重いファイルキャビネットをドアの前に移動させているケラーを手伝いはじめた。紙のファイルにも使い道があったわけだ。その重さがこういう状況では役に立つ。

ドアの隅が室内側に曲がり、細身のロボットの頭部と上半身が隙間から侵入してきた。上体を曲げ、室内におかれたものと、いる人間をさっと確認する。

「伏せろ！」

ケラーが叫んだ。現在は民間人だが、短いながら軍隊経験もあるのだ。

ロボットの胸から銀色のディスク弾が三発、発射された。呆然とするマギーを、ケラーは押し倒すようにして伏せさせた。ディスク弾の二発がその頭上を飛び、本やファイルを切り裂いた。三発目は、グレンが改造中のコンピュータのキーボードに飛んできて、指の一本をかすめ、背後のべつのコンピュータに突き刺さった。

グレンは椅子から転げ落ち、ようやく作業を中断して、半分破壊されたドアのほうをギョッとして見た。

「なんだよ、その化け物はっ！」

シモンズは混乱から回復し、〈セクター7〉の非常用装備がおさめられているガラス扉のロッカーによろめきながら近づいた。

「やっぱり対応手順などクソくらえだ」

食いしばった歯のあいだから言うと、暴動鎮圧用のショットガンと十二口径の実弾一箱を取り出し、マギーに手渡した。マギーが実弾の箱にビビっているあいだに、シモンズは非常に小型の携帯用装置を取り出した。このコンパクトなタンクのなかには、圧力をかけたゼリー状ガソリンが詰まっている。

グレンは手もとでパチリと飛んだ火花に一瞬ひるんだ。しかしその結果にはよろこんでいた。

「できた！　これで送信できるぞ」

ケラーが顔を上げる。

「ここからか？」

かわりにシモンズが答えた。

「ネットワークは既設のものを使えます。送信機と端末がなかっただけです。この施設の建設当時は、無線の送信機はすべての部屋に備えられていたはずです。新しい通信機器が導入されると無線機は撤去されたでしょうが、配線は残されています。配線は撤去の手間などかけず、残したほうがいい」

上を指さす。

「地上のダム施設と渓谷の稜線上にある古いアンテナもおなじです。放置するほうが簡単で安上がり。完全に腐食していなければ、まだ機能するはずです。信号はここからアンテナ線をつたっていきます。単純確実。モールス信号は原始的ですが、それでもコードとして充分使えます。こちらが空中にトンツーと打てば、だれかが気づいて転送してくれるでしょう。ただのアマチュア無線家かもしれませんが」

国防長官は納得してうなずき、グレンのほうをむいた。

「送信内容はこうだ。〝国防長官ジョン・ケラーより、アメリカ北方軍へ。非常時応答認証、ブラックバード、一、一――」

「――九、五、アルファね」

グレンがあとを引き取った。タッチタイプで分速百語以上打てる人間にとって、キーボードのふたつのキーだけという方式は、有史以前にもどるようなものだ。それぞれ一本ずつ指先をおき、片方でトン、片方でツーを打つ。短く、長く。C++やJavaのプログラミングとは大ちがいだ。

国防長官はグレンをじっと見ていた。

「どうしてわたしのIDを知っているんだ?」

グレンはふたつのキーをカタカタ鳴らしながら答えた。

「だから……ぼくはなんでもハッキングしちゃう悪い癖があるって話ですよ。暗証コードはなんでも知ってますよ。あなたのも、大統領のも、NASAのも。あなたがアイドルオーディション番組に何回投票したかもね!」

ケラーは歯ぎしりした。一年前なら、いま告白した罪科だけでこの生意気なオタク野郎を終身禁固刑にしてやったはずだ。しかしいまは何千人、いや何万人もの人命が、いまあきらかになったこの男の窃盗能力そのものにかかっているのだ。

「さっさとメッセージを打て!」

「はいはい、わかりました」

グレンは設定したふたつのキーの上に指をかまえて、ふとためらった。

「ええと、なんだか、ど忘れしちゃった。モールス信号を思い出せない。憶えたのがずいぶん昔だからな……」

「まずいわね。わたしも」マギーもつぶやいた。

「なにをいまさら!」

シモンズはそう毒づくと、腹立ちをまぎらわせるために、壊れそうなドアにむかって集中的な火炎を浴びせかけた。

　マギーはケラーに迫った。

「国防長官なんだから、海軍でモールス信号くらい習ったでしょう？」

　ケラーはむっとした顔で、

「習ったとも。三十年前にな」

　マギーは遠い昔の記憶を呼びさまそうと眉間に指をあてて集中した。いや、最近一度思い出させられた気がする。

「NSAの実地試験用にだれかが考えた歌があったわ」

　フンフンと鼻歌を歌いはじめた。手もとでは暴動鎮圧用ショットガンに弾をこめている。

　ドアのところでは、シモンズの小型火炎放射器の炎を浴びていったん退却していたフレンジーが、ふたたびあらわれ、障壁のドアをまたはげしく叩きはじめた。

　マギーはぎゅっと目をつぶり、憶え歌を思い出そうとした。

「ツー、トン、ツー、トン……アルファはトンツー……そんな感じだったわ」

　ケラーの表情が明るくなった。

「そうだ、たしかにそうだった。ブラボーはツートントントン、だ。思い出したぞ！」

　シモンズは二人のほうをチラリと見て、火炎放射器のうなりに負けないように声を張りあげた。

「その調子で早く歌ってくれ！」

暴れる金属の腕が損傷したドアの開口を叩くたびに、シモンズはそこを炎で包んだ。するとロボットはすぐに退却、ということがくりかえされた。しかし、もしドアが完全に破られて侵入されたら、三十秒以内に敵を殺さなければ人間のほうが切り刻まれるだろう。

レノックスは質屋の鉄格子付きドアを力いっぱい叩いていた。おもての看板には〝ビッグ・ロンダの店〟とある。

戦場での観測と敵影認識には長い経験と高いスキルを持つレノックスだが、奥からのしのしと出てきた女が、店名の由来の女主人らしいと見分けるのに、その能力はまったく不要だった。女は胡散臭そうな目で大尉をにらんで、鉄格子のむこうのガラスのドアを開けた。

「こら！　ガチャンガチャン叩かないで！　開けてやんないよ」

レノックスはなんとか自制した。

「奥さん、たいへんな緊急事態なんです。短波無線機はありませんか？」

女主人はレノックスの軍服と顔を眺めまわした。

「いまは閉店時間」

レノックスは懇願した。

「奥さん、お願いです。もし無線機があったら——」

「ないよ。CB無線機ならあるけど。現金払いかい？」

レノックスは歯がみした。

「国家の安全保障がかかってるんだ！　ドアを開けろ！」

「あたしにそんな口のきき方をしていいのかい、坊や。このドアにはビッグ・ロンダの安全保障がかかってるんだ。開けない権利だってある。ところで、うちの携帯電話が全然つながらなくなったのはなんでだい？」

レノックスは一歩退がって、腰のホルスターからピストルを抜いた。

「奥さん、あなたが開けないなら、これで錠前を撃ちますよ」

女主人は脇へ寄って下に手を伸ばし、立ち上がったときにはショットガンを持っていた。大口径だ。無骨だが機能的。女は言い返した。

「やってみなよ。そんときゃこっちも撃たなきゃなんないね」

レノックスは両手を上にあげた。

「わかったわかった！　奥さん、こんなことでやりあってる暇はないんです！」

女主人はショットガンの銃口を振る。

「こっちは閉店時間だからいくらでも暇はあるよ」

レノックスは左腕をそろそろと女のほうに伸ばし、シャツの袖を引いて見せた。

「じゃあ……ほらこれ。この腕時計と引き換えなら？　陸軍レンジャー部隊仕様。ジュネーブの原子時計と寸分たがわぬ時間を刻みますよ。ジュネーブというのはスイスの都市で……」

女主人は大尉をにらんだ。

「ジュネーブがどこかくらい知ってるわよ」

軽く首を振って店の奥をしめす。

「うちは鳩時計が三つで原子時計はないけど、なにも困ってないね」

レノックスは必死で売り込みを続けた。

「スキューバダイビングにも使えます。水深百メートルまで耐圧防水」

女主人は胸をそらした。警告的で、これで結論という態度で、

「あたしがスキューバダイビングなんかやるように見えるかい？」

「奥さん！　どうかお願いですから、この時計を受けとってください！」

マギーはショットガンをかかえたまま、ファイルキャビネットを肩で力いっぱい押していた。全体重をかけ、壊れかけたドアからキャビネットが離れないようにしている。ケラーとシモンズもいっしょに押している。

グレンは彼らの後方にいて、まにあわせにつないだコンピュータ用スピーカーに耳を傾けていた。小さく流れるノイズのなかから、ふいに電気的なバチバチという音が聞こえてきた。

「返信だ！　長官の認証コードを受けいれてる！」

グレンは仲間たちにむかって興奮した声をあげ、ケラーと視線をあわせた。

国防長官も勇気づけられた。

「攻撃を要請しろ！　ここで起きていることを説明するんだ。自分の表現でいい。ただし、付近の目標物を指示して、問い合わせにも答えてやれ」

グレンはうなずいて、キーボードの上にかがみこんだ。

ちょうどそのとき、ベコベコになったドアがついに大きくゆがんで、フレンジーが通れる隙間ができてしまった。室内に飛びこんできたデストロンは、瞬時に状況を見定め、ディスク弾を次々と発射しはじめた。

マギーのショットガンは銃身をすっぱりと切り落とされ、マギーはあわてて横に跳んで逃げた。銃身が短くなったところを、二発目のディスクがさらに五センチほど切り取る。

しかし機能には影響なかったようだ。ポンプ操作をしてトリガーを引くと、弾丸はフレンジーを直撃した。ロボットは電子音の悲鳴をあげ、衝撃で後方に倒れた。よろよろと起き上がると、まわりを見て、今度はジャンプして襲いかかってきた。マギーもショットガンを発射。今度は天井にちょうどあいた隙間に吹き飛ばされていった。メンテナンス用の入り口としてパネルが一枚取り外されていたところだ。

「メッセージを早く送信して、グレン！」

マギーは大声で言って、天井の下をパトロールしはじめた。ショットガンをしっかり構え、頭上で動く物音がしないか聞き耳を立てている。

グレンはふたつのキーを必死に叩いていた。

「やってるよ、マギー。それよりその危険なロボットをどうにかしてよ！」

マギーは一カ所で立ちどまり、耳をすませて、ショットガンを天井にむけて撃った。天井の一部がまるごと落下し、続いてロボットが落ちてきた。ケラーは床にひっくり返った。シモンズはマギーの隣に来て、火炎放射器を使った。

しかしロボットは、人間とまったく異なる反射神経を見せ、噴き出す炎をよけて次のディスク弾を撃ってきた。高度な戦闘訓練を受けたシモンズは、間一髪それを避けた。髪をすこし切られた程度で、身体は無傷だ。

フレンジーはエージェントを後回しにして、マギーのほうをむいた。マギーはショットガンで応戦する。一発……二発……カチリ。弾切れだ。

しかたなく、ショットガンを棍棒がわりに振りまわして、迫るロボットを追い払おうとした。狙っているのは上半身にあるディスク弾の発射口だ。そこからふたたびディスク弾が発射されると、マギーはできるだけ低く伏せた。

ディスク弾は部屋中を飛びまわる。たいていは機器類に突き刺さって止まるが、一部は何度か跳ね返って、背後から標的を襲うことがある。しかしマギーはそれを予期していて、もう一度頭を低く下げた。ディスク弾はその上を通過し——発射した当のロボットの首をきれいに切り落とした。

フレンジーの頭は床に落ち、たくさんの脚がはえた胴体は力なく倒れた。

マギーは、残弾を撃ちつくしたショットガンを手に荒い息をつきながら、立ち上がって、ピクピクと痙攣するその身体を見下ろした。

「ふん、これが因果応報ってやつよ」

シモンズは、火炎放射器を脇においてしばらくあたりを探し、直接さわらずにものをつかめる道具をみつけてきた。まだもぞもぞと動いている金属の身体を、離れたところからしっかりとつかみ、部屋の反対側へ引きずりはじめた。

「どいたどいた！　ゴミ収集車のお通りだぞ！」

思わず笑顔になって、マギーのほうを見た。驚いたことに、マギーも笑みを返した。

マギーはそれから、疲れきったグレンの前に立った。不安げに訊く。

「メッセージは……送信できた？」

グレンは椅子にもたれてぐったりしていた。しばらくなにも答えない。それからマギーのほうをむき、顔に大きな笑みを浮かべた。モールス信号の送信に使った左右のひとさし指を立て、それぞれ指先を吹いて、うなずいた。

14

まもなくレノックスは仲間たちのところへもどってきた。エプスは、ネリス基地からスクランブル発進した航空機と中継コンタクトができるようになった。

奇妙な通信方法だった。CB無線で基地につないで、それを軍用チャンネルでスクランブル機に中継するのだ。しかしうまくいった。軍の得意技をひとつ挙げるなら、戦場での臨機応変さがある。とくに、かかわる士官が少ないほど成功しやすい。

「市街上空を旋回中の航空機へ。こちらは現場。聞こえるか？　こちらの位置を把握できるか？」

返答はなく、雑音しか聞こえない。

しかしやがて、キーンという音が聞こえてきた。一機のF－22ラプターが低く高速で飛んできて、頭上を通過した。連邦航空局が絶対に容認しないような超低空飛行だ。轟音とともに通過した機体を、レノックスは目で追った。

「航空機がいま通過した。こちらの位置を確認してほしい」

二人の兵士がフレア弾を垂直に打ち上げた。それが視認された証拠に、ラプターは旋回してこちらへもどってきた。車列の兵士たちから歓声があがった。

エプスがCB無線機にむかって言った。

「ラプターへ。われわれは、貴機がさきほど通過した付近で一番高いビルから五キロ南にいる。こちらは貴機を視認した。貴機はこちらの現在位置へもどってきているところだ。どうぞ」

CB無線機のスイッチを押した。今度は返答と、言葉による確認があるはずだ。しかし……やはり雑音だけ。

戦闘機はこちらへむかってきていた。接近しながら高度を下げている。

車列のなかで、数台の車両が姿を変えはじめた。ピックアップ、トレーラートラック、スポーツカー、カマロ、救急車があっというまにトランスフォームする。まわりの人間たちに相談しなくても状況がおかしいのはわかった。

アイアンハイドが指示する。

「マイスターとバンブルは左右を固めろ!」

マイスターは大股に横へ移動した。そこへラプターが建物すれすれに飛んできて、車列にむけてミサイルを発射した。

「逃げろ!」

レノックスは怒鳴り、一方へ跳んで地面に伏せた。

F-22の姿をとったスタースクリームは、数発を発射した。標的があちこちに分散して隠れているからだ。

バンブルとアイアンハイドは、自分たちが被弾する危険も恐れず、近くの大型トラックをつかんで車列を隠すようにおいた。逃げ遅れた人間たちを守るためだ。ミサイル一発がそのトラックに命中し、半分に切り裂いた。

バンブルは衝撃でうしろに跳ね飛ばされた。胴体がバウンドし、続いて両脚が飛んでいく。鋼板がコンクリート上を滑る耳障りな音がひとしきり響き、ようやく停止した。

〈エネルゴン・キューブ〉は衝撃で車外に飛び出し、アスファルト上に落ちた。ミサイルの衝撃と振動が加わったせいで、〈キューブ〉は、有効距離の短いエネルギー波を放出した。その有効範囲にあるあらゆる電気機械機器が影響を受けた。

二人の若い男は、クルマのなかから突然の爆発や破壊を呆然と見ていた。ところが〈キューブ〉のエネルギー波がそのクルマを包んだとたん、あわてて車外に転がり出てきた。チューンナップされたセダンのあらゆる電子機器が、無数の脚をはやした小さな怪物に変身したのだ。まるで卵をはらんだ機械のクモが、突然無数の不気味な子グモを産み落としたかのようだ。

距離が広がるとエネルギー強度は急激に減衰したが、それでも近くの大型ホームセンターのウィンドウを粉々に割るくらいの強さはあった。エネルギー波は通路から棚へ、さらに次の棚へと広がっていった。すぐにあちこちで買い物客がパニックを起こして逃げはじめた。

ある従業員が押しているカートはテレビゲーム機が山積みにされていて、それらがすべて金切り声をあげて、金属の腕をはやした。ゲーム機は箱から脱出しようとボール紙を引き裂きはじめた。

べつの棚では大画面テレビの下に脚が生え、ステレオスピーカーから大音量を響かせながら、テレビ台からのしのしと降りてきた。そしてエネルゴンのエネルギーに酔っ払って、ふらふらと店内を徘徊しはじめた。

おなじ通りの一ブロック先には、大規模な銃砲店があった。太い鉄格子のはまったウィンドウがひとつ。そのなかで一挺のライフルがゆっくりと触手をはやして、上へ伸ばしはじめた。しかし途中で力を失い、だらりと下がった。あと少しというところで、エネルゴンのエネルギー波効力がゼロに落ちたのだ。すでに混乱している通りに、さらに強力な銃器が加わったらいったいどんな阿鼻叫喚の地獄が展開されていただろう。

道路上では、瓦礫のあいだからレノックスがよろよろと起き上がってきた。兵士の本能としては銃を探して応射したかった。しかし自分が守るべき少年少女のことを思い出して、ひしゃげた車体に駆け寄り、サムとミカエラが車外に出てくるのを手伝った。

周辺の通りはまるで戦場のようだ。壊れた消火栓から水が噴き出して泉をつくっている。

バンブルはかたわらで横倒しになり、胴体の下部はぐしゃぐしゃにつぶれていた。両脚はどこへ飛んでいったのか、見あたらない。

サムは、友人の損傷のひどさをようやくまのあたりにして、恐怖で目を瞠った。

「バンブル！　なんてひどい、だれか助けて！」

バンブルは両手で地面を掻いて、黄色と黒の胴体を引きずりながら移動した。その先にあるのは、なんの防護もなくむきだしで道路上に転がっている〈キューブ〉だ。レノックスの指示で、動ける数人の兵士がそこへむかい、重要護送品のまわりに警戒線を張った。

エプスはひしゃげた車体のなかからCB無線機を引っぱり出し、状態を調べた。へこんだところはあるが、大きく壊れてはいない。問題は機能するかどうかだ。確認法はひとつだけ。ノブをまわした。うまい具合に空電の雑音がはいってきた。マイクを口もとにやる。

「こちら空軍の前線航空統制官。位置は市南部郊外。統制のきかない航空機から大きな攻撃を受けた。だれか聞こえるか？」

さらに雑音。もう雑音はうんざりだ。古めかしいCB無線もうんざりだと、エプスは思った。しかし、ふいにその気分が一変した。音の悪いスピーカーから切れぎれの声が返ってきたのだ。なんと言っているのかよくわからない。

「そうだ、陸軍のブラックホークが……官のほうへ……聞こえ……」

通信の大半は意味不明だ。エプスは苛立ちながらマイクにむかって言った。

「もう一度、どうぞ」

声は言っている。

「……貴官の座標……申告せ……」

雑音と途切れた音声。エプスは必死に考えたが、ここは返信して、あとは運にまかせるしかないと判断した。

「着弾点よりアルファ二七三度、十六キロ、ノベンバー・ビクター一二四三の三四二七、NA一・二六キロ北」

「了解……返信……到着予定は二分後……」

二分後か。エプスはこの情報を車列のできるだけ多くの仲間に伝えようと走りだした。しかし簡単にはいかなかった。邪魔がはいったのだ。

二ブロック先にブラックアウトがあらわれた。壊れていないビルの屋上に鷹のようにとまっている。

地面が突然揺れた。これまで未確認だったデストロンが角を曲がってあらわれた。M1エイブラムズ戦車の姿に偽装し、巨大なキャタピラで無人の放置車両を踏みつぶしながら進んでくる。

サムとミカエラは逃げ場もなく、射すくめられたようにしゃがんだまま見つめるしかなかった。

普通の機関銃しか持たない〈セクター7〉の車両二台が、それらを撃ちながら突進していった。戦車からは砲弾ではなく、パルスビームが飛んできた。突進する二台ともそれにあたって、縦回転しながらはじき飛ばされた。地面に激突すると爆発した。

レノックスはそれを歯ぎしりしながら見守るしかなかった。少年と少女のまわりは特殊部隊がかこんで守っているが、小口径の武器しかないので、突進してくるエイブラムズ戦車にはまったく歯が立たない。それでも最後まで抵抗する覚悟なのだ。

しかし、相手は戦車ではなくなった。M1エイブラムズは、全員の目の前でブロウルという名のロボットにトランスフォームし、二本脚で立ち上がった。ただし頭部は砲塔のまだ。これが旋回し、少年と少女を狙った。サムはミカエラを抱きよせ、ミカエラはサムにしがみついた。

変身した戦車の背後に、低いシルエットで高速で動くものがあらわれた。タイヤを鳴らして走りながら、変形をはじめる。マイスターだ。滑走しつつトランスフォームしおえ、敵ロボットの背中に跳びついて、パルスビームを発射しようとする胴体を後ろに反らせた。ビームは空にむかって飛び、人にも建物にも当たらなかった。

小型で敏捷なマイスターは、クルリと回転して、デバスターを近くの建物に叩きつけた。そこへラチェットとアイアンハイドも到着。いっしょにトランスフォームして、三台のロボットで一台の強力なデストロンの胴体を叩きのめした。

応援は他にもあった。レノックスは好機と見て、兵士たちと〈セクター7〉の特殊部隊をつれて前進した。小型ロケットランチャーを持ち出し、味方のロボットに当たらないように慎重に狙いをつける。小口径徹甲弾が標的にむかって飛んだ。

そのとき、これまでとはちがう方向から太いパルスビームがマイスターを襲った。マイスターは倒れて戦闘不能になった。

レノックスは、部下たちといっしょに前進時とおなじほどすばやく退却していたが、そこでさっと顔を上げた。角のむこうから、これまでより一段と巨大なロボットが姿をあらわしていた。

メガトロンだ。

黒い鋼鉄の巨像は、動けなくなったマイスターの上にかがみこむと、損傷した胴体にむかって手を伸ばした。その手は傷口から内部にはいり、強力な指で、輝くエネルギーの塊をつかみだした。スパークを無理やり奪われたマイスターは、とたんにいっさいの動きを止めた。

そこへ、わずかにまにあわなかった二台目の巨大ロボットが到着した。トレーラートラックは突進しつつ、まわりの建物の境界をなすフェンスをなぎ倒しながらトランスフォームした。

メガトロンは、コンボイがやってきているのを見ると、逆変形してエイリアンの飛行体になった。しかし飛行体が上へ飛び立とうとしたとき、コンボイは力いっぱいジャンプし、両腕でそれにしがみついた。コンボイにしがみつかれては重量超過だ。両者は墜落してビルをまるごと一棟押しつぶし、通りに転がり出てきた。

コンボイはすぐに立ち上がった。メガトロンは怒気を放ちながらふたたびトランスフォームした。生来の威圧的な二本脚の姿だ。

「やあ、コンボイ」

コンボイは仁王立ちして、宿敵をにらみ返す。

それだけだ。続く言葉はない。説明はない。音波による瞬時の情報伝達もない。なにもなかった。両者が前回こうして相まみえてから数百万年の時が流れているが、まるでそれが無に帰したようだ。

「やあ、メガトロン」

両者は同時に突進し、激突した。

バンブルは腕を使って地面を這い、光をゆるやかに脈打たせる〈キューブ〉のそばにたどり着いた。それを手ですくいあげると、さらにサムとミカエラが抱きあってしゃがんでいるところへ行った。

鉄の指にそっと触れられ、サムがふりむくと、その手に〈キューブ〉が渡された。これを持って逃げろという意味だ。

「いやだよ。きみをおいてはいけない！」

サムの目に涙が浮かんだ。

バンブルが昔の戦闘で言語能力を失っていることは、まえに説明されて理解していた。しかしバンブルは、体内の電気信号の経路をあちこちつなぎかえ、調整して、長く失っていた発声機能をなんとか作動させた。言葉を絞り出す。

「……にげろろおおお……ササアアアムムム……」

徹甲弾の発射されるうなりと爆発音。鋼鉄のぶつかる音。建物の崩壊音。それらの騒音のむこうから、ふいに複数のローターブレードが空気を切り裂くヒュンヒュンという音が聞こえてきた。

レノックスは顔を上げた。陸軍の強襲ヘリ、ブラックホークだ。何機もいる。遅かったが、来ないよりましだ。レノックスはサムのところへ走った。大きく損傷したバンブルの隣のサムに近づくと、ポケットから小さな円筒形のものをとりだした。

「救出要請用の信号弾だ」近くのビルを指さす。「あそこのビルの屋上に上がって、ヘリの一機にむかって撃て。おまえを拾い上げてくれる。立ちどまるな。振り返るな。ひたすら走れ」

サムは首を振った。

「だめだよ……ぼくがやらなきゃいけないのは——」

レノックスはさえぎった。

「おれの目を見ろ！　おまえはもう兵士だ。これが——この騒ぎが終わるまでは全員が兵士だ。〈キューブ〉をこの町から持ち出せ。できるだけ遠くがいい。そうしないと、ここでたくさんの人が死ぬことになるぞ！」

サムはミカエラのほうを見た。言葉はなくても、見つめあうだけで多くの気持ちが通じた。ミカエラはサムに近づき、小声で言った。

「どんなことがあっても、わたし、あなたの助手席に乗るから」

サムは笑顔で答えた。視線で通じた気持ちの他に言うべきことはもうなかった。

学校では一度も握る機会のなかったフットボールのように、〈キューブ〉を脇にかかえると、サムは走りだした。背後に影が近づいた。アイアンハイドが護衛についてくれているのだ。乗り捨てられ、破壊されて轟々と燃えさかるクルマのあいだを、少年とロボットは駆け抜けていった。

そのアイアンハイドをパルスビームが襲い、護衛は道の反対側のビルに叩きつけられた。サムの頭のなかにはレノックスの言葉が響いていたが、忠告されなくても立ちどまる気はなかった。

しかしF－22が前方から飛んできて、トランスフォームして地上に降り立つと、立ちどまらざるをえなくなった。立ちはだかるのはスタースクリーム。行く手をふさがれたのだ。相手は瓦礫ではない。

サムは方向転換し、狭い通りへ逃げこんだ。背後から巨大なロボットが追ってきて、パルスビームを撃ってくる。ブロックや石やアスファルトが飛び散るなかで、サムはひたすら叫んだ。

「やられるもんか！　やられるもんか！」

近くのレストランでは、外に出られなくなった客たちがガラスの前に集まり、デストロンが付近の市街を破壊していくのを見ていた。その視界のなかに、光る〈キューブ〉をかかえ、顔を火照らせて走る十七歳の少年がはいってきた。少年は駐車車両や放棄された車両を巧みにかわしながら、レストランのほうへ近づいてくる。杭打ち機のような巨大な足が空から降ってきて、あやういところで少年のそばの地面を踏みつぶした。ひしゃげた自動車がレストランのほうへはじき飛ばされ、店内の客たちは悲鳴をあげた。狭い通りは、小柄なサムに有利だった。スタースクリームの足が頭上に迫ったが、またはずれた。

どこかに隠れなくてはいけない。どこかにいったん身を潜め、隙を見て、大尉から指示された建物の屋上へ駆けあがるのだ。しかし、どこに隠れればいいのか。

通りをへだてたところでは、巨人たちの戦いが続いていた。うしろに退がったメガトロンの腕が、巨大なエイリアンの大砲に変形した。そこから放たれたパルスビームがコンボイを吹き飛ばし、市街の一ブロックをまるごと崩壊させる。

その戦闘の派手さのおかげで一時的に敵の注目から逃れたレノックスは、エプスをみつけて、そばのビルをさししめした。

「あそこの屋上で少年を回収するように、ヘリに伝えろ！」

問題は少年がそこまでたどり着けるかだが、と頭で思ったが、口には出さなかった。

エプスはまだ機能するCB無線機を操作した。

「陸軍のブラックホークへ。重要携行品を持つ民間人の少年の特別救出を緊急要請する。戦闘地域でもっとも高いビルの屋上だ。急行を請う！　急行を請う！」

ミカエラは兵士やエージェントから離れ、デストロンやコンボイのロボットたちからも注目されず、単独行動していた。現在進行中の戦いに貢献する方法はないものか。

そのとき、近くの駐車違反車撤去スペースに駐まっている一台のレッカー車に目が止まった。窓をコンクリートの塊で叩き割り、車内に乗りこんだ。鍵があればと思ったが、さすがにそこまで幸運ではない。侵入に使ったのとおなじコンクリートの塊で、キーシリンダーを壊した。あとは器用な指先と使い慣れた歯で配線の被覆を剝がして、直結。スターターがクランキングしはじめる。

「かかって、かかって」

ミカエラは念じた。さらにクランキングが続いて、低いうなりとともにエンジンが目覚めた。ミカエラはシートにすわりなおし、うしろを振り返ってトラックをバックさせはじめた。

サムが指示された古く立派なオフィスビルは、改装中だった。内装は取り払われ、家具類もないため、行く手をはばむのはところどころに積まれた建築資材だけだ。ペンキの缶、組み立て途中の足場、大量のビニールシート、壁用断熱材のロール、さまざまな袋や箱、さらに廃材の山。

動いているエレベータなど探しても無駄だとすぐわかった。まるごと交換工事中だ。大きな階段が見えている。そちらを駆け上がりはじめた。近くの爆発で建物が揺れた。

意外と楽しいかもしれないと、サムは思った。すくなくとも学校の競技場の観客席を逃げまわるのにくらべたら楽だ。ここでは真っ赤な顔のコーチが追いかけてきたりしない。このなまけ者でサボり屋のウィトウィキー、そんなことでチームにはいれると思うな！おまえなんか……。

通過したばかりのフロアに、巨大な鋼鉄製の頭部がつっこんできた。その頭が上をむき、黒いレンズが、階段を登るサムの小さな姿をとらえる。巨大な五本の指がそちらへ突き出された。サムが次の踊り場にたどり着いたときには、いま通ったばかりの階段が叩き壊されていた。

屋上にはなにもなく、だれもいなかった。破壊されてはいない。サムは信号弾を取り落としそうになりながら、あちこちいじりはじめた。外周の手すりに途中まで近づいたところで、突然それが発火した。たまたま上向きだったのは幸運だった。明るい火の玉が空に打ち上がった。見逃しようがない、誤解しようがない、〝ここだ!〟という明確なメッセージだ。

信号弾が地上まで半分落ちるより早く、ビルの横にブラックホークがあらわれた。強襲ヘリは屋上に片側のスキッドを接地させた。陸軍特殊部隊の隊員が身を乗り出し、片手を精一杯サムのほうへ伸ばす。

「きみ、この手につかまれ! おれの手に!」

サムは手すりから身を乗り出そうとした。ローターの風圧に叩かれて動きづらく、乱れる髪でまわりもよく見えない。ヘリまで長い距離があるように感じられる。真下の道路まではもちろん長い距離がある。身を乗り出し、右手で〈キューブ〉をしっかりと抱きながら、左手を前へ伸ばした。

突然、目の前が炎に包まれた。

驚いて身を退き、また爆風でうしろに飛ばされた。必死に目をあけると、ヘリの燃える残骸が雨のように降っていた。

屋上の縁の手すりに駆け寄る。上を見ると、ちょうどF-22が轟音とともに通過するところだった。威圧感をたぎらせた目でサムのほうを見ている。デストロン軍団のスタースクリームだ。

レノックスは、ブラックホークの残骸が炎をあげて落下するのを見て動揺した。

「くそっ、なんてことだ!」

顔をそむけた瞬間に、ヘリは地上に激突、爆発した。

顔をあげると、そこには巨大なレンズの双眸があった。威圧的ではない。問いかけている。レノックスは急いで高いビルの屋上をさした。

「少年はあそこにいる! 助けが必要だ!」

巨大なロボットの頭が大尉の指さす方向をむき、じっと見つめた。

ミカエラは、はげしい戦闘のさなかにあって無視されている者が、自分の他にもう一人いることに気づいていた。そこにレッカー車を寄せると、急いで降りて後部へまわった。牽引用のチェーンはあるべき場所にあった。自動車の牽引経験なら何度もあるミカエラは、それを引き出し、横たわったバンブルのほうへ伸ばしていった。鋼鉄製の肩にチェーンをたすき掛け。作業は手早く終わった。レッカー車のクレーンの操作パネルを探しながら、肩(ショルダー)もフェンダーも似たようなものよねと思った。

操作すべきレバーをみつけると、チェーンを巻き取り、黄色と黒のロボットを引き上げて立たせていった。しかし両脚を失ったバンブルには、すわった姿勢までが精一杯だ。大きく損傷した現状では正しいトランスフォームもできない。どのみち後輪二本がないカマロなどあまり役に立たないが。

さてどちらへ逃げようと考えていると、通りに新たな影があらわれた。デバスターが戦闘再開できるほど回復し、戦車の姿で出てきたのだ。一発目のパルスビームの衝撃で、ミカエラは地面に投げ出された。混乱する頭で必死に考える。正しく判断し、急いで行動しなくては、自分もバンブルもあの戦車に踏みつぶされてしまう。ロボットでないミカエラは、脚のような身体の重要な一部を失ったら命がない。

トラックの陰に隠れて前部にまわりこみ、運転台に上がった。瓦礫だらけの通りをあえて避け、ふたつのビルのあいだにある細長い駐車場に、加速しながら走りこんでいった。駐車場を抜けるとべつの通りが見えた。減速し、ゆっくり慎重にむこうの通りに近づく。

静かだった。ものすごく静かだ。

不気味な徹甲弾がマグネシウムの炎を噴いて飛びかかっていたりしない。巨大ロボットがあちこちのビルに叩きつけられたりしていない。

右へ行ってもいいし左へ行ってもよさそうだ。どちらでもこの戦闘地域から離脱できるだろう。背後では爆発の衝撃でビルがぐらぐらと揺れていた。

いくつかの悪態がミカエラの頭のなかを駆けめぐり、そのなかでもいちばん汚い言葉を選んでつぶやいた。そして北へむかうのでも東へむかうのでもなく、ステアリングをいっぱいに切ってUターンした。いま脱出してきたブロックへ、戦いのなかへともどっていった。

レノックスは兵士たちとともに、破壊された建物の陰に隠れて移動し、デバスターの攻撃を避けていた。巨体の狩人は、さきほどまで彼らが隠れていた場所を探している。そのあいだにレノックスは〈セクター7〉の特殊部隊を呼んだ。荒い息をつきながら、付近のビルをしめす。

「このへんのビルはみんな三階建てだ。屋上に上がって、いい角度から敵を狙い撃て。おれたちは下でおとりになる」

特殊部隊のリーダーはわかったというようすでうなずき、部下たちに合図した。彼らは階段を駆け上がっていった。レノックスたちはあとに残った。

ミカエラは角のところで急停止した。混乱した戦闘に足を踏みいれるところまで近づいていた。そして……そこはデバスターの背後だった。

戦車の前方では、ビルのあちこちから兵士たちが交互に顔を出し、ロボットから姿を変えた機械にむかって発砲している。ロボットはそれぞれの方向へパルスビームを応射している。デバスターが背後に注意を払っている気配はない。

ミカエラは深呼吸して、両手でステアリングをしっかりと握り、アクセルを床まで踏みこんだ。バンブルを引きずって放置車両のあいだを抜けていく。横幅の広いバンブルの胴体を左右の放置車両のドアにぶつけながら、レッカー車は加速していく。

「狙いはまかせて！　あなたは撃って！」

ミカエラは開いた窓から外に叫んだ。ロボットの胴体からは、返事のかわりにこの場にふさわしいヘビメタが大音量で流れはじめた。バンブルの腕が大砲に変形する。

眼前に迫ってくる戦車を見ながら、ミカエラは叫んだ。

「バンブル、撃って！　あのケツ……」

少々お行儀の悪い悪態は、バンブルが正確に照準して放った砲撃の轟音でかき消された。間髪をいれず二発目。どちらのパルスビームもデバスターの後部に命中した。一発目は吸気口を切り裂き、二発目は車体全体を空中に持ち上げた。路上に落ちた戦車は、もはや煙を上げるだけのスクラップになっていた。

「ナイスショット！」

ミカエラは窓の外に大声で言った。昔、父親に頼まれて自動車破壊競技のデモリション・ダービーに出場したことはあったが、大砲を撃ってくる敵車とやりあったのははじめてだった。

サムは屋上で姿勢を低くしたまま、これからどうしようと考えていた。すると、背後の階段のほうで大きな破壊音があがった。階段室の屋根が吹き飛び、コンクリートの破片があたりに飛び散る。その破片の雨のむこうから、黒い姿が一歩一歩上がってくるのが見えた。

「こざかしい虫けらめ」

メガトロンはサムをまっすぐ見ている。サムもにらみ返した。もはや逃げ場はない。大きな手が伸ばされた。

「すでに勝負はついた。〈キューブ〉をよこせ」

サムは屋上の端まで走っていった。ちらりと下を見て、恐怖に吐きそうになる。光を放つ小さな荷物をしっかりとかかえる。

「いやだ、絶対渡さ――」

「言葉の鎧は立派だ。小さくひ弱な組織しか持たないくせに、ずいぶん勇敢なことを言う。言葉は賞賛に値する。しかし鉄の鎧のほうがやはり強い」

「〈キューブ〉を渡せ」

指がよこせというように動く。

サムは胸をあえがせながら、さらに縁ににじり寄る。もう頭と上体の一部は空中に突き出している。

「ぜっったい、渡さない！」

そこでクルリと横向きになってから起き上がり、屋上の反対側へむかって走りだした。おさまりつつある埃のむこうに、半円形に曲がった鉄パイプがふたつ、見えたのだ。非常用の梯子がむこう側にある。

レノックスは、部下をつれて建物から通りへ脱出してきたところで、駐められたバイクに目を惹かれた。ライダーはあわてて乗り捨てていったらしく、キーはキックスタンドのところに落ちている。それを拾って、レノックスはうしろについてくるエプスに大声で言った。

「エプス、おれはなにがなんでも娘に会うぞ」

二等軍曹はニヤリとした。

「おれだって自分の娘たちに会いたいっすよ」

「だったらミサイルの雨乞いをしろ！」

肩にかついでいたロケットランチャーをバイクの左右のハンドルのあいだにおいた。そして強力なストリートバイクのエンジンを吹かし、燃えさかる廃車のあいだを縫って走りだした。

エプスはその姿を見送り、ＣＢ無線機にむかって明瞭な口調でしゃべった。

「ネリス基地のラプターへ。戦闘地域は完全クリア。自由に撃て！」

この指示を送信すると、他の〈セクター７〉の兵士たちといっしょに隠れる場所を探しにいった。地下の穴ぐらのような、深く、暗く、しっかりしたところがいい。

二機のＦ－22は、通りにそって低空で猛然と飛んできた。暴れまわるブラックアウトに近づいてもトランスフォームしない。人間側の攻撃なのだ。ブラックアウトはそちらに注目した。

ブラックアウトが気づかなかったのは、足下でブンブン音をたてて動くひとつの人影だ。

その人影は、二輪の乗り物にまたがり、前についた横棒の上にロケットランチャーの一端をひっかけている。人影はそびえたつ両脚のあいだに滑りこむ。ブラックアウトが接近する戦闘機を叩き落とそうと身構えたところで、徹甲弾を発射した。

小口径徹甲弾は、ブラックアウトの胴体や手足に命中した。金属を溶かし、醜く広がる傷を鋼鉄の身体に刻みこむ。ロボットを倒すほどの威力はない。しかし、二機の戦闘機がミサイルを発射する隙をつくるには充分だった。

ミサイルには大型の徹甲弾頭が急遽取り付けられていた。弾頭は凶暴なロボットを切り裂いた。片腕を吹き飛ばし、胸と胴体下部に真っ白に金属が溶けた大穴をあけた。ブラックアウトは電子音のような悲鳴をあげ、姿勢がぐらぐらと揺れはじめた。レノックスがあわてて退避したあとで、その身体はバラバラと分解しはじめた。

サムは、非常用梯子があるはずだと必死に考えて走った。梯子にたどり着きさえすれば……。そのあとはどうなるだろう。逃げるチャンスがあるはずだ。地上まで降りるのは無理。遠すぎる。通りへ降りきるまえにメガトロンに追いつかれる。そうではなく、途中の階で窓を壊してはいればいい。このガランとした建物の迷路に逃げこむのだ。あとはかくれんぼだ。あの巨大な鉄の塊にせいぜい探させればいい。

しかし、そうは問屋が卸さなかった。巨大な手が天から降ってきて、屋上に突き刺さった。サムと梯子のあいだを分厚い鉄の壁でさえぎったのだ。

巨大な腕が持ち上がった。先端が大砲になっている。大砲は一発だけ発射され、屋上の床、つまりビルの屋根の一部を吹き飛ばした。サムの目の前だ。警告射撃のつもりだったのかしれないが、その発射は思わぬ副作用をもたらした。屋根にあいた穴は拡大し、サムの足下まで崩れはじめたのだ。ロボットはみずからのパルスビームの威力を過小評価していたらしい。

穴の縁でよろめいたサムは、自分が落ちているのを感じた。壊れた彫像もいっしょに落ちていく。十年前のものもあれば一九三〇年代にさかのぼるものもある。崩れていくビルの破片とともに落下しながら、この精緻な建築美を心ゆくまで鑑賞できないのは残念だと思った。地面に叩きつけられるまでにひとつかふたつ、間近に見るのがせいぜいだろう。

サムは目を閉じた……。

そして激突した。はげしく。しかし予想したほどはげしくはなかった。それに、予想より早くぶつかった。

目を開くと、そこは巨大な手のひらの上だった。色に見覚えがあるような……と思って見上げると、こちらをのぞきこむコンボイのレンズと視線がぶつかった。

サムとコンボイはいっしょに下の通りへ落下している途中だった。

上を見ると、怒ったメガトロンが屋上から跳躍。追いかけるように落ちはじめた。つまり、もしサムとコンボイが無事に着地できても、その真上にメガトロンの巨大な質量がのしかかり、地面とのあいだでぺちゃんこにされてしまうわけだ。

コンボイはサムを胸に抱きよせて守り、片腕を振り上げた。その腕は巨大な大砲に変化している。一発目ははずれた。しかし二発目は命中し、メガトロンの落下軌道を横にそらした。メガトロンはやがて地面に強烈に衝突するだろうが、すくなくともコンボイとサムの上には来ない。

コンボイは両脚を広げ、左右のビルの側壁に足先を突っこんだ。鉄筋コンクリートのフロアを次々と踏み抜きながら、コンボイの落下速度はしだいに抑えられた。最後に地上に降り立ったときの音と振動は、付近のビルにこだました。落下点からと埃と破片が噴煙のように上がった。

ネリス空軍基地から飛び立った第二波のF‐22があらわれた。低空を低速で飛びながら標的を探している。

エプスは隠れ場所から身を乗り出した。もちろんここはCB無線にむかって助言する。

「西にむかって攻撃を集中せよ。主目標は移動型だ。急げ！」

メガトロンは近くに両脚で着地し、道路との激突のショックからすぐに回復していた。レノックスと部下の兵士たちも、隠れていた穴から出てきて、巨大なメガトロンの鋼鉄製の身体にむかって、小口径徹甲弾を雨あられと浴びせかけはじめた。威力はたいしたことなくても、気をそらすくらいの効果はある。虫けらの一刺しのように。

レノックスは怒鳴った。

「目標の注意は引きつけてるぞ！　この隙を狙え！　エプス、急がせろ！」

「わかってますよ。雨が来ます、傘を用意して！」

携帯型ロケットランチャーが次々に発射される騒音のなかで、エプス二等軍曹は怒鳴り返した。

コンボイが着地してできた小さなクレーターの埃がおさまると、巨大ロボットは片手を地上に降ろして指を開いた。まだなんとか〈キューブ〉をかかえているサムは、鋼鉄の手のひらから地面に降り立った。さすがにふらつき、うしろに倒れそうになるが、ロボットの指がそっとその背中をささえてくれたおかげで転倒せずにすんだ。

コンボイは静かに疑問を言葉にした。

「〈キューブ〉を命がけで守るのか？ それはきみたちの種族にとってのスパークの源ではないのだぞ」

ささえてくれる指から離れたサムは、疲れきった顔のなかになんとか笑みを浮かべた。

「まあ……犠牲なしに勝利なし、だからね」

そう小さく言うと、穏やかに輝く〈キューブ〉を両腕でしっかりと抱いた。

突然、地面が揺れた。メガトロンがそばの建物を跳び越えてきて、コンボイに体当たりしたのだ。コンボイはあおむけに転倒した。

「わたしのものだ！ 〈キューブ〉はわたしのものだ！」

サムは震えながらも、足をすくませることはなかった。再開された戦いから、半分つまずくようにして逃げ出した。

目標地点に突入してきたF‐22の編隊は、見逃しようのない標的メガトロンにむかってミサイルを発射した。そのうち数発がロボットの頑丈な防護外層をつらぬいた。サムを追いかけるメガトロンの動きは鈍ったが、止まりはしなかった。巨大ロボットにとって、人間の兵器による傷などなんということはない。重要なのは〈キューブ〉だ。〈エネルゴン・キューブ〉——生命の源だ。それさえ手にいれれば、あとはすべて勝手に、自動的についてくる。

メガトロンは前方にかがみこみ、腕を伸ばし、手を広げて突き出した……。

そのとき、コンボイの足が地面と並行に振られた。あわてて地面に伏せたサムの頭上すれすれを、風を切って通過し、メガトロンを強烈に蹴り飛ばした。メガトロンはうしろによろめいたが、倒れはしなかった。突進をはばまれただけで、致命傷ではない。

コンボイがサムにむかって叫んだ。

「〈キューブ〉をわたしのスパークにむけろ！　融合すると、それは両方のエネルギー源より圧倒的に強く、もとのスパークを壊す！」

サムは立ち上がろうとしながら、あおむけになったコンボイを見た。

「でも……そうしたら、きみは？」

「早く！」

コンボイの声がとどろいた。

サムはためらったが、〈キューブ〉を片手でかかげ、横たわったコンボイのほうに進んでいった。胸のあたりへ近づいていく。

その動きを見たメガトロンは、驚きとともに人間の意図をたちまち見抜いた。姿勢を立て直し、前に手を伸ばした。

「やめろ！」

〈キューブ〉をかかえてコンボイのほうへ走るサムに、巨大な手が突き出された。サムは前へ出て、左へよけ、突き出されたその腕をスロープがわりに、一、二、三歩で駆け上がった。フットボール場で参加した機敏動作の退屈な反復練習が、こんなところで役に立つとは思いもしなかった。虫けらを叩きつぶすのは簡単かもしれないが、そう簡単にはつかまらない。

あわてたメガトロンは、予想外にも自分にむかって走ってくる人間を止めようと、反対の手を伸ばした。サムは目を細めた。どうすべきかわからないまま、とにかく勢いで、〈エネルゴン・キューブ〉をメガトロンの胸の中心に叩きつけた。

まばゆい光芒が発して、サムはうしろにはじき飛ばされた。過剰反応を起こしたメガトロンのスパークが爆発したのだ。強烈なエネルギーがあらゆる方向に噴き出し、稲妻が腹部の防護外層を破壊した。

メガトロンは立ち上がり、胸を押さえてうしろによろめいた。恐ろしい顔を下にむけ、サムを探して、みつけた。サムは隠れるところもなく、目がくらんで地面に倒れている。そちらにメガトロンの手が伸びた。しかし途中で止まった。メガトロンは前によろめき、うしろによろめき、ガクンと一度震えて……倒れた。

付近の空で、トランスフォームしたスタースクリームが混乱した悲鳴をあげると、むきを変えて逃げていった。行き先は地上ではない。上空へ、雲のかなたへ、人間のF‐22のパイロットが追っていけない方向へ加速していった。

ラスベガス南部郊外にひさしぶりに静けさがもどった。


マギーとグレンは、負傷した国防長官に両側から肩を貸して、なんとか歩いていた。ダムの基部から下流の救難エリアへ続く道だ。救難エリアには軍の後方搬送ヘリが来ている。

シモンズは隣を歩いている。フレンジーの切断された頭を左右の手のあいだで放りながら、ずいぶん陽気な足どりだ。

「いい記念品だ。トロフィー棚にいれよう」

そしてマギーにむかってウィンクした。

「きみはいい働きだったたな。もし興味があるなら、〈セクター7〉に席を用意するぞ。わたしたちの本部の所在地はワシントンではない。ラングレーから遠く離れた田舎だ。閑静だぞ。森があり、鹿が駆け、清流がせせらぎ、うまいコーヒーがある。もちろん刺激的な仕事がある」

本気で勧めているという笑顔だ。しかしグレンのほうを見ると、そっけなく首を振った。

「きみはだめだ。彼女だけ。きみはパニックを起こすからな」

肩を貸されているケラーが、〈セクター7〉のエージェントをにらんだ。苦痛に耐えて笑みを浮かべている。

「横取りは許さんぞ。彼女はわたしのスタッフにする」

マギーのほうを見て、

「角部屋のオフィスを用意するが、どうだね？　見晴らしは最高。ペンタゴンにも近い。通勤用にコンバーチブルのスポーツカーを買ってやろう。ポンティアックのソルスティスとか」

マギーは正直に答えた。

「そうじゃなくて……。角部屋のオフィスは素敵ですけど、それよりお給料をちょっと前借りさせてもらえません？　家賃をためこんじゃってて……」

国防長官の笑みがこわばった。ほんのすこしだが。

「これ以上要求を？」

「ええ、まあ」

ヘリから降りてきた陸軍の衛生兵たちが、マギーとグレンの肩から国防長官を引き取り、むこうへ運んでいった。

マギーの隣に立ったグレンは、ためらいながらも強く決心して、古いコンピュータの改造や政府の機密システムのハッキングよりもはるかに難しいことを実行した。マギーの手をとったのだ。

マギーは、細い目でにらんでその手を振り払った。そしてすぐ笑顔になり、自分からグレンの手を握った。

その日の午後まではにぎやかだった市南部の通りの残骸から、レノックスは這い出してきた。そして瓦礫のあいだを探しまわって、エプスをみつけた。

大尉と二等軍曹はしばらくおたがいを見つめあった。それからそれぞれの手を上げた。掲げた手のひらを打ちあわせるハイファイブの音が、荒廃した通りに高らかに響いた。二人とも笑顔だ。

その一時間後には、エプスはまた不平不満をならべる男にもどった。

べつの通りでは、ラチェットとアイアンハイドが総司令官のもとにもどってきていた。アイアンハイドの腕には、スパークを失って動かなくなったマイスターの身体がある。その勇敢な仲間を、アイアンハイドは割れた舗装の上にそっと横たえた。

コンボイは身をかがめ、その鋼鉄の遺体をじっと見つめた。だれもなにも言わなかった。言葉はない。通信はない。電子的なやりとりもない。必要ないのだ。なにも言わなくても、だれもが適切な言葉を胸にいだいていた。思いはいっしょだ。

コンボイはその場を離れ、大通りにうがたれた深いクレーターのそばへ行った。中心に横たわっているのは、ねじくれ、壊れ、動かなくなった鉄くず。メガトロンだ。

「他にしかたなかったのだ……メガトロン。エネルゴンを求めて争うからには、どちらか一方は死なねばならない。わたしは自分が死んでもいいつもりだった」横をむく。「しかし、結局おまえでよかった」

とても小さな人影が、そばにおそるおそる近づいてきた。かがんでクレーターのなかをのぞきこむ。また背中を起こして、背の高いロボットを見上げた。サムはためらいがちに訊いた。

「明るい光が見えたあと、つまみあげられて、道に放り出されたことしか憶えていないんだ。〈キューブ〉はどうなったんだい？」

「壊れた」

コンボイは簡潔に答えた。サムはその巨大な身体を見上げた。

「でも、きみたちが故郷に帰って、もとの星をよみがえらせるために、〈キューブ〉が必要なんじゃなかったっけ？」

「〈キューブ〉がなくなったいま、もはや帰るすべはない。その目標はついえた。故郷への道は閉ざされた」

輝く巨大な鋼鉄の頭がサムのほうをむき、見つめた。

「これから、われわれの故郷はここだ。きみの種族、人類のあいだに住む」

そして、サムにむかって深々とお辞儀をした。巨大な上体がサムのほうに倒れてきて、すれすれのところで止まって、地面と並行になった。何トンもの鋼鉄の塊が頭上に宙吊りになっている状態にもかかわらず、サムは平然としていた。

コンボイは言った。

「きみは命の恩人だ。人間の思考はとても論理的とはいえないが、きみの判断はすばやかった。きみにあれができるとは予想していなかった」

身体を起こし、クレーターを見る。

「幸運なことに、メガトロンも予想していなかった。われわれ全員がきみに感謝している」

生き残ったロボットたちが集まってきて、鋼鉄の肌を輝かせながら円形にならんだ。そして総司令官にならって、サムに頭を下げた。

サムは上を見ながらゆっくりと一回転し、ロボットたちを一人ずつ見ていった。印象的で、かっこよくて、圧倒的な眺めだ。

「ええと、その……きみたち……」

サムは照れくさくなって口ごもった。

普通の日の、あたりまえの朝だった。

あるいは、あたりまえの日の普通の朝か。とにかくすべてが終わった後日の話である。悲劇と戦いのあとも日常は続く。地球のどこでも、国のどこでも。そしてトランキリティの町でも。さらにいえばトランキリティ高校でも。

廊下はさまざまな色と騒がしい話し声、そして(規則にしたがって)音量を絞られた音楽が満ちていた。混雑した廊下のだれもが、歩き、話し、笑い、噂話に花を咲かせていた。

サムとマイルズもそのなかにいた。二人の足がふいに止まる。ミカエラがこちらへ歩いてくるのにサムが気づいたからだ。ミカエラの周囲はいつもの友人たちがかこんでいる。ミカエラは顔を上げ、サムと視線を合わせた。その視線はすぐにサムの背後へ移動した。ふりかえるとそこには——トレント・デマーコがいた。こちらもいつものようにフットボールチームの取り巻きを引きつれている。

サムは内心で落ちこんだ。まあ、どうせこんなものだ。ドクワイラー先生の授業で教わったとおり、歴史はくりかえすという不愉快きわまりない法則があるのだ。

ミカエラはサムの脇を通って廊下を歩いていき、デマーコの前で立ちどまった。トレントは筋肉も金も持っている。しかもフットボール選手という地位を持っている。サム・ウィトウィキーは、先週起きたことはまったく関係なく、それらのどれも持っていない。

マイルズの口からもこのときばかりは気の利いたセリフは出てこなかった。二人は中央昇降口から外へ出ていった。

デマーコは近づいてくるミカエラを見て、満足げな笑みを浮かべた。

「謝らなくていい。隣に乗せてやる」

ミカエラは思案するような目で相手を見た。

「いいえ、ひとつ質問したいだけ。あなたがパパに買ってもらったエスカレード、上り坂でのインジェクターの燃料噴射率は毎秒どれくらい？」

デマーコはぽかんと口を開け、眉をひそめた。

「なんのことだ？」

「あなたにはわからない話よ」

そう言いおくと、ミカエラはデマーコの脇を通過して歩き去った。デマーコも取り巻きたちも、その背中を見送ることしかできなかった。

学校の駐車場で、サムはマイルズと別れた。マイルズもようやく金をかき集めて自分の中古車を買ったのだ。たいしたクルマではないが、コオロギを運ぶのにはちょうどいい。サムもいちいち乗せてくれと頼まれずにすむようになった。マイルズ自身もそのほうがよかった。サムは親友だが……少々運転が荒っぽいのだ。

サムは自分のカマロに近づいた。きれいに修理され、再塗装されて、まるで新車のようだ。ロッキード・マーティン社の秘密開発部門スカンクワークスと、チューニングショップのゼロジー・ボブズ・レーシングと、塗装工場のカスタム・オート・ボディ・ショップの共同作業のおかげだ。

カマロはステレオから《いつも一人（オール・バイ・マイセルフ）》を流してサムを迎えた。サムは運転席側のドアのところで立ちどまった。

「すばらしい。ありがとう。精神的な応援を感謝するよ」

ドアハンドルに伸ばした手が、ある声を聞いて止まった。

「ねえ、もてもて男さん」

顔を上げると、声がした方向にはミカエラがいた。駐車場を歩いてきている。それはすばらしい眺めだった。こちらへ来ているのだ。サムのほうへ。

ミカエラはサムのそばで立ちどまった。それこそ至近距離で。笑顔で。

サムは口を開けてなにか言おうとした。しかし言葉は出せなかった。ミカエラが悪いのだ。その性悪な唇がサムの唇におおいかぶさり、ふさいでしまったのだから。息さえできなくしたのだから。

さまざまな考えが浮かんでは消えた。とにかく、このあと文句を言ってやろうと思った。きつく叱ってやろう。そして教えてやろう、自分がどう思っているか。彼女の行為について……彼女について……彼女の……いろんなところについて……。

サムが背にした美しい黄色と黒のクルマのスピーカーから、新しい曲が流れはじめた。エアロスミスの《若者の欲望(ヤング・ラスト)》だった。

首都の空は晴れわたっていた。議会で毎日くりかえされる野次と支持の声の応酬も、この好天ですこし穏やかになっているようだった。

ダウンタウンのとあるオフィス。

アメリカ合衆国国防長官は、長い会議テーブルの上座に着席し、他の出席者たちを見ていた。どの表情も期待に満ちて真剣だ。

「今回の状況の規模と真の意味について、一般の認知を極力抑制するために、大統領は

〈セクター7〉の解散と、エイリアンの遺体の極秘処分を命令された。公式には〝軍民共同実験の失敗〟と称している今回の事件について、対応の矢面には大統領と官邸が立つ。メディアからは質問の嵐が予想される。しかし、〝エイリアンの侵略説〟はもっとも信じにくい説明のため、その後の展開は一定範囲にとどまると考えている。広報的には情報管理は完全でないが、誘導はできるはずだ」

長官は壁のスクリーンのほうをむいてしめした。そこには大型貨物船と護衛艦艇が映されている。遠くのカメラに切り換わる。ねじくれて歪んだデストロンの死体の断片が、手すりのあいだから押し出され、舷側を落ちて、白波の立つ海面下に次々と消えていった。

「彼らの、その……死体の劣化などからくる予見できない環境への影響を防ぐために、断片はローレンシア深海に投棄している。投棄点における海底の深度は一万一千メートル以上。地球上でもっとも深い海だ。その場所で予定の爆破作業をおこなっても、強烈な深さと水圧と水の層のおかげで、震動はやわらげられる。世界各地のセンサーにとらえられるとしても、ごく微弱な地震として気づかれないだろう。海底プレートが拡大方向に動いているところではもともとよくある現象だ。さらに、正確な投棄場所には陥没したカルデラ地形がある。そこにしかけられた数キロトンの爆薬が爆発すれば、この地形は崩れ落ち、内側のものを確実に埋めてしまう」

官邸スタッフと高級官僚たちはテーブルのまわりで視線をかわした。ようやく発言したのは、べつの省の副長官だった。厳粛な場において、その発言内容はある意味で期待されたものだった。

「さて、今日のランチはなんでしょうかな」

丘陵地帯の農場。母屋の前には、古いトラックとポンコツのセダンが駐まっている。そこに、GMCの黒い新車のピックアップトラックがやってきて、むきだしの土の上に停車した。

レノックスはステアリングを握ったまま、しばらく農場を眺めた。母屋や、まわりの菜園や、そばに建つ納屋や小屋をうっとりと鑑賞した。新しくはないし、特別なところもない。しかしレノックスにとってここは桃源郷なのだ。

トラックのドアを開け、土の地面に降り立つ。

母屋の玄関が開いて、女が走り出てきた。腕には一人の赤ん坊を抱いている。その笑みは、夕焼けに染まるまわりの大地のように大きく、夕日のように暖かい。

二人はおたがいの腕でひとつに溶けあった。それから、レノックスはわが娘をはじめて抱いた。赤ん坊は不思議そうにレノックスを見つめ、げっぷをした。それも幸せな一日のひとこまだった。

だれも見ていないところで、ピックアップは犬のようにブルンと車体を振った。するとボディ側面の埃や汚れがきれいに落ちた。フェンダーの内側に分厚くこびりついた泥の層さえも。

エベレストほど立派ではないが、トランキリティからそれほど遠乗りしなくても行ける山の頂き。サムとミカエラはバンブルのエンジンフードの上にすわって、夕焼けを眺めていた。いままさに丘陵地帯の小さな農場を赤く染めているのとおなじ夕焼けだ。

そばには、運転手もだれも乗っていない救急車が停まっている。山の上という場所に不似合いな巨大なトレーラートラックも停車している。

ミカエラはサムの肩に頭を乗せていた。サムはクールなふりをしながら、じつはつるつるのエンジンフードから滑り落ちそうなのをがまんしていた。

その横で、コンボイは言葉にせずに考えていた。

「とりあえずはデストロン軍団を打ち破り、運命はその報いをもたらした。故郷と呼べる新世界もみつかった。われわれはこれからその住民のあいだで暮らしていく。姿を隠し、ひそかに彼らを見守っていく。潜伏し、守護する。ここの住民たちに勇気と犠牲の能力があるのはこの目で見た。内部的にもその他の点でもわれわれとはまったく異なる種族だが、われわれとおなじように、見た目だけでははかりきれないものを持っている」

山頂には、二人の若者と奇妙な組み合わせの三台の車両だけだ。コンボイは安全と見て、エンジンフード、つまり頭部を、すこし地面から浮かせて空にむけた。その姿勢から、空とかなたの星々にむけた最終メッセージを、人類には探知不能なエネルギー波を使って送信した。

「わたしはコンボイである。他の星系や他の惑星に避難している生き残りの同胞たちに、このメッセージを送る。諸君は一人ではない。ここには住める世界があり、仲間がいる。諸君の合流を待っている」

More than Meets the Eye

評論家
高橋　良平

変身、変形、合体する巨大ロボット——その姿は、漫画やアニメ、特撮TVシリーズなどですっかりお馴染みであり、日本の子ども文化に、しっかり根づいているといっていい。でも、これって、ちょいと考えると、かなり珍しいモノではないだろうか。精査しているわけではないので、確証はないけれど、ヒューマノイド・タイプの巨大ロボット自体、海外ではあまり例がなく、日本オリジナルで発展してきたコンセプトのように思える。

振り返ってみれば、手塚治虫の『鉄腕アトム』、横山光輝の『鉄人28号』、高野よしてるの『13号発進せよ』といった漫画が足固めをして、一九六三年一月一日に放送スタートした《鉄腕アトム》から、巨大ロボットはTVアニメの世界にも拡がっていった。そして、七二年の暮れから始まった永井豪原作の《マジンガーZ》は、巨大ロボット・アニメという新たなジャンルの原点となり、以後、アニメと実写特撮を問わず、数多くの作品が生まれ、今日に至っている。怪獣と同じく、ロボット（しかも巨大）は、どこか日本人の心の深層に触れる部分があるのだろう。

ところで、アニメにしろ特撮にしろ、そうした子ども向け番組は、ご存じのように、マーチャンダイズがらみで企画が立てられるようになってきた。スポンサーであるおもちゃメイカーの玩具がまずありきの本末転倒の噂も聞くけれど、共同企画、メディアミックス展開は、足枷になるのは困りものだが、けっして悪いことじゃないはず。

その中でも特異なのが、タカラ（現・タカラトミー）の発売したダイアクロン、ミクロマンというロボット玩具シリーズである。海を渡ったアメリカで、他の変形ロボットと共に仕切りなおされ、トランスフォーマー・シリーズとして大変身するのだ。

機械生命体の星セイバートロン（Cybertron）で、究極のエネルギー源、エネルゴンをめぐって、総司令官のコンボイ（Optimus Prime）率いる善のサイバトロン（Autobots）と、メガトロン率いる邪悪なデストロン（Decepticons）軍団との全面戦争が起こり、惑星を荒廃させても決着はつかず、宇宙へと戦いの場は拡がっていった。そして、彼ら両派が地球にやってきたとき、擬態ともいえる変身・変形能力をもつゆえ、サイバトロン側は各種の車両に、デストロン側はさまざまな兵器となって潜んだ……という設定のトランスフォーマー・シリーズは、思いもよらぬ進化／深化をとげることになる。

今度の映画化にあわせて、六月と七月の二回にわけて、タカラトミーからトランスフォーマーの映画版の玩具が新たに発売されたので、ここで紹介しておこう。四〇六頁からの図版がそれである。

一九八四年に発売されたこのトランスフォーマー・シリーズを仕掛けたのは、《スター・ウォーズ》のフィギュアでもお馴染みの世界第二のおもちゃメイカー、ハスブロだった。ハスブロは、発売するにあたり、マーヴェル・コミックスの編集者ボブ・バディアンスキーに、トイボックス裏に載せるテクノロジー・スペックこみの紹介文の執筆を依頼したのだ。期せずして、この世界設定がアニメ化、コミックス化の準備となった。

スーパーマンやバットマンらのスーパーヒーローで知られるDCコミックスと覇を競うマーヴェル・コミックスという会社も、日本製の巨大ロボットと縁がないわけではなかった。野心家というか大風呂敷好きのマーヴェルの親分スタン・リーは、スパイダーマンの日本版のライセンスを東映に渡す。スパイダー星の超科学が生んだ巨大ロボ、レオパルドンが登場し、スパイダーマンのコスチュームを除き、原作コミックと無関係といっても過言でない《スパイダーマン》（東京12チャンネル系、一九七八年五月十七日〜七九年三月十四日放映）が誕生するのだが、リー大将は気分を損ねなかったようで、引き続き、東映との提携作品第二弾《バトルフィーバーJ》（テレビ朝日系、七九年二月三日〜八〇年一月二六日放映）が作られる。新機軸を模索する東映は、キャプテン・アメリカの日本版として、キャプテン・ジャパンを企画したのだが、ヒーローがひとりでは不安だったのか、戦隊シリーズの元祖《秘密戦隊ゴレンジャー》の路線を踏襲して、ヒーロー・チームとなり、もとネタはどこへやら……それでも番組自体は大成功。その一方で、マーヴェルは、

サイバトロン戦士
（英語名　Autobots）

コンボイ総司令官
（英語名　Optimus Prime）

商品名　MA-01　オプティマスプライム

バンブル
（英語名　Bumblebee）

商品名　MA-03　バンブルビー

マイスター
（英語名　Jazz）

商品名　MA-04　オートボット ジャズ

アイアンハイド
（英語名　Ironhide）

商品名　MA-09　アイアンハイド

ラチェット
（英語名　Ratchet）

商品名　MA-02
オートボット ラチェット

デストロン軍団
（英語名　Decepticons）

メガトロン
（英語名　Megatron）

商品名　MD-07　メガトロン

スタースクリーム
（英語名　Starscream）

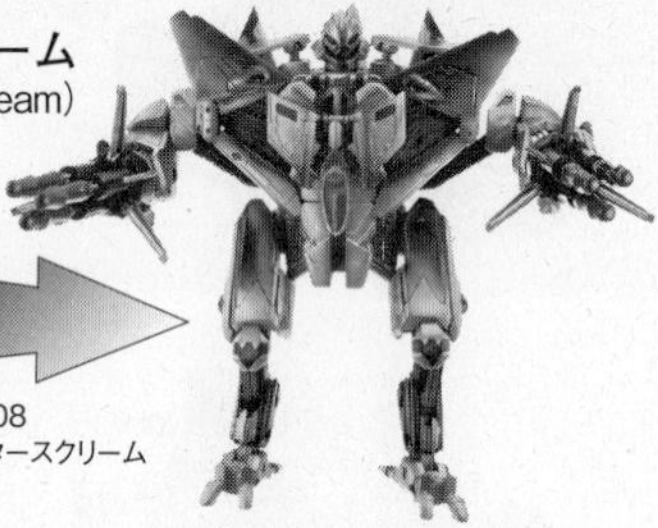

商品名　MD-08
スタースクリーム

ブラックアウト
（英語名　Blackout）

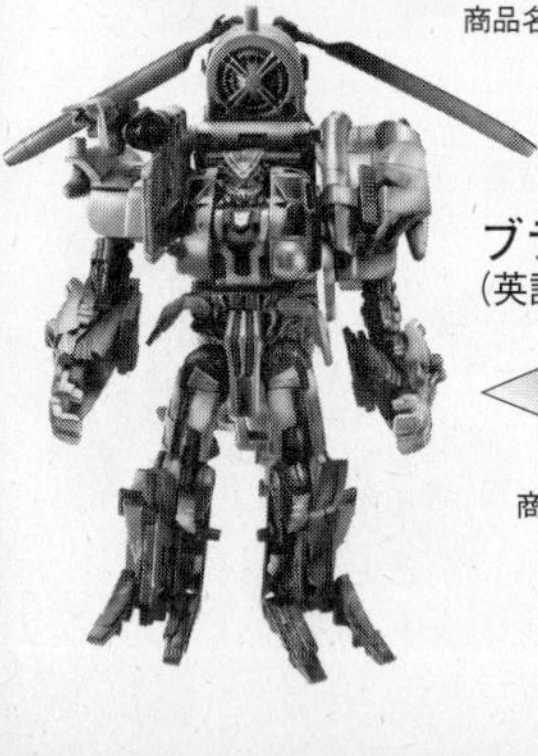

商品名　MD-01
ブラックアウト

写真提供　（株）タカラトミー

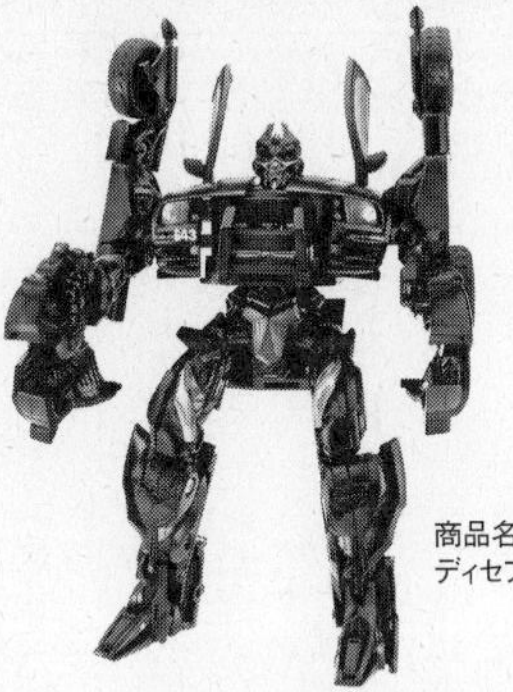

バリケード
（英語名　Barricade）

商品名　MD-02
ディセプティコン　バリケード

ブロウル
（英語名　Browl）

商品名　MD-03
ディセプティコン　ブロウル

メガザラック
（英語名　Scorponok）

商品名　MD-04
スコルポノック

《勇者ライディーン》《惑星ロボ　ダンガードA》《コンバトラーV》などの東映アニメのロボットをフィーチャーし、『Shogun Warriors』というコミックを七九年から八〇年にかけ、シリーズ二十冊を出している。

そんな奇縁があったおかげか、おもちゃの発売と合わせて、一九八四年にコミック版『トランスフォーマー』が出版される。ボブ・バディアンスキーのスクリプト、フランク・スプリンガー、ドン・パーリンの画で、当初は短期のシリーズのつもりだったが、思わぬ成功をつかみ、九一年までに八十冊が刊行されることになる。一方、イギリスの〈ウィークリー・マーヴェルUK〉にも転載されるが、こちらは週刊誌なのですぐに原稿の底がつき、サイモン・ファーマンのスクリプト、ジョン・リッジウェイ画のオリジナル・コミックが始まり、これがジャッジ・ドレッドのコミックが看板の〈2000AD〉のライバル誌になるまでに成長し、九二年までに三百十九冊も出る。このファーマンは、『トランスフォーマー』コミックの中興の祖とファンから目され、二〇〇二年になって、カナダのドリームウェーヴ社がコミック化権を取得し、新たな『トランスフォーマー』を出す際、原作者として招かれているほどだ。

こうしてコミックというメディアで、前日譚も含め、トランスフォーマーの物語世界が膨らんでゆく一方、真打ちのアニメーションも独自の方向に進んでゆく。その大きな露払いとなったのが、映画版《トランスフォーマー　THE　MOVIE》（一九八五年）である。監督ネルソン・シン、脚本ロン・フリードマンはともかく、声優陣がすごい。オーソン・ウェルズ、ロバート・スタック、レナード・ニモイ、エリック・アイドル、ジャド・ネルソン、ライオネル・スタンダーといった顔ぶれ。批評家筋からは酷評されたが、すでに放映の始まっていたTVシリーズの視聴者である子どもたちは、大喜び。

そのアメリカ産のTVシリーズは、日本では翌八五年七月六日から日本テレビ系でスタート。タカラ・ハスブロ・マーヴェルの共同制作の《戦え！　超ロボット生命体　トランスフォーマー》がそれで、続いて映画版を受けた第二シリーズ《戦え！　超ロボット生命体　トランスフォーマー2010》を放映。タカラと東映制作の日本版になって、《トランスフォーマー　ザ・ヘッドマスターズ》《トランスフォーマー　超神マスターフォース》《戦え！　超ロボット生命体トランスフォーマーV(ビクトリー)》と、切れ目なく、八九年十二月まで続いた。さらに、半年後には、タカラとコロムビアの制作で、OVAの《トランスフォーマーZ(ゾーン)》のシリーズまで作られたので、人気のほどが知れるだろう。どうやら、アメリカの熱狂的なファン――つまり、いまでは三十代になったマニア――の間では、ここまでを〝ゼネレーション・ワン〟、第一世代と呼んでいるらしい。というのは、トランスフォーマーのアニメは、これで終わらなかったからだ。

日本では、一九九七年十月から、テレビ東京系で放映されたので、ご覧になっている方もいるだろう、《ビーストウォーズ　超生命体トランスフォーマー》として突然変異したのだった。デザインとシナリオはアメリカ、アニメ作りはカナダのメインフレーム社で、しかもCG。ゴリラに変身するコンボイをはじめ、キャラがみんなビースト（獣）になる新シリーズの開幕。翌年は、完全に日本側が作り、セル・アニメに戻った《ビーストウォーズ II（セカンド）》、《ビーストウォーズネオ》、フルデジタル・アニメの《ビーストウォーズメタルス》……と続いていったのである。ぼくはたまに見ただけだけれど、声優陣がノリノリのキャラ作りで、画面を百倍にも面白くしていると感じたものだ。

——以上が、トランスフォーマーの過去の変遷。まあ、今回の実写版映画、それにこのノベライズを読むにあたっては、トリビアみたいなもので、オールスパークがエネルゴンに変わっていたり、マイナー・チェンジは数々あるけれど、なんの予備知識がなくても楽しめるはず。アメコミ原作と同じく、世界をマーケットにしているハリウッド映画は、そうでなくては成功は見こめない。でもまあ、映画と活字は違うので、本書と同時刊行の前日譚『トランスフォーマー　ゴースト・オブ・イエスタデイ』を、先に読んでおいたほうがいいのは、言うまでもない。いや、ほんと。

スティーブン・スピルバーグ製作総指揮、《アルマゲドン》のマイケル・ベイ監督、しかもアメリカでは七月四日の独立記念日の封切りということで、今年のサマー・ムービーの目玉とされる超大作《トランスフォーマー》。

《X-MEN》シリーズのトム・デサント、《フロム・ヘル》《リーグ・オブ・レジェンド／時空を超えた戦い》のドン・マーフィ、それに《コンスタンティン》のロレンゾ・ディ・ボナベンチュラと、アメコミの映画化を手がけてきたプロデューサーの三人が、パラマウント映画で《トランスフォーマー》の実写化を企画したのは、四年ほど前になる。それが、より具体化するようになったのは、息子からトランスフォーマーの存在を教えられたスピルバーグが製作総指揮に加わってからで、そのスピルバーグがベイ監督に声をかけた。《プライベート・ライアン》や《宇宙戦争》で分かるように、子どもの無慈悲な残酷さに似た描写を厭わないスピルバーグ。かたやマイケル・ベイも、自分が立ち上げた製作会社プラチナム・デューンで作った《テキサス・チェーンソー》や《悪魔の棲む家》で、自らのダーク・サイドを発散させている。だから、ロボットVS人間、ロボットVSロボットの戦争スペクタクル・シーンも容赦ない展開になると期待される（じつは、これを書いている時点では、二十数分のフッテージしか見ていないので）。視覚効果と特殊効果を担当するのは、ILM。《ナルニア国物語》のスコット・ファーラー、《デイ・アフター・トゥモロー》のシャリ・ハンソン、《アルマゲドン》のジョン・フレイザーを含め、各分野を十八人のスーパーバイザーが統括し、三百五十名以上のスタッフが加わる、かつてない強力体制で、《ジュラシック・パーク》以来の画期的な映像革命になると、マイケル・ベイは豪語し、自信のほどをうかがわせている。脚本は《M:i:Ⅲ》のロベルト・オーチーとアレックス・カーツマンで、このコンビはJ・J・エイブラムス監督の《スター・トレック》シリーズ最新作も手がけている。

キャストは、主人公のサムに《インディ・ジョーンズ4》出演で話題の若手注目株のシャイア・ラブーフ、サムがあこがれるヒロインのミカエラに《彼女は夢見るドラマ・クイーン》に続く映画出演二作目のミーガン・フォックスと新星を起用。カタールでデストロンと遭遇する空軍大尉レノックスに《アイドルと結婚する方法》のモデル出身のイケメン、ジュシュ・デュアメル、二等軍曹エプスにヒップホップ・シンガーで《ワイルド・スピード×2》などに出演しているタイリース・ギブソン、ランド研究所の暗号解読員マギーに、奥菜恵も出演している落合正幸監督のハリウッド・ホラー《Shutter》に参加したオーストラリア出身の新人レイチェル・テイラー、彼女とコンビを組むハッカーのグレンに《カンガルー・ジャック》のアンソニー・アンダーソン、国防長官ケラーに、最近ではアンジェリーナ・ジョリーの父親としても知られる名優ジョン・ボイト、〈セクター7〉の意地悪なエージェントのシモンズに《バートン・フィンク》のジョン・タトゥーロ、メガトロンの声には《マトリックス》シリーズのエージェント・スミス役で有名になったヒューゴー・ウィービング、コンボイの声はファンの要望に応えるように、八〇年代のアニメと同じピーター・カレンが演じている(日本のファンにはピンときませんが)。

さて、最後に、本書の作者、アラン・ディーン・フォスターについて。一九四六年、ロサンジェルスに生まれ、七一年に「ジ・アーカム・サンプラー」に掲載された短篇“Some Notes Concerning a Green Box”でSFデビュー。けっこう多作なのだが、日本に初紹介されたのが、《スター・ウォーズ》のオリジナル・ノベル『侵略の惑星』(じつは、ジョージ・ルーカス名義の『スター・ウォーズ』のノベライズのほうが先だけれど)で、その後も映画のノベライズの翻訳が続いたので、すっかりノベライゼーションの大家として知られているのは、ちょっと可哀相な気がしないでもない。もっとも、アメリカ本国でも、

《スター・トレック》のアニメ版のノベライズをはじめ、そっち方面ばかりで名を馳せているのだけれど……。

それでも、ハヤカワ文庫FTで、ユーモア・ファンタジイの〈スペルシンガー・サーガ〉が六冊出ていたし、扶桑社ミステリーの秘境冒険小説『密林・生存の掟』といったオリジナル作品もあるので、出会ったら、手をのばしてみてはいかが。

『超生命ヴァイトン』のエリック・フランク・ラッセルに私淑し、軽妙なタッチのユーモアSFのシリーズもあるのだけれど、ね。いずれ、どこかで翻訳される機会があれば、そのときは、よろしく……。

訳者略歴　1964年生，1987年東京都立大学人文学部英米文学科卒，英米文学翻訳家　訳書『タイム・シップ』バクスター，『トリポッド』クリストファー，『カズムシティ』レナルズ（以上早川書房刊）他多数

HM=Hayakawa Mystery
SF=Science Fiction
JA=Japanese Author
NV=Novel
NF=Nonfiction
FT=Fantasy

トランスフォーマー

〈SF1622〉

二〇〇七年七月十五日　発行
二〇〇七年七月二十五日　二刷

（定価はカバーに表示してあります）

著　者　アラン・ディーン・フォスター
訳　者　中原尚哉（なかはら なおや）
発行者　早川　浩
発行所　株式会社　早川書房

郵便番号　一〇一 - 〇〇四六
東京都千代田区神田多町二ノ二
電話　〇三 - 三二五二 - 三一一一（大代表）
振替　〇〇一六〇 - 三 - 四七七九九
http://www.hayakawa-online.co.jp

印刷・三松堂印刷株式会社　製本・株式会社明光社
Printed and bound in Japan
ISBN978-4-15-011622-4 C0197